大秦谍局

第二部○齐之暮歌

夏龙河 ——

著

中国文史出版社

CHINA CULTURAL AND HISTORICAL PRESS

图书在版编目（ＣＩＰ）数据

　　大秦谍局.第二部,齐之暮歌/夏龙河著.-- 北京：
中国文史出版社，2022.8
　　ISBN 978-7-5205-3668-4

　　Ⅰ.①大… Ⅱ.①夏… Ⅲ.①长篇小说—中国—当代
Ⅳ.① I247.5

中国版本图书馆 CIP 数据核字 (2022) 第 165276 号

责任编辑：梁玉梅

出版发行：中国文史出版社

社　　址：北京市海淀区西八里庄路 69 号院　邮编：100142
电　　话：010-81136606 81136602 81136603（发行部）
传　　真：010-81136655
印　　装：北京新华印刷有限公司
经　　销：全国新华书店
开　　本：16 开
印　　张：18.75
字　　数：276 千字
版　　次：2023 年 3 月北京第 1 版
印　　次：2023 年 3 月第 1 次印刷
定　　价：56.00 元

目录

第一章　君王后

01. 齐王与君王后

公元前 260 年深秋，一个大地枯黄、万物凋零的日子，君王后和齐王田建坐在临淄城的城楼上，眺望着城外的满山秋色，进行了一次艰难的对话。

对于齐王来说，这场对话的预谋由来已久。

在这之前，年轻气盛的齐王曾经和掌握朝中实权的母后进行了几次试探性的交锋，都被君王后轻松化解。这次两人交锋的起因说起来简单，一场小雨使得王宫东南角望楼屋檐上的防火神兽狎鱼跌落了下来，小宦官将此事报告给管事宦官宫保，宫保觉得此是不祥之兆，忙把此事汇报给了齐王的母亲君王后。

君王后下令博士吕旌负责占卜此事，吕旌占卜完毕后，却将占卜结果禀告了齐王。齐王田建心情郁闷，他听完了，只是淡淡地说了声"知道了"。

惶惶不安的君王后在后宫等待吕旌前来禀告，一直等到天黑也没等到人来，就让宦官去请吕旌。吕旌拜见君王后之后，君王后问他为什么不来禀告占卜结果，吕旌直言不讳，说此事关系到国家兴旺，因此他得先禀告齐王。他觉得齐王会将此事告诉太后，因此就没单独向太后禀告。

君王后愠怒，问吕旌："吕旌，你是否觉得国家大事没必要禀告老身?!"

吕旌直言："回太后，太后为后宫之主，主政后宫，大王乃一国之主，主政家国大事，狎鱼落下关系国家兴旺，因此下官向大王禀告方为正道。"

君王后愤怒："吕旌，你好大的胆子! 国主年幼，齐国军国大事一向由本太后决断，朝堂上下谁不知道?! 你竟敢借此机会欺侮本太后，实在是欺人太甚! 来人，将此人押进死牢!"

吕旌也是个倔强之人，一句软话不肯说，被直接押进死牢，等候发落。

齐王得知此事后，惊讶不已。

齐国被君王后专权，此事无人不知无人不晓。齐王于四年前登基，前两年懵懂无知，朝中之事无论大小，皆由母亲君王后处置。现在齐王二十岁了，开始暗中培植自己的力量。可惜田建能力太差，朝中大臣对这个没有经历过风浪的大王不感兴趣，唯有这个负责占卜的博士对其忠心耿耿，多次建议田建把当朝听政的君王后从朝堂之上撵下去，田建都不敢行动。

此番吕旌被抓，田建明白，自己是到了该向自己的母亲摊牌的时候了。他更加明白，母后是不会轻饶了吕旌的。朝中文武百官都看着田建，看着他和母亲博弈的结果。此番如果吕旌活着从大牢里出来，哪怕是被免了官职，那也说明自己这个齐王不单单是个摆设，以后他在朝中说话的分量就会重一些，会有越来越多的人相信他。但是如果此番营救失败，那就等于向朝中百官宣布，齐王田建连摆设都不如，就是一个摆在朝堂上的笑话。

为了表示对母后的尊重，田建先其一步登上望楼，恭候在台阶口，一直等着母仪天下的君王后在众人的簇拥下登上台阶。

君王后在龙椅上坐下，示意田建坐在她一侧。田建虽然感到不快，但是他忍着火气，慢慢坐下。

田建刚坐稳，还没想好怎么说话，君王后突然指了指西边，问："君上，你知道秦王现在在想什么吗？"

田建愣了一下，才说："不知道。"

君王后长出一口气，缓缓地说："君上既然想亲政，怎么能连这个都不知道呢？"

田建不知道母后这句话后面会有什么埋伏，因此没敢轻易接话。君王后似乎也没有等他接话的意思，接上说："齐国商社派人送来消息，秦国正调集军队，筹备军粮，而且此番规模庞大，调动兵力在四十万以上，两年前秦将白起坑杀了赵国四十万大军，此番秦军要对谁开刀，应该不难猜到啊。"

田建惊愕了："四十万大军？！母后怎么知道这些？！"

君王后脸上浮出得意和轻蔑之色，说："要当好一国之主，怎么能不知道这些？齐国在各国都有商社，这些商社都与本国行人署联系，他们做生意的同时，也负责收集所在国的各种消息，这些商社就是齐国在各国的耳朵和眼睛，要是齐国没有了这些耳朵和眼睛，齐国就是聋子、瞎子，一个人成了聋子、瞎子，倒不可怕，但是一个国家如果成了瞎子、成了聋子，那这个国家就离灭亡不远了！"

田建"噢"了一声，心里有些发冷，没敢说话。其实作为一国之主，田建对这些事情早有耳闻，博士吕旌还带着负责此事的行人署官员见过田建。但是齐国的这些重要衙署，都被母亲死死地攥在手里，不肯让田建有接触的机会。田建刚登基的时候，曾经推荐一名忠于自己的大臣任掌管工程的工师，母后明里说要对其进行考验，暗里却让人构陷这位大臣，让负责刑法的大司理将其关进了大牢。田建不知内幕，觉得自己无辨人之能，很长时间没有涉及官员的选任。后来他从吕旌的口中得知真相的时候，实在是惊愕得无以复加。

因此哪怕田建现在是一国之王，他也只得在母亲面前装聋作哑，接受母亲用"聋子、瞎子"的话语来打击自己。

而这，正是君王后之所愿。她愿意看到一个唯唯诺诺、对自己百依百顺的齐王，却不愿意看到一个锋芒毕露、想自己独揽大权的齐王。况且作为过来人，君王后对如何在七国乱战中保护齐国，有一套自以为高明的做法，她不允许别人干涉她的治国之道。

君王后的"治国之道"，是从齐国这些年经历的危机中总结出来的。君王后与丈夫齐襄王的相识，就来自齐国的一次几欲亡国的危机，而有此危机的原因，就是公爹齐湣王的骄横。

当年齐湣王依仗齐国强大，且有孟尝君辅佐，攻打秦、燕，制楚灭宋，以强力示人，最后导致燕、秦、赵、韩、魏五国联军攻齐，齐军兵败如山倒，齐国七十二城仅余即墨、莒城两城，齐湣王兵败被杀，其子田法章逃出齐国，逃到君王后的父亲、莒城太史敫家中做下人，君王后因此认识了田法章，并与之私通。后来田单用离间计和火牛阵大破燕军复国，田法章成为齐襄王，君王后成为王后。登基后的齐襄王不长脑子，又频繁用兵，不但没有得到什么利益，而且让百姓深受颠沛流离之苦。齐襄王亡故之后，君王后掌握朝中大权，重新修订对外策略，她的外交策略就是她对齐国这段历史深思后的结果：事秦谨，与诸侯信。

因此，当田建惊恐地问她秦王这是要攻打哪国的时候，君王后却很淡定地说："齐国与秦国不相交，秦的策略是远交近攻，故秦无论发兵何国，都不会直接发兵攻齐。秦乃虎狼之国，齐只要谨慎事秦，秦便不会找齐国的麻烦。此番狎鱼坠落，更是警示吾国，不要引火烧身，凡是涉秦之事，皆要小心处置。"

田建得到机会，忙说："母后，吕旌没有将占卜之事禀告于你，起因在孩儿。吕旌向孩儿说完占卜结果后，孩儿以为母后尚在午休，就让他不要打扰母后，待母后午休之后，孩儿亲自将此事禀告母后，只是下午因为与老师讲经，将此事忘记，因此请求母后放了吕旌，惩罚孩儿吧。"

君王后冷冷地哼了一声，说："君上乃一国之君，老身怎么能惩罚君上？倒是吕旌，他作为臣子，不将老身放在眼里，老身所命之事却不向老身汇报，此事绝不可饶恕！君上如果为他说情，老身饶恕了他，那王家尊严何在？老身如何放心把齐国交给君上？！"

齐王拱手说："母后，孩儿以为王家尊严在于开疆拓土，在于安内攘外，而不是对外软弱，却对臣子苛刻！"

君王后勃然大怒，站了起来，手指点着齐王："好你个大王！你竟敢对老身如此说话，实在让老身寒心！老身谨事秦，不过是不想与秦为敌，为齐国招惹祸端！你却说老身对外软弱，对臣子苛刻，难道君上想步先王之后尘，与诸国开战，最后落得国破家亡吗？！"

齐王年少气盛，差点说出"你惩罚吕旌，是因为吕旌是寡人的人，你眼里容不下他"这种混账话来。想到跟母后顶起来，对吕旌更为不利，齐王忍着怒气，跪下说："请母后息怒！孩儿只是想为吕博士求情，吕博士最多怠慢了母后，罪不至死啊！"

君王后起身，转身便走。走到台阶口，她停下，背朝田建，说："君上的话，老身会考虑的。"

02.稷下学宫遇姜英

君王后还是给了田建一点面子，她扬言要严惩吕旌，众人都以为吕旌此番公然无视君王后，君王后会杀鸡儆猴，杀了吕旌，但是出乎众人意料，君王后只是贬了吕旌的官，把他安排在即墨东的一处驿所里，当了一名负责养马的小吏。驿所所在地为昔日莱子国腹地，离东海不远，传说中的"齐东野人"故地。

吕旌临上任之前，来向齐王辞行，田建看着跪在面前的吕旌，不由得泪水长流。直到吕旌跪拜完毕，说了一些宽慰田建的话，站起来走出大门，田建都没说出一句话。

吕旌走了之后，田建意志消沉，每日跟一帮清谈之士雅聚，弹琴和诗。即使上朝日，他也经常不去。朝中大小事儿，最后都是君王后做决断，他去不去都一个样。

君王后对齐王的消极抵抗倒是毫不在意，她甚至还派人给齐王送来了两坛好酒，鼓励他继续喝酒，吟诗作对。

田建不但在王宫内与臣子幕僚和宾客们琴棋书画，还经常打扮成富家公子模样，设法逃出王宫，混进稷下学宫，看天下学子考究学问，辩论天下局势、各国君王得失。

为了辩论方便，参与辩论的学子们都是直呼各国国君的名字，毫不避讳，甚至还有人给国君们起了个不伤大雅的外号，比方说有人称田建为"听话君"，暗讽他没有骨气，凡事都以君王后之命为准。此外号在学宫中无人不知，大家都是心领神会，哪怕是管理学宫的官吏，也没觉得这有什么不妥。田建听到这个外号后，也只是在心里笑了笑。他觉得他们给自己起的这个外号不太准确，如果改为"无奈君"或许会更好些。

田建乔装打扮后，以"王建"之名出入学宫。他说自己是赵国人，随父在临淄经商，在临淄有不少的商铺。因为"王建"出手大方，经常请学宫中的学子们出去下馆子吃饭，因此深得众学子的拥戴。

众学子中，有位叫姜英的，文武双全，而且见解独到，"王建"很快与姜英成了好友。姜英年长田建五岁，却跟着当时名士荀子去过秦国、楚国、魏国、韩国等国家。与"王建"相处时间长了，姜英告诉他，其实他是齐康公后人，年少的时候，他受的教育都是仇恨，是复仇，要东山再起，要推翻田家，重新夺回本属于他们的江山，但是现在，他看明白了："江山不是姜家或者是田家的，江山是天下百姓的。无论是当年的姜家，还是现在的田家，皆是为百姓管理江山之人，如果一国之君王把天下看成自己的，为所欲为，穷奢极欲，他就会失去管理江山之权力，就像当年我的先祖那样。"

"王建"频频点头，说："姜兄心胸令人赞叹！不知姜兄对现在齐国之局势有何见解？"

姜英笑了笑，说："齐国当年可是七国之雄啊，现在嘛……成了七国之龟了。现在天下局势非常之明了，秦国以商鞅之法治国，广招天下英雄，几代君王皆自强不息，而其余六国，实在是不堪一提啊。赵国自长平之战后，元气大伤，山东六国，曾经敢与秦国一战的，除了赵国，就是楚国和齐国，楚国屡遭秦国欺负，失去了巫郡、黔中郡，甚至连国都都被人家抢去了，楚王不肯服输，前些年曾和魏国联合进攻秦国，却大败于白起手中，现在两国都老实了，臣服于秦。这虽然是两国权宜之举，但是事实在眼前，赵、楚、魏现在皆非秦之对手，燕、韩更不用说了。现在唯有齐国国土没有太大的损失，当年的齐国，还是七国之首，曾经与秦东西称帝，可惜啊，齐国兵无良将，文无大才，国君懦弱，已无争霸天下之能力，如之奈何?!"

"王建"有些尴尬，说："姜兄说得好。齐国现在处境堪忧，假如姜兄是齐国国君，你觉得应该如何处置当前局势呢？"

姜英嘲讽地笑了笑，说："现在齐国太后当权，朝中文武都是她的心腹，我如果是齐国国君，对当前的局势也毫无办法。"

"王建"说："假设没有太后呢？或者说……太后总是要死的，等她死后，大王必然当政，那时候齐国应该怎么做呢？"

姜英有了精神，说："齐国当然应该与其他五国合纵，一起对付秦国。六国合，则齐国在，六国也在；六国不合，则六国皆亡，这个道理天下人人皆知，王兄问得何其幼稚！"

"王建"说："大道理人人皆知，可是做起来却不容易。山东六国各怀心思，多少次合纵都是因为利益牵扯，最终失败！何况当年赵、楚与秦五国联军谋齐，齐国如果不是出了个田单，早就亡国了，因此，太后采取谨慎策略，也并非没有道理。"

姜英说："各国各怀心思，这是自然。太后的策略，也并非错误。但是天下大势一直在变，策略岂可一成不变?! 现在秦犹如虎狼，对山东各国虎视眈眈，各国之间也是互相攻伐，在这种弱肉强食之时，太后的策略，恐怕只能平安一时，无法长久！"

类似的话，吕旌曾经也跟田建说过多次。吕旌宅心仁厚，对大齐忠心耿耿，痴心学问，瞧不起那些拍马溜须之徒，田建对之最为相信。现在姜英的见解与吕旌不谋而合，田建很是兴奋。他本来打算给姜英封个小官，让他在自己身边转悠，但是想到母后的手段，怕他遭到母后的暗算，田建又放弃了这个想法。

田建在稷下学宫盘桓将近一年，接触过成百上千的各国学子，听过无数学子的辩论，思想受到很大的触动。与此同时，田建暗中设法接触君王后的心腹，企图慢慢感化这些掌权大臣，大臣们显然对田建很是警惕，田建去找他们，他们对他都很敷衍。

这日，田建正懊恼，突然朝中宰相周子求见。田建大喜，忙让其进来。

周子走进田建的寝宫，跪下要行大礼，田建忙扶起周子："宰相请起！宰相能来见寡人，寡人真是太高兴了，请坐吧。"

周子不肯坐，正色说："君上，你是一国之主，至高无上，臣子给你行礼，是必须遵守之规矩，如果没有规矩，子不敬父，臣不敬君，长此以往，无论是社会还是国家，必将大乱。君上位高权重，更应该严守规矩，不可带头逾越。臣请君上坐好，接受臣之叩拜。"

田建见周子一脸的肃穆，只得肃然坐下，周子叩拜完毕后，起来拱手：

"君上，秦国出兵五十万，兵分三路，左路十万进攻太原，右路十万增兵南阳，中路军约三十万人，直取邯郸，此番秦王志在必得，赵国危在旦夕，君上知道否？"

田建大惊："什么?！秦王出兵?！我怎么不知道?！"

周子说："秦军还未出函谷关，这些情报是我们的线人刚刚送过来的。君上，如果赵国灭亡，齐国离灭亡也就不远矣！所谓唇亡齿寒，君上应及早做应对之策！"

田建点头："此事非同小可，寡人自然明白，我明天就去见太后，商量应对之策！"

03. 援赵失败

齐国小心翼翼周旋于秦以及山东五国之间，已经完全没有了昔日威风，秦国却大刀阔斧招揽人才，现任秦国宰相范雎便是一例。

范雎是魏人，本是魏国中大夫须贾门客，曾到齐国稷下学宫小住，因而被怀疑通齐卖魏，差点被魏国相国魏齐鞭笞致死。后在友人帮助下，易名张禄，从魏国逃出，随秦国使者王稽入秦。

范雎见秦昭王之后，提出了远交近攻的策略，抨击穰侯魏冉越过韩国和魏国而进攻齐国的做法。他主张将韩、魏作为秦国兼并的主要目标，同时应该与齐国等保持良好关系，以远交近攻为基本策略。秦昭王大喜，拜范雎为客卿。之后不久，范雎又提醒昭王，秦国的王权太弱，需要加强王权。秦昭王遂于前266年废太后，并将国内四大贵族赶出函谷关，拜范雎为相。

秦昭王为了表示自己重才之决心，决意为范雎报仇，逼迫魏王将相国魏齐的人头送到秦国，否则马上发兵魏国。魏齐吓得挂了相印，连夜逃到赵国平原君家里躲了起来。秦昭王得知此事后，让人给平原君赵胜写了一封信，说愿意与他做朋友，请赵胜到秦国去喝酒一叙。赵胜与赵王商量后，觉得可以趁机窥探秦国底细，就带着几个心腹，来到咸阳。秦昭王也不太厚道，请赵胜吃了一顿饭，就把他关了起来，让赵王乖乖地把魏齐的脑袋送到秦国。赵王很为难，就派人找到魏齐，把秦王的话告诉了他。魏齐明白，赵国不可能为了他得罪秦国而送了赵胜的小命。不得已，魏齐又返回魏国，投奔他昔日的朋友。然而让他没有想到的是，众人皆知秦王之命，竟然没人敢收留他。魏齐无奈，只得连夜又赶回赵国。

魏齐也算是一条汉子，他此番回到赵国，是来向赵王谢恩的。他写了一封信，让下人送给赵王，然后自己在邯郸城门口自刎。赵王接到魏齐的信后，派人将其头颅割下，连夜送往秦国，又让人用木头给他刻了一颗脑袋，将其厚葬于城外。

秦王收到魏齐的脑袋，将其送给范雎，把赵胜放了。

赵胜回到邯郸后，把自己所见之秦国告诉了赵王，并断定，秦王虽然年近七十，却并不昏庸，他继承了其父秦惠王的好战秉性，而且有谋略有胸怀，敢做敢当，长平之战是秦对赵的标志性战争，但是很显然，秦王并不打算止于此战。

"秦国虽然杀了商鞅，但是深得商鞅之法，现在秦国上下一心，百姓好战，将领只想提着人头建功立业，不惧生死，这种虎狼之国，是天下之害，更是赵国之害，秦若东出，必先攻赵，以赵现在之兵力，无法单独抗秦。为今之计，只有与齐、楚等尽早订合纵抗秦之计，方可与秦抗衡。"

赵胜没有猜错，平原君回到赵国不久，秦国大将白起就启奏秦王，想再次率部攻打赵国。赵王得知后，赶紧派人贿赂范雎。范雎得到赵国钱财后，向秦昭王进言，说秦军疲惫，不宜马上进攻赵国，可允许赵国割地求和。

赵王派使者入秦，与秦签订合约，要割六城给秦国。使者完成任务，回到赵国后，拿出与秦签订的合约，让赵王履约。赵王想到这六城就要成为秦国的了，心中郁闷，大臣虞卿趁机力谏赵王，说此番如果割六城给秦，秦的胃口会越来越大，赵国早晚有一天会被秦吃个干净，不如趁早与齐、楚等国合纵，对付秦国，或许会有胜算。赵王应允，派其出使齐、楚等国，积极准备抗秦之事。

秦王见赵王违背合约，不肯割地求和，很是不高兴，决定趁机出兵，拿下赵国。

公元前259年，秦王令五大夫王陵率兵五十万，分三路进攻，直取赵国。赵王早有准备，一面调集兵马迎敌，一面派出使者，向邻近的齐、楚、魏等国求救。

赵孝成王知道齐国的"事秦谨"的策略，故不敢期望齐能派兵救助，只希望齐国能援助十万石粮食，作为赵国的军粮储备。因此派使者向齐国借粮。

使者先求见齐王田建，田建看了赵国的借粮文书后，让人安排赵国使者去驿馆休息，便与众人商量赵国的借粮事宜。其时君王后不在朝堂之上，大臣们有的赞成借粮，有的不赞成。

田建问宰相周子，对此事有什么看法。

周子说："秦国敢出兵攻赵，是因为山东六国不团结。假如山东六国团结，秦国怎敢动用如此多的兵力进攻赵国？赵国对于齐国、楚国来说，犹如屏障，就像嘴唇对于牙齿一样，如赵国灭亡，祸患就会轮到齐国和楚国。救赵的事情，就像捧着漏水的缸去救烧焦的锅一样急切。救援赵国，是高扬道义，打退秦军，是显明声威。因此，臣请君上不要纠结，速速调配粮食给赵国，让赵国将士挡住秦国，就是替齐国挡住了祸害，这是何等划算的事啊！"

田建深为同意周子的见解，决定调粮援赵。

君王后得知此事后，很是不悦。她亲自去找齐王，训斥他不肯长记性，要学齐湣王把齐国送上亡国之路。君王后当场让田建给赵王回信，说齐国粮食连年减产，自己尚且入不敷出，没有办法援助赵王，让赵王另想他法。

田建不肯拒绝赵之求援，与母亲据理力争，君王后恼怒不已，当着田建的面，亲自写了回信，盖了田建的玉玺，让人送到了驿馆，交给赵国使者。

君王后盛气凌人，临走之时，让宫保把田建的玉玺也带走了。田建眼睁睁地看着玉玺被拿走，捶胸顿足，却无可奈何。

周子闻信，匆匆赶来。得知君王后竟然亲笔给赵国使者写了回书，且临走之时，还带走了田建的玉玺，身为君王后心腹的周子感到不可思议："君上，玉玺可是天授神权，除了君上无人敢动，贵为太后，更应遵循礼制，怎么可以取走君上的玉玺呢?！"

田建看着面前穿着一身青色锦袍的周子，眼神冷淡。他对太后失望至极，对太后的心腹大臣、站在自己面前的周子，也突然就厌恶起来。

田建示意周子退下，周子虽恼怒不已，却不得不退下。田建清楚，母后手握大权，自己哪怕有周子的支持，现在也根本无法与母后抗衡。但是如果让母后知道周子与自己走得很近，自己和周子的日子都不会好过。

无法在对外格局上施展权谋，田建就将目光转移到了齐国百姓的生活和稷下学宫的扩建上。

他下令减免了部分税收，鼓励开垦荒田，百姓新开垦出来的土地，免五年税赋，五年之后交一半税。为了吸引各国学子，田建在学宫后面又新盖了三排新屋，新屋分为"秦馆""魏馆"等六国学馆，六国学子愿意单独住的，可以到分属自己国家的学馆居住，各学馆配备做各国风味食品的厨师，吃住免费。各国学子愿意到稷下学宫来的，经过考试合格，登记领了学牌就可以入住。

在稷下学宫，学牌不只是身份证明，而且是钱，是荣耀。进入学宫的人，可以凭学牌在学宫内的各处厨房随意领饭，想吃什么随意，可以凭学牌在学宫里拥有自己的一间单人住处，而且你只要愿意，可以在学宫内住到老、住到死。学子们唯一要做的，就是在年底给学宫提交一份两千字的由学宫出题的文章。在田建的大力支持下，稷下学宫空前繁荣，先生达到一百多人，学子达到一千六百多人。田建又封了其中比较有名的比如姜英、邹衍等人为大夫，使得稷下学宫中受封的大夫达到了三百多人。这些大夫享受齐国官员的俸禄，却不必担任实职，是学宫给德高望重的学者的最高荣耀。

田建还利用自己了解到的情况，让学宫负责人把那些年老体衰的先生和学子分别造册，按照他们的专长和年龄，进行了安排。年轻一些的，就安排他们到各衙署，负责一些案牍工作，年龄实在太大的，就发一些养老的钱和路费，让人送他们回家。当然，不愿意回家的，可以继续在学宫住下去。

经过一番整顿，学宫上下生机勃勃，各国学子纷至沓来。后来成为墨家巨子的水希，也在这时候来到齐国，在稷下学宫待了两年。

水希当时还不到二十岁，但是举止稳重利落，气宇非凡，与姜英等人很快成为了好朋友。

化名"王建"的齐王，戴着假胡子，几乎天天泡在学宫里，与尚且年轻的水希、姜英等人切磋经济学问、吟诵诗词歌赋，好不快乐。

04. 邯郸之战

秦昭王派到齐国的使者，以商谈盐铁互换的名义来到齐国，打探消息。他们回到秦国后，把齐王和君王后的动向报给秦昭王，秦昭王听说齐王热衷于稷下学宫事宜，有些惊讶。使者走了后，秦昭王对范雎说："看来这个齐王不简单啊！"

范雎点头，说："齐王不像别的君王，喜欢燕舞笙歌，他却喜欢与各国学子探讨经济文章，这倒是奇事。齐襄王死的时候，齐王建刚刚十六，还不能自己处理国家事务，因此国家大权尽落太后之手。这两年田建长大了，想自己掌权，可是太后这几年把齐国管理得井井有条，齐国多年没有参与战争，颇得部分百姓拥护。田建想掌握权力，与各国合纵抗秦，但是太后最讨厌的就是战争和所有能引起战争之言行，因此她没有将权力还给齐王，反而将之攥得更紧了，田建醉心于学宫之事，于臣下看来，不过是找一处宽心之地而已。比如其扩建稷下学宫，封姜英等人官职，做的皆是泛泛之事，没有像君上一样，穷极四海寻找定国安邦之人才，因此在臣下看来，田建并没有权谋天下的雄心壮志，他如此努力发展稷下学宫，不过是想营造齐国乃是天下学术正宗的声誉，为齐国赢得一些名声。而今天下大势，是雄霸天下，能定国安邦的是战功，而非什么学术，君上不必为此担忧。"

秦昭王点头，说："相国说得很有道理。既如此，寡人就可以放心攻打邯郸了。"

范雎拱手："正是！"

五十万秦军兵分三路进攻赵国，五大夫王陵率三十万大军直取邯郸。大军经过三个月围攻，邯郸外围的武安、皮牢两座城池被攻破，王陵率部包围了邯郸。

赵国采取坚壁清野的战略，放弃邯郸外面的小城镇，集中各地的守军及粮食全力守卫都城邯郸。这是赵国的无奈之举，也是明智之举。赵国的精锐士兵早已于长平之战中损失殆尽，邯郸城内士卒多为刚征集的三四十万下民，这些下民大部分为四十多岁的中老年人，没有经过训练，战斗力很弱，有战斗力的年轻士卒不超过十万，其中包括赵王的宫卫步兵和少量骑兵。

守城大将为大将军廉颇、宫卫统领乐乘，平原君赵胜为统帅。赵兵虽弱，但是邯郸的下民因长平之战，几乎每家皆有丧子、丧夫、丧父之痛，故同仇敌忾，誓卫赵都。

秦王得知邯郸守军势弱，马上派人来到王陵军营，催促其快速拿下邯郸。王陵本想歇息几日，得到秦王命令后，只得第二天一早，便集结兵马攻城。

按照秦攻城惯例，先用五万弓箭手朝邯郸城上发射弩箭。秦军有硬弩，其箭如长枪，这种长箭如果落到人的脑袋上，能穿透整个脑袋，将脑袋里的白的红的都砸出来。如果落到趴在地上的人身上，能将人穿透，钉在城墙上。秦军数十万支箭矢射出之后，城墙之上已经趴满了赵军的尸体。

其后，秦军战鼓擂响，步兵分两队攻城。其中一队肩扛云梯，强登城墙，另一队推着冲车直撞城门。活着的赵军将士迅速从掩体下冲出来，朝城下扔滚木礌石，抗击秦军。

秦军势如虎狼，赵军拼死报国，双方皆置生死于不顾，拼命厮杀。秦分三军不分昼夜轮攻赵都，赵军也分兵顽强抵抗，一个月下来，秦军仅校官就战死五名，伤亡近两万人，赵军伤亡更多，近三万人战死。

车轮战一个月后，双方皆疲惫不堪，秦军不得不停下休整，转为小规模进攻，骚扰赵军。廉颇指挥的赵军以牙还牙，经常派出精锐步兵甚至少量骑兵，突袭秦军大营，秦军防不胜防，疲惫不堪。

邯郸前线的战报传到秦昭王的手中，秦昭王十分生气，其时武安君白起病重，不能上战场，秦昭王只好一面让人传信督促王陵攻城，一面组织援军。王陵收到秦王督战书信，不得不硬着头皮，再次组织军队，向邯郸发起进攻。秦军虽不惧生死，却终究不是铁人，他们在严阵以待的赵军弓弩下强攻，伤亡异常惨重。一番大战后，秦军损失重大，只得收兵。廉颇趁机带着军士出城进攻秦军，秦军大败，溃退三十里，损失兵将五千多人。

而此时的邯郸城内，天寒地冻，伤员无数。平原君赵胜将府内积粮存衣，尽数拿出来，救济百姓，并令其妻子儿女，皆上城墙抢救伤员。百姓看到平原君夫人和女儿都出来助战，深受鼓舞，纷纷尽自己能力帮助守城军队。大将军廉颇和赵胜披甲上城亲自督战，士气因而大振。赵兵很多年老体弱者，廉颇命弱者平时于城墙上警戒，年轻力壮者于城内休养，敌军攻城，青年军士则上城杀敌，年老体弱者则离开城墙。如此，极大地利用了军士体能，秦军多次攻城，都被以逸待劳的青年军士打败。

战斗进入白热化阶段。秦军誓死拿下城池，赵军拼死守卫，双方皆不计伤亡攻击对方，血雨飞溅，尸横遍野，却谁也无法彻底消灭对方。

秦昭王五十年正月，秦军派出援军，将军王龁率兵十万及大量的兵备粮草到达邯郸。

平原君赵胜早就派出几拨儿门客，分别奔赴楚、韩、魏、齐等国求救。赵胜明白，缩头缩脑的齐国，这时候是不会派出援兵来救援他们的，他给予希望的是楚、魏两国。而这两国的希望，就在楚之春申君、魏之信陵君两人身上。

作为战国四公子之一，楚国令尹春申君接到平原君赵胜派人送来的信后，迅速带着使者求见楚考烈王。楚国与秦国签有互不侵犯盟约，考烈王因此对发兵救赵有些犹豫。春申君说："君上，秦乃虎狼之国，毫无信义可讲，如果楚国不发兵，秦拿下赵国后，必然很快发兵楚国，届时君上悔之晚矣。"

考烈王一番考虑后，决定发兵八万，以春申君为帅，救援邯郸。

赵胜的另一拨儿使者求见魏信陵君和魏王，向魏王请求救兵。魏王派将军晋鄙率领十万军队援救赵国，秦使听说后，来到魏国威胁魏王，如果他敢派兵救赵，秦拿下赵后，就会迅速发兵攻魏。魏王害怕了，派人命晋鄙停止前进，观望局势的变化。

此时赵国军队在秦国强大的攻势下，已经濒临崩溃，急需外援。赵胜得知魏王态度后，赶紧派人送信给信陵君，让他想办法。信陵君最终采纳门吏侯生的建议，求魏王的宠姬偷出兵符，并击杀不肯发兵的大将晋鄙，亲自带着十万大军，驰援赵国。

此时邯郸被围将近四个月，城内兵员损耗严重，粮食面临断绝的危险。幸亏廉颇和乐乘在赵国军中颇有威望，两人与军士同吃同住，众军士靠着士气支撑，勉强迎敌。

秦王因为王陵进攻不力，罢免了其大将之职，让援军将领王龁替之。王龁率军连续攻打邯郸近五个月，依然没有攻下。十月，秦王杀了托病不肯率兵攻赵的白起后，又命郑安平率军五万支援王龁。此时邯郸城处于最危急的时候，粮草早已断绝，赵军只能拼尽力气抵抗。然而，对于能否守住邯郸，从赵胜到普通军士，皆没有信心。

幸亏援军赶到了。

十二月初，魏军和楚军援军终于赶到邯郸外围。在此关头，秦国也不断增兵汾城以为声援，双方大战一触即发。信陵君和春申君经过商量，魏军分兵五万，包围了驻防邯郸城南的郑安平部约两万人，剩下的五万魏军绕道城西，从西边猛攻秦军大营，春申君率八万楚军，从秦军大营东面摇旗呐喊，一路猛攻。赵军早就得到消息，在廉颇、乐乘率领下，如猛虎出笼，直杀秦军大营。秦军本就疲惫不堪，被这三路人马攻杀过来，仓皇迎战，一触即溃。王龁率秦军主力向西急退数百里，进入汾城才稍事喘息。

五万魏军包围了郑安平部两万人，郑安平几次想冲出包围，都没有成功。秦军主力朝西溃退后，信陵君和春申君各率本部人马，共同进攻郑安平部，郑安平部远离主力，军无战心，最后只得投降。

魏军和楚军、赵军略事休整，乘胜进攻汾城，秦军与三国联军激战三日，三国军队锐气不可阻挡，秦军大败，被迫撤至河西，夹河对峙。联军乘势收复河东六百里之地，声威大震。

05. 齐王的算盘

赵军大捷，齐国细作迅速将情报传回齐国。

君王后派人带着厚礼，祝贺赵王，并表示如果赵国需要，齐国可以提供十万石的粮食援助，帮助邯郸周围百姓，渡过因为战争耽误种植而造成的饥荒。赵王没有犹豫，当即婉拒了齐国的好意："多谢太后好意。请转告太后，赵国既然能凭本国力量战胜秦军，就有能力渡过缺粮危机。太后和齐王的心意，寡人心领了。"

使者回来，把赵王的原话告诉了君王后。君王后听了，笑了笑说："赵王果然好魄力。"

周子将此事告诉齐王，田建只是"噢"了一声，没有反应。

周子说："君上，赵王这是在轻侮齐国啊，你难道没有感觉到吗？"

田建正在看一卷竹简，他"噢"了一声，说："那又如何？齐国已经被诸国排除在外了，也好。太后的话有道理，齐与秦无接壤之地，秦要争霸天下，得先灭其他五国，先让他们打吧。"

周子听田建这么说，错愕异常，他愣了好长时间，才闷闷不乐地告退。

周子走后，姜英从里面的房间走出来，在田建的旁边坐下，姜英说："周子对太后之做法，好像并不认同。"

田建说："周子是母后之心腹，寡人对此人不甚了解，故不敢与此人多说话。谈我们自己的事吧，先生现在联络到多少勇士了？"

姜英拱手说："已经有一百多人了。墨家水希是个高手，但是他不肯参与此次行动。"

田建问："你跟他说了我的真实身份了吗？"

姜英说："没有。此事应该谨慎，学宫里除了我，没人知道君上的真实身份。"

田建点头，说："应当如此。但是一百人，是无法对付王宫里的护卫的。母后身边还有大齐的顶尖高手，还有五百铁甲护卫昼夜巡逻，区区一百人，怎么对付得了他们？"

姜英说："君上身边的高手和护卫也不比太后的人少啊，君上可以让他们穿上普通百姓衣服，与我的人一起行动啊。"

田建摇头，说："不可。此番如若不成，这一百壮士便可抵罪，即便母后怀疑，没有证据，也奈何不了我。如果我动用王宫卫队，成功还好，如果失败，寡人无退路也。"

姜英点头，心中却突然感到有些悲凉。自己为了齐国存亡费尽心思，动员亲朋好友组成敢死队，并愿意为之付出性命，但是这个田建，为了不暴露自己，竟然不肯出动一兵一卒，真是荒谬至极。

田建看出姜英心思，说："寡人为一国之君，关系到国家命脉，故此不得不谨慎。"

姜英苦笑一声，说："君上，这区区一百人，恐怕很难是太后卫队的对手，君上手下有众多高手，派几个高手化装成老百姓，参与我等之行动，这个可以吧？"

田建想了一会儿，说："你们行动时，我可派三名高手暗中接应尔等，如果事成，他们可发暗号，我派卫队接管后宫，如果不成，这三人可协助众英雄逃出王宫。"

这次行动，是田建发起的。他恼怒母后不肯出兵救赵，让姜英组织人马闯进王宫软禁母后，自己主持朝政。

秦与赵大战正酣时，楚、魏救兵还未发出，稷下学宫人心惶惶，议论最多的话题就是齐国是否应该出兵救赵，甚至还发生过一百名先生集体闯入朝廷，上书请求发兵救赵之事。

君王后对学宫中的先生是十分尊敬的，她在处理完朝中事务后，让先生们推举三个代表，她在丹阳殿接见代表，与代表讨论援赵之事。

然而，先生们无法说服君王后。君王后用田建之祖父齐湣王深度介入各国事务，秦、赵等六国联合攻齐，齐国差点灭亡，七十多个城郭，仅剩下莒城和即墨两城，齐湣王被杀之事与先生们辩论，最后得出结论，在这个七国争霸的时代，最好的策略就是远离各国争端。如果合纵能抗秦，剩下的五国军力绝对能战胜秦国，如果合纵不能胜秦，齐国加入其中又有什么意义呢？

先生们最后被君王后问得无言以对，只有带着众人退出王宫。

一百名先生闯王宫，姜英没有加入，因为他知道，君王后是不会听他们这些人的。君王后固执己见，很难听进别人的意见。她总是以齐湣王为典型反击众人，所作所为也完全与当年的齐湣王相反，使得曾经强大的齐国变成了一个缩在洞里的乌龟。其实物极必反，当年的齐湣王灭宋攻燕，与秦相约"称帝"，穷兵黩武，骄横跋扈，使得各国都觉得齐之害已经超过秦之害了。加上苏代与燕王合谋间齐，苏代来到齐国后，又深得齐湣王信任，苏代趁机离间赵国与齐国关系，凡此种种，最后才导致秦国与赵、楚、韩、燕、魏六国联合起来，在燕国大将乐乘的率领下，进攻齐国，导致齐国大败，差点灭国。

而在此之前，稷下学宫中的先生和学子，曾经多次向齐湣王谏言，让他与畏惧齐国的各国搞好关系，不要一味对外示强，齐湣王不听，学宫里的学子觉得齐国会有大祸，因此纷纷离开了齐国。

当年的齐湣王是示强过甚，且其本身并没有像他想象的那么强大，因此在六国联军面前不堪一击。而秦国多次面临六国合纵攻之，有胜利也有失败，却从来没让六国联军深入国土。所以，秦国的强大是真强大，而齐国当年的失败，是并没有强大到逢战必胜，却四处树敌。如果当年的齐湣土做事有始有终有谋略，就不会有当年的下场，后世的确应该吸取齐湣王的教训，但是如果到了君王后这种地步，那就是走到另一个极端了。吃饭多了能撑死，现在君王后索性不吃饭了，那早晚不得饿死吗？

故此，当田建找到姜英，谋划用武力软禁君王后的时候，姜英一口应允下来。

06. 又是不祥之兆

姜英辞别齐王，来到一起谋划起事的兄弟吕斌家中。

吕斌与姜英是宗族兄弟，都是姜子牙的后人，在姜齐时代，作为没落的王族，他们每年都会享受到一些金钱补助，自从田和驱逐齐康公，田齐代姜后，这些补助就没了。但是他们依然热爱这个国家，热爱这个曾经是他们先祖统治、现在日渐没落的大齐。

吕斌自小习武，武功超群，以开武馆为生。姜英所说的一百武士，其实大部分都是吕斌的徒弟。吕斌开武馆，不收外姓子弟，因此这些人皆是姜齐时期齐国王公贵族之后。他们在姜齐时代，享尽了荣华富贵，现在齐国是田家人的，但是在他们看来，齐国安危依然跟他们息息相关，在国家危急时刻，他们依然愿意挺身而出。因此姜英找到吕斌，让他准备率弟子为齐王效力，吕斌立即答应了下来。

虽然弟子众多，但是吕斌没有向弟子们收取学费。家庭条件好些的给点银钱，吕斌就收着，有的太穷，师徒之谊只是年底的一块猪肉或者一条鱼，吕斌也从无二言，因此吕斌家中并不富裕，一家五口人，住在三间旧茅屋里。屋子里唯一一件新家具，是一个一人多高的橱柜，那还是姜英带着墨家弟子水希来吕斌家做客，水希看到吕斌家中没有衣柜，用两天时间给他打造的。

吕斌一家人正在吃饭。姜英进屋，吕斌妻子给他盛了一碗米饭，姜英也不客气，端起碗来就吃。

饭毕，吕斌妻子收拾了碗筷，让孩子去别的房间玩耍，吕斌出去关了院门，回来坐下说："大哥，我这边都已经准备好了，何时行动？"

姜英看了看吕斌，说："兄弟，此番之事，可不比往常。往常你们都是找一些小官吏的麻烦，这次我们是要杀进王宫，打败太后的卫队，要是成了，那还好说，要是不成，那就是造反，是杀头之罪啊！"

吕斌迷惑了："兄弟，当时是你让我召集人马，要活捉这个太后，什么救国救民，现在你这么说，是什么意思？咱不去了吗？"

姜英叹了一口气，说："没错，是我让你召集人马的。当时我以为……找我召集人马的人会跟我们一起，共同进退，我没有想到，他只是让我们去为他送死，自己却不肯担一点儿风险，故此我现在很犹豫，不知该如何是好。"

吕斌说："兄弟，你说的这个人，应该是现在的君上吧？"

姜英点头，说："正是。"

吕斌想问题简单，说："我虽然没见过君上，但是这些年，君上为老百姓免了不少的税赋，我这小小的武馆，以前每年要交一两三厘白银，现在一分钱不用交了。你这个大夫，也是他给你封的吧？作为一国之君，君上做事肯定要万分小心，兄弟，你这么想是不应该的。"

姜英长出一口气，说："既如此，你先告诉大家，该干什么干什么，什么时候行动，如何行动，要等我通知。还有，此事一定要保密，如果泄露出去，那我等不用等到行动，就会被太后的人杀掉！"

吕斌点头，说："此事我自然知道，兄弟放心便是。"

两人略坐了一会儿，吕斌开了院门，十多个族中弟子挤了进来，众人大都认识姜英，都跟他打招呼。

吕斌起身，对姜英说："我们要出去练一会儿，兄弟，你是回家，还是跟着去看一看呢？"

姜英也会一些功夫，因此站起来，说："走，我也出去跟你们耍一会儿！"

姜英与吕斌等人从屋里走出来，来到屋后的一块空地上。空地上已经有了几十名弟子，他们一起朝着吕斌鞠躬打了招呼后，便各自操练起来。

姜英跟吕斌学刀法，一直练到半夜，众人解散，他才回到家。姜英的家离吕斌家不远，家里只剩下一个老父亲，他大部分时间住在学宫里，也经常回家与老父亲一起住几天。

当天夜里，临淄下起了大雨，大雨从半夜开始，一直下到天明。

天亮的时候，姜英穿衣下床，外面已经变成了一片泽国。老父亲开了院门，姜英走出屋子，刚好看到阴阳师高华子穿着蓑衣走进院子。

高华子的师父的师父，是周天子的太卜，六卿之一，官职显赫。高华子的师父本来也在朝中，跟着其师父做事，后来因为这个太卜得罪了太宰，被排挤出了周王朝。高华子跟师父学占卜之前，是荀子的弟子，与韩非子同门，后来因为与韩非子打架，高华子打了那个高傲的韩国贵族一拳，被荀子逐出师门，高华子便跟了现在的师父，学习阴阳之术。

顺便提一句，高华子的师父，跟吕旌的师父是师兄弟，因此说起来，这高华子与吕旌也有同门之谊。

高华子在姜英的注视下，一步步走进院子，走到姜英面前。

姜英很诧异："高兄，这大雨天的，你不在学宫里好好待着，为何一大早跑到我家里?!"

高华子说："我昨天晚上跑到山上观天象，回来太晚，就在山里人家住了一宿，城门开了之后，我进了城，学宫却还没开大门，我就跑到你这里来了。"

高华子脱下蓑衣解下斗笠，两人进屋坐下。

姜英看了看还在淅淅沥沥下着的小雨，说："这雨下得如此之大，今年的庄稼收成差不了。"

高华子喝了一碗热水，说："齐国恐怕又有灾祸了。"

姜英一愣："高兄看到什么了?"

高华子说："雨。"

姜英"噢"了一声，看了看外面的大雨，问："高兄，这雨有什么预兆吗?"

高华子说："这雨下于半夜，从阴阳学上来说，是太阴之象。齐国这些年本来就牝鸡司晨，阴阳不调，现在又出现这太阴之象，恐怕会出乱子啊!"

姜英自言自语："上次一场小雨，望楼上的狴鱼掉下来，秦攻邯郸，吕旌被贬即墨，也是发生在秋天，难道今年秋天又要出现灾祸吗?"

姜英与高华子一起吃了早饭，高华子进入学宫，姜英则匆匆来到王宫，拜见齐王。

此时雨小了很多。齐王峨冠博带，穿戴整齐，正坐在偏房的桌子前，看着外面的小雨发呆。他看到姜英进来，对他点了点头，把放在桌子上的一块薄薄的羊皮纸推到姜英面前。

姜英拿起来，看了看，上面只有几个字："春申君将攻鲁。"

姜英惊愕不已，轻轻把羊皮纸放下。

齐王坐了一会儿，说："齐鲁两国有战有和，这些年鲁国式微，鲁公倚重齐国，此番楚攻鲁，给齐出了个难题啊！"

姜英拱手说："君上，臣以为，齐国应该助鲁退楚，或者趁机干脆把鲁国收入囊中。如果此番让楚国拿下了鲁国，齐国就是被人揭下了脸皮啊！"

姜英说完，偷偷观察齐王的脸色。齐王端坐不动，好像没听到姜英的话。姜英现在明白了，高华子的话是有道理的，齐国确实有难了。当然，这个难也可以选择视而不见，可以在自己脸皮被人揭去后，却装作还在。大齐反正已经让人扇了一巴掌了，再多扇几巴掌，脸皮麻木了，让人趁机揭去也无所谓。

坐了一会儿，齐王突然说："姜英，你的那一百壮士准备得怎么样了？"

姜英说："君上，都准备好了，随时等你的命令。"

齐王点了点头，从桌子上的一堆竹简旁边拿出一根密封好的铜管，他把铜管递给姜英，说："麻烦先生到即东驿所，把铜管交给负责养马的吕旌先生，让他看了后，写回信给我。记住了，此事不可委托他人，先生务必亲自跑一趟！"

姜英接过铜管，躬身施礼："请君上放心，姜英马上便去。"

07. 危险来临

田建的一系列活动，都被君王后派的宦官宫保看在眼里。宦官宫保向君王后汇报田建的活动，君王后靠在床上的软垫子上，一脸的疲惫。宫保汇报完，小声说："太后，依老奴看来，大王可是心存不轨啊，太后为了齐国，日夜劳累，费尽心血，大王是先王秉性，只想胡作非为，为了大齐江山，太后可不能掉以轻心啊！"

君王后已经六十多岁，这些年经常犯头晕之病，因此经常躺在床上，听臣子禀报国情。老宦官宫保声泪俱下地说完这些，君王后坐起来，叹了一口气，幽幽地说："七国之战，历经数百年，死人无数，多少百姓为此流离失所。当年襄王妄想一统天下，结果却差点被灭国，诸国皆狼顾虎盼，善类无以生存，老身不结盟不合纵，不过是想保齐国百姓安宁，国家长久。老身苦心竭虑，大王却处处与老身作对，老身年纪大了，实在是太累了，不想管了。"

宫保跪下："太后要是不管，任大王胡闹下去，大齐江山恐怕难保啊！依大王性格，必然会像襄王一样，遭遇灭顶之灾！到那时候，宫阙三千皆成齑粉，文武百官或死或逃，大齐宗庙和千年江山毁于一旦，悔之晚矣！"

君王后缓缓站起来，皱着眉头，在侍女的扶持下，在屋子里转了两圈，陡然站住，说："楚要灭鲁，大王必有行动。大王最信任的人，莫过吕旌，他要有大行动，必然会派人去向吕旌讨主意。吕旌到了除掉的时候了，宫保，动用一下你的黑衣卫吧。"

宫保精神一振，拱手道："奴才遵命！"

即东驿所在即墨城东一百里，这里曾经是莱子国国土，孟子所说的"齐东野人"腹地，毗邻烟波浩渺的稀养泽，孔子曾来过此地。传说当年孔子周游列国碰壁，想隐居九夷。他带着众弟子，沿着小路来到齐东之地，沿途所见之人如同野人，皆未教化，唯有一野兔捣碓，似在行礼。孔子知道自己的学问在此地无发挥之余地，只得喟叹而返。又过了一百多年后，孟子踏着孔子的足迹来到此地，见当地土著衣不遮体，居处简陋，留下了"齐东野人"的感叹。

这里属于即墨都管辖，人迹罕至。每年春秋两季齐王到东海阳主庙拜祭，来回会在驿所略作休息，然后就是差役，偶尔会来歇脚。大部分时间驿所是空的。驿所有驿长、伙夫，加上吕旌三人。空闲之时，驿长就回家了，驿所只剩下伙夫和吕旌两人。吕旌离家远，每年冬天回一次临淄老家，所以他也乐得清闲，每日喂了马之后，就读书、占卜，去豨养泽捉鱼、捕鸟，日子也算逍遥快活。

此时的即东之地，居民大部分还是当地的土族。有的土著还穿着兽皮，逐河而居，渔猎为主。有一些后来者，则远离土著居民，大都住在略微平坦的丘陵中，以耕地为生。

吕旌还跟着驿长乘马去东南约七十里外的地方，拜访过一个很整洁的村子。村子东靠大河，西边有群山作为屏障，进村的路上有暗哨把守，两人进去需要族长同意方可。

驿长跟族长熟悉，驿长报了姓名，暗哨骑马进村向族长请示，族长派了一辆马车出来，两人坐马车进去。

吕旌和驿长在族长家中吃了一顿丰盛的午饭，让吕旌惊讶的是，族长家里的午饭非常讲究，碗筷皆是金银器物，侍女上菜，都是先躬身施礼，才端菜上桌，这种礼仪，民间是没有的。

吃完饭出来，驿长悄悄告诉吕旌，族长可不是一般人。族长的先祖，是这里非常古老的一个邦国纪国的国王。这个古老的邦国，可能始于商朝，也有人说比商朝都要早，商周大战的时候，纪国偏居一隅，未曾有丝毫惊扰。周王得了天下后，封姜子牙于营丘，营丘离纪国王城很近，纪国国王就带着士卒进攻姜子牙，姜子牙率部反击。双方的战争一直持续了三百多年，直到齐襄公时，才把纪国打败，纪国国王纪哀侯带着心腹以及家眷东逃，因为大河阻挡，纪哀侯在此地居住了下来。这个村子的人，大部分是纪哀侯的后人，而族长，则是纪哀侯的嫡传之后。

吕旌惊愕无比。

相比纪姓族长，吕旌最愿意交往的，还是一支离此地三十多里远的、据说来自遥远的西部蛮夷之地的郭姓人。这些人虽然说着当地土话，但是没有自己的姓氏，他们的文明程度，介于当地土人和外来种植者之间，根据自己的喜好，随意起了一些名字。几十年前，齐襄王决心为疆域内所有百姓分户造册，即墨城的官员来到此地，发现了这些人，经过与他们的首领商量之后，给他们分别安排了姓氏。这些人大部分姓郭，他们善于种植小麦，也会养蚕纺织，据说夏朝的时候，他们就曾经给朝廷进贡。魏人以大禹之名写就的《尚书·禹贡》里，如此描写此事："海岱惟青州，嵎夷既略，潍淄其道……厥贡盐絺，海物惟错，莱夷作牧，厥篚檿丝。"意思很明确，这里的人在夏朝的时候，就曾经向朝廷进贡食盐、丝绸和各种海产品。

相比藏在山里的纪族长，郭姓人性格开朗，对任何人都不设防备，随时欢迎任何人的造访，甚至即墨城的税官来到，他们也是唱歌跳舞，日夜欢歌。唯一让吕旌觉得遗憾的是，这个部族没有文字，不知自己先祖的姓名，他们崇拜所有能见到的东西：山、树木、鸟、狼，甚至各种虫子。他们会把这些东西都想象成他们祖先的化身，对所见的这些东西皆顶礼膜拜。无论是老人老死，还是年轻人得病而亡，在他们的巫师的说法中，都会变成另外一种人眼可见的东西，比如树木、鸟儿，继续陪伴在他们身边。

在这个部族里，巫师是最有智慧的人。与众人的快乐无忧相反，瘸了一条腿的巫师心情忧郁，他告诉吕旌，由于当地土著以渔猎为食，导致山里的动物特别是鸟儿迅速减少，他们种植的粮食因此连年遭遇虫害。

"这不是一个好现象。"巫师忧心忡忡，"天上一只鸟，地上一个人，要死人了。"

吕旌笑了笑，说："巫师，外面一直在打仗，天天死人。你们一直躲在这里，不知道而已。"

巫师摇头，说："我是说，这里要死人了。"

巫师突然盯着吕旌说："你要是不信，可以回去算一算。要死的人或许与先生有关呢。"

这些巫师的预言有时候很奇葩，但是有时候很准，吕旌不得不重视。回到驿所后，吕旌卜算了一下，大吃一惊。

卦象显示，这两天内，他将大难临头。

好在吕旌早就有所准备。从来到驿所的第一天起，他就明白，如果齐王和太后一直心存芥蒂，那他作为两者之间的棋子，会一直处于死亡的威胁之中。

吕旌表面装作若无其事，却暗中做了安排。天黑后，他请伙夫喝酒。伙夫比他能喝，吕旌就作弊，把酒暗中倒在地上，直到把伙夫灌得酩酊大醉。吕旌把伙夫扶到自己的床上睡觉，把自己腰上戴的玉佩挂在了伙夫腰上，自己则躲进了早就在房间挖好的地洞里。

08. 吕旌逃生

宦官宫保带着黑衣卫的十二名高手，傍晚时分来到即东驿所外的一座小山上。

宫保让其中两名黑衣卫到驿所门口附近埋伏，监视驿所，又派了两名黑衣卫到前面路口当暗哨。他带着剩下的几名黑衣卫在山上吃了晚饭，等到午夜时分，宫保留下两名黑衣卫看守众人的马匹，他带着剩下的六人，轻装快步，直奔驿所。

他们在驿所门口，与在这里监视驿所的两个黑衣卫会合。黑衣卫告诉宫保，驿所一直关着门，刚刚还点着蜡烛，现在里面的灯光已经灭了，不知道里面有几个人。

宫保小声对众人说："进去之后，不留活口！吕旌的房间在东南角马房旁边，你们先围住他的房间，把他杀了，再杀其他人！"

黑衣卫皆答应一声，越墙进入驿所。他们先来到东南角吕旌的住房外，其中一人守着窗户，其余众人破门而入。

可怜的伙夫还躺在吕旌的床上，呼噜打得震天响。六名黑衣卫涌上去，六柄钢刀一阵乱捅，伙夫大叫几声，死于非命。

众人迅速在驿所展开搜查，没找到其他人。搜查完毕后，他们开了大门，宫保进门，黑衣卫带着宫保来到吕旌的房间，有人点着火把，宫保看了看"吕旌"。面前的这个人胡子拉碴，一脸的血，几乎看不出模样。宫保低头，让人照着火把，他在"吕旌"的身上找东西，找了一会儿，找到了吕旌腰上的玉佩。宫保点了点头，把玉佩拽下放进袖子里，问旁边的黑衣卫："再没有别的人了？"

黑衣卫回答："没有了！马房我等也搜了两遍，只有五匹马，一个人都没有！"

宫保说："牵上那五匹马，我们去即墨城住下。"

一名黑衣卫士问："大总管，不用割下脑袋回去复命吗？"

宫保说："有玉佩就行了，这枚玉佩，是先王赐给吕旌的，太后认识。再说了，我们要把这里弄成盗匪劫掠而杀人的样子，你听说过割下人头的盗匪吗？笨蛋！"

黑衣卫从马房里牵出马，有人打了一声口哨，远在路口放哨的黑衣卫也跑过来，众人分乘马匹，疾驰而去。

吕旌在洞里藏了一宿，第二天早上，他从洞里出来，看到被杀的伙夫，朝伙夫连磕三个响头。

吕旌在驿所外挖了个坑，想把伙夫埋了，挖好后，他刚要搬动伙夫，突然想到了宫保的话。宫保他们是想把自己被杀的事儿做成盗匪抢劫杀人的现场，如果自己把伙夫埋了，以后传到宫保的耳朵里，宫保会不会怀疑自己没死呢？

吕旌想了一会儿，干脆放了把火，把驿所烧了，伙夫的尸体也烧成了木炭。

吕旌在驿所外埋伏了两天，一直等到姜英打马来到驿所。他看到姜英进入驿所，冲进倒塌的屋子里，翻出了伙夫的尸体，跪在地上痛哭失声。

吕旌知道，姜英来找自己，肯定是奉了齐王之命。但是他明白，他还不到可以现身的时候，万一自己活着的事泄露出去，那自己必然会遭到黑衣卫的再次追杀。不如现在自己先潜伏下来，暗中观察君王后的动静，需要自己出去的时候，自己再露面。

想到这里，吕旌只能在心里暗暗对姜英说：兄弟，对不起了，以后为兄向你赔罪吧。

姜英抱着烧成木炭的伙夫号哭一阵之后，在驿所转了两圈，便上马，打马回去了。

姜英来到即墨城，亮明了自己的身份。即墨城司马王付子赶紧把此事告知即墨大夫田楚。田楚让王付子带姜英来到府衙，姜英把即东驿所发生的事，告诉了田楚，让他们迅速处理。田楚认得吕旌，得知吕旌被烧死，惊愕不已。姜英在即墨略事休息后，打马直奔临淄。

两天后，姜英进入王城见到了齐王，行过大礼后，拿出铜管，递给了齐王。齐王正要点蜡烛烤蜡封，姜英说："启禀君上，姜英……没有见到吕旌。"

齐王一愣，看了看铜管："这么说，这蜡封还是寡人封的？"

姜英拱手："正是。"

齐王放下铜管："吕旌呢？他不在驿所了？"

姜英声音沉重："君上，我去得晚了，吕旌……被人杀了！"

齐王惊愕地站了起来："什么?！被人杀了？谁杀的?！"

姜英摇头，说："臣下不知。驿所的马都没了，吕旌住的屋子也被人烧了，好像是盗匪所为。"

齐王闭上眼睛："吕旌啊吕旌，你可是寡人最信任的人啊！你怎么就扔下寡人走了呢?！此事必须要查清楚！姜英，寡人任命你为特使，速去即墨，督查此案！"

姜英说："君上，臣下回来之时，已经通报即墨，让本地官府处理此事。臣下以为，此时我们不宜大张旗鼓去督查此事。"

齐王在桌子前坐下："这是为何?！"

姜英说："吕旌之死，尚有疑点。如果真是歹人所杀，那歹人为何还要放火？而且放火烧的还恰好是吕旌所住之屋？臣下在吕旌屋子里看到一个烧得看不清眉目之人，此人或许是吕旌，或许不是……"

齐王有些惊喜："这么说吕旌很可能还活着？"

姜英点头，说："这只是一种可能，如果他活着，早晚会来找君上。臣下现在忧虑的是杀吕旌之人的身份。臣下回来的时候，听人说太后的心腹大管家宫保也悄悄出城多日，不知是否与吕旌有关。"

姜英说到这里，齐王才大悟："喔，原来如此！那我们现在该如何是好？"

姜英说："按兵不动。君上，如果此事真是太后所为，那就说明太后不但把持朝政，而且暗地里还让宫保豢养杀手，此事实在是可恶至极，我们要是不下手，恐怕死无葬身之地啊！"

09. 凤仪亭议事

姜英的担忧很有道理。君王后让宦官宫保动用大量钱财，在王宫外豢养了三十名顶尖高手，这三十人皆穿黑衣，行动时黑布蒙面，君王后称之为黑衣卫。这三十名黑衣卫，防备的就是齐王田建和他身边的心腹。

君王后是不会让人伤害他的儿子的。但是，有着病态一般戒备之心的君王后，防备的却正是齐王田建。在权力之外，还要拥有一支更为隐秘的恐怖力量，是君王后觉得安全的保障。她不认识这支卫队的任何一个人，卫队只知道他们效力于王宫，却不知道效力的具体人物。

田建在稷下学宫的行动、与姜英的接触，甚至姜英的行动，都是宫保监视的对象。姜英联系吕斌，吕斌暗中召集族中子弟，他的这些举动，都在一手遮天的君王后的掌握之中。

当然，现在君王后最关心的还是楚攻鲁之事。

鲁国势弱，大部分领土都被齐国包围在其中，加上鲁在军事上实际早就受齐保护，几乎成了齐国的附属国。打鲁国，那跟从齐国身上剜肉没什么太大的区别。

鲁国是周姓侯国，首任国君为周武王弟弟周公旦之子鲁公伯禽。鲁国是周礼最为典型的保存者和实施者，世人称"周礼尽在鲁矣"。鲁国与周礼的这种密切关联，使得鲁国形成了谦逊礼让的淳朴民风，同时也使鲁国国势的发展受到了很大的影响。与之相反的是秦国。秦在商鞅变法后，不拘一格推行新法，只要与新法有抵触的，完全以新法为准，新法因此摧枯拉朽，不可阻挡。即便是后来秦惠王将商鞅车裂，秦国依然沿用新法，为国家强盛奠定了基础。

鲁国也有高光时刻。春秋几百年，鲁国一直是大周之强藩。只是在战国后期，鲁国被齐和楚等国逐渐蚕食，成了现在这样一个需要齐国来保护的小国。

楚国兵马还没到鲁国边界，鲁顷公的使者就慌慌张张跑到了齐国，向齐国请求援兵。一向主张不介入他国事务的君王后，显然也很明白鲁国对于齐国的意义，这次没有断然拒绝，不过也没有当场答应，而是让使者去驿馆安歇，她与众人商量此事。

使者退下，处理完其他事务，君王后留下齐王、周子等人，来到凤仪亭，商量此事。田建知道，这个凤仪亭才是齐国国家大事的决定之处。廷议，不过是给他田建留下的一张脸皮。

这个地方是母后和她的心腹议事的地方，他田建还是第一次跟母后的心腹们一起议事。

君王后的心腹大臣们也都有些尴尬，等君王后和田建入座后，对君王后和田建行了鞠躬礼，才分别跪坐在各自位置上。

田建偷偷观察众人。母后的六名心腹，以周子为首，皆一脸肃穆，都低着头，装作没有看到他看自己的样子。

田建心中冷笑。这些人仰仗太后恩宠，对自己这个一国之主一向不看在眼里，真是狗眼看人低！太后已经五十多岁了，这齐国早晚是我田建的，到那时候，我看你们这些人如何面对我田建！

君王后看了看众人，又看了看田建，说："凤仪亭是老身会客之处，大王乃一国之君，本来不该让大王来此地议事，但是事情紧急，还请大王和诸位臣工谅解。"

田建知道，母后的话其实是说给自己听的。他心里笑了笑，嘴上说："母后言重了。母后身负重任，诸事以国家为重。"

田建的话也是另有意思，他相信聪明透顶的君王后应该能听明白。君王后笑了笑，说："今日鲁国使者求援，大家也都知道了，此事事关重大，大家都说一下自己的看法吧。"

众人都看向齐王。齐王打定主意不说话，他低着头一声不吭。

君王后无奈，只得点将："宰相，你先说吧。"

周子一脸严肃，先拱手问了一句："太后，臣可以把心中所想，都说出来吗？"

太后说：“只要是因为楚攻鲁之事，都可以说。”

周子拱手，突然站起来，手指着王御史大声说：“太后要是真想治理好齐国，请把此人先拉出去斩了！”

众人惊愕。王御史更是站起来，不敢相信自己的耳朵：“宰相大人，此言差矣！下官虽然官职卑微，也不是你想斩就能斩的！宰相莫非以为齐国乃宰相之齐国?!”

君王后脸色不悦：“老身让你说的是楚攻鲁，齐国当如何应对，你却让老身杀王御史，宰相，你这是不是消遣老身啊?!”

周子跪下，拱手说：“太后，臣说的，正是齐国如何应对楚攻鲁之事！齐国要想在此事中有所作为，不像上次秦赵邯郸之战中让人耻笑，必须先斩此人！”

君王后示意王御史坐下，她看看齐王等众人，然后看着周子说：“杀人容易，老身也不是没杀过人。宰相只要把理由说清楚，要是王御史有必杀之理由，老身可以杀他。不过如果宰相巧言令色，污蔑大臣，老身也有杀宰相之刀！”

田建观察众人神色，很显然，君王后因为这一突发事件，有些愤怒了，而且她现在努力压制着自己的愤怒。周子选择在今天发难，即便不是早有预谋，也是为此事憋闷了很长时间，今日终于找到可以痛快说话的机会了。而这个机会，是一种可以有效亮明自己的观点，并能给对方打击的契机。这个契机的出现，正是因为有齐王在这儿。

齐王为周子捏了一把冷汗。他利用这个机会想打击君王后最信任的心腹，弄不好就会弄巧成拙，得罪君王后。

周子自然也明白这个道理，他朝君王后拱了拱手，说：“臣冒死谏言，实为大齐江山社稷，更是为此番楚鲁之战！齐本是列国之强国，曾与秦东西称王，与赵、楚逐鹿中原，可是自邯郸之战后，齐国已经被列国视为笑话！当年赵曾向齐借粮，臣几次谏言应该借粮给赵，御史大人却怕因此得罪秦王，极力反对借粮，齐国也因此受到各国嘲笑，此为齐国之奇耻大辱！黄口小儿都知道，秦有虎狼之心，当年长平之战，秦杀赵国降卒四十万！邯郸之战，秦本想灭赵，幸亏楚魏联军援赵，赵国才侥幸逃此一劫！自长平之战后，赵避秦唯恐不及，丝毫没有招惹秦国，秦突然向赵索要六座城池，并以赵不给为由进攻邯郸，太后啊，这种虎狼之国，是躲能躲得过去的吗？绵羊从来不招惹虎狼，但是虎狼却以之为食。邯郸之战，幸有魏楚两国挺身而出，击败强秦……"

王御史突然冷笑了几声，说："宰相大人，太后问的是楚鲁之事，你扯到了秦赵之战，大人莫非脑子糊涂了？"

周子朝着太后拱手说："臣是以秦赵之战为例，其实讲的是楚攻鲁之事。现在七国鏖战，弱肉强食，齐国可以不惹秦国，不惹赵、楚等国，但是不可用'诸侯信，事谨秦'之策处置所有之事！天下人皆知，鲁国这些年与齐国交好，春申君攻鲁，是因为他在秦赵邯郸之战中看到了齐之懦弱！如果当年齐国也出兵助赵，春申君敢进攻鲁国吗?！别说发兵，他连此想法恐怕都不敢有！故此，臣以为，为了齐之百年大计，齐要修改立国之策，要有礼有节，更要敢于担当！"

周子说完，齐王暗中观察众人表情。君王后一脸严肃，脸皮上像是蒙了一层铠甲，众人则表情复杂游弋。

齐王心里冷笑一声，突然拍掌，喊道："好！宰相所言极是！"

10. 太后的愤怒

田建话音刚落，王御史说话了："宰相大人忘了当年齐国差点亡国吗？"

周子冷笑一声："王御史就不会说点别的了吗？物极必反，当年湣王过强，自然招人顾忌，现在齐是过弱。过强易折，过弱易弯，该弱则弱，该强则强，才是为国之道！"

君王后点头，看了看田建，对旁边一个大臣说："高太傅，你说几句。"

高太傅唯唯诺诺，朝着田建和君王后各鞠一躬，说："太后，君上，臣闻楚已派人到赵，商讨攻鲁之事，至于两国是否达成盟约，臣下不知。邯郸之战，春申君是赵国的救命恩人，如果没有春申君先出兵，魏信陵君不会出兵，邯郸之战就是赵国灭亡之战。平原君是个极讲义气之人，如果楚攻鲁，齐国出兵，臣下担心赵国会出兵助楚，齐之兵力勉强能敌楚，却无法抵抗两国联军。人无远虑，必有近忧，请太后和君上三思。"

周子冷笑一声："那如果楚攻齐呢？齐国是不是也要顾虑其他国是否会跟楚联盟而放弃抵抗?！鲁之边界大部分与齐相连，鲁国事实上早就成为齐国内之国，此事谁人不知？楚攻鲁跟攻齐还有什么区别？高太傅，按照你的说法，齐国是不是乖乖等死才是上上之策?！"

高太傅说："齐并不是乖乖等死。齐要在各国互相征伐、费尽人力物力之时养精蓄锐，训练兵士，以便伺机而动，所谓鱼蚌相争，渔翁得利也。"

周子"噢"了一声，问："太傅大人，你觉得渔翁能是秦的对手吗？"

高太傅说："万一鱼蚌皆伤亡严重呢？"

周子"哼"了一声，说："那也需要一个能征善战的渔翁！像太傅这样的渔翁，手无缚鸡之力，一条巴掌长的鱼就能把你拍一个跟头，一口水便能呛死，即便利就在面前，你也很难抢到手。"

高太傅气得手指着周子："你……你……"

高太傅气得好长时间说不出话来，君王后说："好了，议事便议事，不要逞口舌之快，出口伤人。君上，你是一国之君，说说你的看法。"

齐王笑了笑，朝着太后拱手："母后，孩儿对此事的看法与宰相相同，理由也完全相同。七国互相鏖战，不可有一时疏忽，鲁国不只是齐国之脸面，更是齐国之一部分，齐国应该先礼后兵，先照会楚军，如果楚军执意出兵，那齐就应该毫不犹豫，出兵助鲁。"

君王后点了点头，说："此番楚发兵攻鲁，却派人去跟平原君商量，不把齐放在眼里，实在是欺人太甚！老身同意君上的说法，先派人照会春申君，如果春申君还是不把齐放在眼里，那就让他看看齐国将士的厉害！各位也都累了，回去歇着吧，明天老身就派人去楚国。"

君王后的决定，出乎田建的意料。不过田建了解君王之术，对于君王后到底会如何行动，心中依然没底。

君王后这次果然很利落，第二天便派人带着国书去了楚国。出使楚国的人是高太傅，这让田建觉得君王后的这次行动充满了变数。君王后对众人解释说，高太傅此去楚国，不过是递交国书，现在齐国主意已定，楚若发兵，齐当救鲁。

君王后此次对楚国确实态度强硬，不过齐王不知道的是，君王后态度转变，并不是因为楚发兵攻鲁，而是因为另外一桩故事。

多年没有子嗣的楚昭王，新添贵子，母凭子贵，王妃李嫣嫣成了宫中新贵，李嫣嫣的哥哥李园也成了当朝红人，被楚昭王封为博士，参与朝政。而这个李园，与齐国渊源颇深。

当年李园落魄之时，曾经从赵国来到齐国，投奔稷下学宫，李园善于结交权贵，不久他就获得了学宫中的官员的赏识，将之推荐给了高太傅，高太傅又将之引荐给了求贤若渴的君王后。李园能说会道，对天下大事也有自己的主张，很得君王后的喜欢。君王后想让齐襄王给李园封一个官职，让其为齐国效力，但是齐襄王见过李园之后，觉得此人过于油滑，拒绝了君王后的提议。

李园很失望，决定到他国去碰一下运气。君王后惜才，觉得他或许可为自己所用，就亲自给春申君写了一封书信，还送给李园马车一辆骏马两匹，金银各五十两，让其去楚国。李园对君王后感恩戴德，泣拜而去。

春申君收留了李园，但是李园在春申君那儿并不受宠，而且根本没有接触楚王的机会。此时齐襄王因为病体缠身，齐国由君王后掌权，李园以为自己在齐国当官的机会来了，又跑回齐国。

君王后见了李园，仔细听说了他在楚国的经历后，给他出了个主意，并再次赠送金银无数，让他返赵国带着妹妹李嫣嫣一齐回到了楚国。

回到楚国后，李园去见春申君，春申君问他为何回去住这么长时间。李园说因为齐王听说他妹妹貌美，想娶其妹妹，他在赵国等着齐王的使者来到，因此耽搁了些日子，后来妹妹听说齐王年龄大了，而且身体不好，横竖不嫁给他，因此没办法，他只得带着妹妹又跑到了楚国。

春申君听李园如此说，便动了心，让李园带他的妹妹来见他。李嫣嫣果然青春貌美，晶莹剔透如碧玉，天下少有。春申君心花怒放，当天晚上便留下李嫣嫣，与之同床共枕。

不久，李嫣嫣怀孕。而此时，楚考烈王一直没有儿子，春申君正为此发愁。李园得知妹妹怀孕后，马上找到春申君，说服他把妹妹进献给楚王：“如果这个孩子是个男孩，那他就是将来的国王，你就是国王的父亲，到那时候，楚国就是你的了。”李园的这一句话，打动了春申君。春申君虽然万般不舍，但还是把自己的心上人送给了楚王。

李嫣嫣进宫不久，便显出了身孕，考烈王大喜，对这个小妃子宠爱有加。十月怀胎后，李嫣嫣终于生了一个儿子。楚国上下一片欢腾，春申君觉得自己是做了一个大买卖，更是兴奋不已。

楚王因此封宠妃李嫣嫣的哥哥李园为博士，参与朝政。

在君王后看来，李园就是她派在楚国的一个细作，而春申君现在差不多已经被李园控制了，春申君出兵攻鲁，李园非但没有劝阻，而且据齐国细作送回来的情报，发兵攻鲁，是李园和春申君一起向楚王提出来的。

君王后觉得以李园之为人，其中必有缘由，因此派高太傅带人，直奔楚国质问李园。

11. 高太傅见楚王

高太傅带人来到楚国后，先去驿馆登记住下，然后，他只带了一个马夫，来到李园府第，拜访李园。

李园府第高大豪华，仆从成群，与昔日落魄景象简直是天上地下。高太傅观其景，便知道现在的李园在楚国身份只在春申君之下，可谓两人之下，万人之上。

高太傅跟在李园家仆的后面朝屋里走。李园得到通报后，赶紧来到屋外迎接高太傅："太傅大人好！李园恭迎太傅大人。"

高太傅笑着说："李大人现在高官厚禄，府第堂皇，真是不同往昔啊！"

李园扶着高太傅进屋："太傅大人是李园的恩人，对于李园胜同再造，李园没齿难忘。"

两人进屋，分宾主坐下，高太傅环顾左右，李园让屋子里的丫鬟们都退下，高太傅拿出君王后的亲笔信递给李园："李大人，这是太后的信，请大人一阅。"

李园笑了笑，说："李园不必看信，就知道太后的意思，太后应该是因为李园支持春申君伐鲁，而怪罪于李园吧？"

高太傅说："大人是聪明人，不知为何却做此糊涂之事？"

李园摇头，说："太后和太傅大恩，李园一刻都不曾忘记，更不敢做有损齐国利益之事。不过太后和太傅大人不知道的是，此番伐鲁，是李园先向楚王提出来的。"

高太傅一愣："此是为何?！"

李园说："太傅勿急，听我细说。李园现在虽贵为博士，却对楚国未有寸功，因此，楚国文武百官对李园皆不肯正眼相看。春申君去年就曾谋划攻鲁，因为有事耽搁了下来。此番李园得知春申君要攻鲁后，先他一步奏请楚王，只是为了谋得一功。高太傅，攻鲁之事已不可逆转，赵之平原君答应，如果齐出兵，则赵可出援军挡住齐国大军，李园以为，齐国为了一个小小的鲁国，得罪楚、赵两国，是很不合算的。春申君拿下鲁国后，李园也会跟着沾光，受到楚国文武的尊敬。等到在下妹妹的儿子成了楚国之王，在下除掉春申君之后，在楚国我就是一人之下、万人之上，到那时候，才是我李园报答齐国之时。太后和高大人对李园有再生之德，我李园怎么敢忘记？!"

高太傅沉吟了一会儿，问："李大人，这么说，齐国现在只能眼睁睁看着楚国拿下鲁国了？"

李园说："只能如此了。此事春申君早就跟赵国有了密谋，李某觉得无可挽回，才向楚王建议攻鲁，请太傅大人向太后禀明内情，小不忍则乱大谋，忍过此事，日后李园必有回报。"

高太傅犹豫了："楚攻鲁一事让太后非常恼怒，这一说法虽然有些道理，但是不免虚妄，太后恐怕难以接受。"

李园呵呵一笑，说："太傅跟随太后多年，还是不了解太后的脾气。太傅稍等，等我给太后修书一封，太后见了后，必定会开释此事。"

李园打开太后给他的密信看了看，又写了一封回信，封好后，递给高太傅。

高太傅接了信，还没有走的意思，他向李园拱手："李大人，老朽愚笨，不知刚才大人说的话是什么意思，请大人指点一二。"

李园一愣，问："我刚才说的话？我说的哪句话啊？"

高太傅说："你说我不了解太后的脾气，李大人此话必有深意，请大人明示，老夫感激不尽。"

李园沉吟了一会儿，说："李园有今天，也多亏了太傅当年的引荐，罢了，我就以此事为例给大人分析一下太后吧。请问大人，太后知道此事后，是否表现得非常愤怒，并召集众人商量此事呢？"

高太傅惊讶："确实如此！李大人，你怎么知道这些？!"

李园呵呵一笑，说："太后不过是为了让众人知道，她为此事很愤怒。但是太后如果真的是拿定主意要做什么事，从来不会大张旗鼓先与众人商量，高太傅还不明白我的意思吗？"

高太傅顿然明白，拍了拍脑袋："李大人是说，太后根本就没想阻止楚攻鲁?!"

李园点头，说："太后派高大人来楚，不过是让我帮她出一个计谋，以堵住众人之口。"

高太傅问："那如李大人所说，下官也不必拜见楚王了?"

李园摇头，说："该做的戏必须要做足，明天我带大人拜见楚王，大人可以劝阻楚王发兵，但万万不可言及齐要发兵助鲁之事，覆水难收，太傅应该懂得这个道理。"

按照李园所说，高太傅第二日随着李园拜见了楚王，递交了国书，把太后的态度向楚王说了。春申君因为正在军营准备出发，没有上朝，楚王对高太傅转达的太后意见不屑一顾，他让高太傅转告太后，鲁国并非齐之属国，当年鲁国曾经进攻过楚国，楚国要报仇，跟齐没有任何关系。如果齐国敢兵戎相见，那就等着楚军的反击吧。高太傅曾经多次出使列国，但是像楚王这样赤裸裸出言威胁齐国的，还是第一次。

高太傅想说一句硬气的话，为齐国争一些面子，想想现在太后缩头乌龟式的处世方式，他只得装聋作哑，躲过楚王的话锋。

楚王对齐国的态度，李园都看不下去了。高太傅要回齐国，去向李园辞行，李园说："真是让人想不到，当年人人敬畏的齐国，现在竟然到了此种地步。"

高太傅感叹："此一时彼一时也。"

李园说："李园能有今日，皆太后之功，因此李园非常感激太后。但是太后如此治国，早晚会葬送了齐国。太傅如果有机会，可劝一劝太后。七国鏖战，犹如丛林之兽，弱小者最终难逃厄运。"

高太傅拱手："李大人高瞻远瞩，请大人说实话，如果大人是太后，是救鲁还是不救呢?"

李园呵呵一笑，说："自然得救了。齐若失鲁，颜面尽失也。高太傅前日在楚王面前所受羞辱，皆因齐已丢失一半颜面了，此番失鲁，另一半颜面也丢了。"

高太傅正色说："那李大人还要给太后一个不救鲁的理由?!"

李园收起笑容，很认真地说："鲁国当救，是国之大计，不救鲁国，却是太后计谋。太后不敢得罪列国，不肯发兵救鲁，李园即便有意说服她，又有什么用呢？何况李园现在身在楚国，为楚之博士，从中周旋，不得罪太后，李园又从中得利，何乐而不为呢?!"

高太傅愕然。

高太傅回到临淄，把李园的信呈给君王后。君王后也没看，只是对高太傅说了几声辛苦，就让他下去歇息了。高太傅犹豫了一会儿，本来想把对李园的看法告诉太后，想了想又转身走了。

人皆有私心，李园与君王后不过是互相利用，自己说透了很可能反受其害，那又何必呢？

两天后，君王后召集众人议事。还是在凤仪亭，还是上次那些人，商量的还是上次的事儿。君王后拿出李园的信，让众人都看了一遍。

君王后神情疲惫，对众人说："李园是老身在楚国的线人，楚国攻鲁，只是一个诱饵，如果齐国发兵援鲁，赵国和魏国都会马上发兵攻齐，以齐国现在的兵力，还无法对付三国联军，老身想破了脑袋，也没有想出一个救鲁之策，不知诸位有什么好办法？"

众人看完李园的书信，一个个目瞪口呆，不敢出声。谁都知道赵之平原君、楚之春申君、魏之信陵君三人皆是本国柱石，且三人交情深厚，前番信陵君和春申君奋力救赵，更使三人关系无人能比，此番春申君要攻鲁，赵国暗中协助，自然是水到渠成之事。三国形成有力的铁三角，别说齐国，就是强秦也要退避三舍。

田建不知是计，长叹一声，说："三国如此，齐国唯有先破三国联盟，才可发兵，否则兵不可发也。"

君王后点头，说："君上此话甚善。明日便可派人去赵、魏等国，探探两国之口风。"

田建终究是年轻，被君王后和李园的一个小动作就搞定了，只能听从君王后摆布。

第二章 楚国的野心

01. 鲁仲连

稷下学宫正在搞一个七国形势推演大赛，姜英是学宫中三位有官职的人之一，按照惯例，他应该去大赛做监督。高华子到他的住处找到他，拽着他就去了学宫的大殿。

大殿里灯火通明，上千名士子分设七区，分别以"齐、赵、楚、韩、魏、燕、秦"七国如何应对当前局势为题，自由发挥，互相辩驳。有专人将士子们的发言择要记下，以备将来简要记录，呈送齐王阅览。

稷下学宫士子上千，虽藏龙卧虎，但浑水摸鱼之辈也不少，姜英从头挨个儿站着听了一会儿，有建设性的观点不多，年轻的士子们推崇苏秦、张仪这样的纵横家，年龄大一些的喜欢学田骈、慎到那一套，喜欢夸夸其谈，听起来都很有道理，其实空无一物。

姜英走到齐国区的时候，听到一个熟悉的声音："诸位学长，不才以为齐国与山东五国一样，皆面临危机，却并非没有生存下去之机会。然，齐国要重新成为强国，则须有常人难有之量，与昔日仇敌燕、楚、赵等国结盟，共同抗秦。此非合纵，亦非连横，而是简单的小国生存之术。列位也许对不才的话有意见，以为齐依然是富强之大国，其实错了，齐虽然有渔盐之富，现在却被楚国、赵国分别攻取了淮北之地、济西之地，被魏国攻取了原齐国侵占的宋地，河东之地又被燕国劫掠一空，齐国现在已经是七国中的弱国了！"

众人哗然。

此人继续说："当然，山东六国除了燕国，情况也不容乐观。赵国自长平之战后，元气大伤，邯郸之战虽然打败了秦国，靠的却是深沟高垒和楚魏两国的援助，现在赵国兵力屡弱，已非赵武灵王之时的赵国了，而楚国虽取淮北却失去了都城，实力也大大衰减；魏国虽得实惠，却无地利，彻底失去了曾经的霸主光环，不得不朝见赵王以求存国。诸国之中，得利的只有秦、燕二国，燕国得辽东之地，又得齐国财货，一跃成为强国；齐有赵国之隔，秦无法直接攻齐，但是秦必然是齐最大之隐患。故，齐国应该与山东五国交好，共谋对秦之策，此为长远之计。"

有人说："仲连先生，你难道忘了赵、燕等国是如何对待齐国的吗？"

此人呵呵一笑说："七国征战，弱肉强食，有何怪哉？不才说的与诸国搞好关系，靠的不是善，更不是忍让，而是当善则善、当强则强，过善易让人欺，过强易让人惧。"

有人问："那你觉得是否应该援鲁呢？"

仲连先生说："这些年齐鲁交好，且鲁国大部分疆域与齐相交，如失去鲁国，齐也将失去一面屏障，齐当然应该出兵。"

有人问："仲连先生，我等听说此番楚攻鲁，背后有赵、魏支持，现在齐国要是出兵，是否会像当年湣王攻宋，引起诸国围攻？"

仲连先生呵呵一笑，说："当年湣王攻宋，是用兵过度，惹得诸国恐惧，才有六国攻齐。此番楚攻鲁为不义，齐发兵救鲁乃情理之中，且赵国元气未复，北方有燕虎视眈眈，岂肯轻易出动大军？魏信陵君因为击杀晋鄙，现在躲在赵国不敢回去，魏王正在气头上，魏王岂能轻易发兵助楚？此番齐不出兵，威信皆无，日后必受诸国欺负！"

仲连先生说完，众人议论纷纷。姜英挤进人群中，扯了正跪坐在桌前的仲连先生一把。仲连看到是姜英，大喜，忙跟着他从人群中挤了出来。

仲连全称鲁仲连，有人称为"鲁连子"，临淄人，为当时名士。当年秦赵邯郸之战前，赵平原君在魏国将军新垣衍的鼓动下，曾经打算奉秦为帝，鲁仲连得知后，找到新垣衍与其进行辩论，解释其危害，新垣衍最终放弃了让赵奉秦为帝的打算，回到魏国后，劝魏王发兵救赵。因此姜英、吕旃等人对鲁仲连非常敬佩。鲁仲连与安平君田单关系非常好，可谓至交。可惜的是，这个鲁仲连不喜欢入朝为官，此为齐国之遗憾。

鲁仲连一般云游列国，极少回国。以前鲁仲连回国，都是到田单府中与田单吃酒，自从田单被赵国用三座城池换去赵国为将后，鲁仲连便轻易不回齐国了，因此姜英见到他后，非常兴奋，忙让高华子到伙房设法弄几个小菜，他们几个要喝酒。

高华子与管伙房的人熟，一会儿工夫，他便弄来了一大块牛肉、一盆肉汤。姜英从床底下找出一坛子酒，三人跪坐在桌子旁，开始喝酒。

边喝酒，姜英边询问鲁仲连为何回来了，还去了稷下学宫。

鲁仲连笑而不答，只管喝酒吃肉，一直到他酒足饭饱之后，才把酒碗放下，对姜英说："秦一国独大，山东六国唯燕国略强，然而，燕王喜志大才疏，只能内斗，无法合纵抗秦，仲连此番行走六国，是奉田将军之命，摸清各国君臣态度，以做变换之策。"

姜英惊讶："如此说来，先生来齐，田将军也知道？不知田将军可有话捎给齐国？"

鲁仲连摇头，说："当年将军离齐，其中内幕姜先生想必也有所了解。田将军现在虽然是赵国将军，但是赵王只让其带兵防燕，远离赵都，对各国情形并不太了解。况现在君王后掌权，也很难听进别人的意见。"

鲁仲连最后两句话另有所指，姜英能听明白。当年田单离开齐国，跟君王后有一定的关系。田单复国后，深受齐襄王重视，加上田单在军中和百姓中威信太高，君王后不断在齐襄王耳边吹风，让齐襄王小心田单，说他有君王之心，时间长了，齐襄王也不由得开始怀疑田单，最终导致君臣离心，田单离开齐国。

姜英叹气。

鲁仲连说："君王有君王之心，小民有小民之志。如今七国鏖战，秦最强。秦强盛之根本，是以商鞅之术，弃礼义而以杀人多少计算功劳，用权力压制士林，用权谋算计百姓。秦对山东诸国虎视眈眈，而山东诸国却依然在互相攻伐，竟然没有看到这灭顶之灾，暴虐之秦将要灭掉山东六国，实在是可悲可叹！仲连此番云游各国，既是摸清各国形势，也有想最后努力一下之意，否则，我怎么会去学宫这种地方？"

姜英大喜："明日我便带先生去见大王！"

鲁仲连摇头，说："大王懦弱，见之无用。"

姜英有些惊讶："先生要见太后？"

鲁仲连摇头："太后刚愎自用，已经无法说服。"

姜英疑惑了："先生到底要见谁?"

鲁仲连笑了笑，说："我想见吕旌。"

姜英摇头，说："吕旌殁了，殁了很多年了。当年他被太后贬往即东驿所，后来驿所被烧，吕旌被杀，遗体都被烧得看不出形状来了，我曾亲眼看到过吕旌之遗体。后来即墨官员经过勘查，最后是以盗匪杀人之名结案的。"

鲁仲连微微摇头，说："姜兄还是不了解吕旌，吕旌虽性格耿直，不善于宫廷争斗，却有足够的谋略自保。姜兄不要忘了，吕旌可是齐国博士，专事占卜的。"

姜英疑惑："鲁兄莫非知道吕旌藏身何处?"

鲁仲连摇头，说："我等无法找到他，但是可以让他来找我们。姜兄且等几天，我必然会让他出来见我们。"

姜英说："吕旌现在无权无势，鲁兄即便找到他，他恐也无救国之策。"

鲁仲连说："姜兄记得安平君否? 当年齐国几欲灭国，安平君率众对敌，他不过是一个小小的市掾。吕旌虽已被罢官，难道还不如一个市掾吗? 况且当年康公后人在即东繁衍生息，即东之地有许多吕氏后人，吕旌虽非康公后人，却也是同姓，当年吕旌还去即东寻找过康公之后，以愚兄所知，这些吕氏后人虽勤俭本分，却不乏勇武之辈，而且在当地很有些影响。"

姜英惊讶："鲁先生何意?! 你莫非想要让姜代田?"

鲁仲连呵呵一笑，朗声说："齐国已然如此，怎能经得起折腾，姜兄不要惊慌，仲连毫无此意。仲连不过是想让吕旌利用其在百姓中的影响，召集人马，以齐国之名援助鲁国。"

姜英叹息说："主意虽好，可惜兵力有限，恐难有成效。"

鲁仲连问："如果有墨家呢?"

姜英惊愕得张大了嘴巴："墨家?!"

02. 见到吕旌

鲁仲连见到了齐王田建。田建已经被李园的那封信完全说服，真的以为楚攻鲁只是一个诱饵，楚、魏、赵三国就等着齐国发兵，然后三国便会趁机发兵灭齐。

田建为此忧心忡忡，他现在深切地觉得，君王后的策略是多么的深谋远虑，以前的自己，是多么的幼稚。而现在诸国皆如虎狼，在上一场秦国发起的对赵国的围猎中，齐国已经输了一局，以后齐国当如何保全自己呢？诸国会如何对待齐国呢？

田建心情郁闷，王后屈氏之兄来到宫中，想见田建，都被王后拦住了。姜英带着鲁仲连来到王宫，田建这是第一次见到鲁仲连，却素知鲁仲连之名，因此没让他行大礼，并赶紧向他请教，齐国现在应该如何，他应当如何。

鲁仲连看着面前这个已经二十五岁，却一脸稚嫩的齐王，心中非常无奈。他问田建：“君上，现在赵、楚、魏三国最怕谁啊？”

田建说：“当然是秦王了。”

鲁仲连问：“那秦王现在最想打谁呢？”

田建说：“应该……是赵国吧。”

鲁仲连点头，说：“此番仲连是从楚国经赵国而来，邯郸之战已经过去一年，但是秦王依然虎视眈眈，赵国更是不敢懈怠，在汾城驻有重兵，魏、楚与秦交界也不少，此番楚国攻鲁，也必然不敢动用太多兵力，更不敢持久交战。有人说赵魏楚攻鲁是诱饵，真实目的是齐，此话何其幼稚！”

田建恍然大悟：“先生意思……赵根本没有攻齐之意？”

鲁仲连点头说：“平原君与春申君不同，春申君一心取悦楚王，平原君却是胸怀天下之人。他比任何人都明白，山东诸国唯一强敌是秦，平原君主张合纵御秦，怎么会有吞食齐之想法?!”

田建犹豫："那李园给母后的信……是怎么回事？"

鲁仲连冷笑："信李园不若信临淄街上的一只黄犬。草民与李园有一面之交，此人巧舌如簧，表里不一，君上怎可相信此人！"

田建终究还是有些城府，没有把怀疑君王后与李园互相利用的话说出来。他拱手问鲁仲连："齐国现在该如何，请先生教我！"

鲁仲连拱手："敢问君上，君上是想问齐国该如何，还是君上该如何？"

田建想了想，说："请先生都说一遍吧。"

鲁仲连点头，陡然一脸严肃，说："如果是齐国，则应在楚军到鲁之前，先出兵卫鲁，让楚知难而退！然后设法与赵、魏、燕等国合纵，对付秦国！"

田建摇头，问："寡人该如何呢？"

鲁仲连想了想，长叹一口气，说："齐国不救鲁国，君上不能不救。"

田建迷惑："先生是什么意思？"

鲁仲连说："仲连要招募义军，君上可派人与仲连一起赴鲁！如此即便君上无法派出大军，对外也有一个说法。"

田建点头，说："如此甚好，有劳先生了！"

齐王给鲁仲连派的人，便是姜英。

此日，姜英见到齐王，见齐王眉头紧锁，低头看着齐东之地上贡的海虾出神。姜英跪下行礼："臣姜英拜见君上！"

齐王朝着姜英摆了摆手，姜英站起来。

齐王叹气："爱卿，你可知当年有个莱子国？"

姜英拱手："回君上，此事学宫的竹简上有记载：襄公六年，晏弱入莱，杀莱公于棠。"

齐王点头："当年齐东之地，有莱子国与纪国相邻，姜太公初来营丘，两国相继来攻，其时无论是纪国还是莱子国，势力皆在姜太公之上，姜太公设伏打败两国，却在其后的三百多年中，齐国一直没有将两国消灭，三百多年啊，三国互相攻伐，多少家庭破碎。先生，你知道齐王当初为何没有攻下这两国，最后又是怎么打败两国的吗？"

姜英摇头："竹简上并无记载。"

齐王说:"母后说,当年先王休养生息,两国因为灌溉之事大战于棠,先王抓紧时机,分兵进攻两国,才把两国灭掉。现在这两国之地为齐之盐铁重地,海产丰富,昨晚寡人彻夜未眠,想了一夜,觉得母后之法尚有可取之处,齐不可随意发兵,要等时机。"

姜英拱着手,未说话。

齐王想了想,又说:"天下无万全之策,楚攻鲁之事,齐无法出兵,但是又不能眼见鲁国土地落入楚国之手,昨日鲁仲连先生见寡人,提议招募壮丁增援鲁国,寡人虽无法发兵鲁国,但为了表示支持此事,派先生代表寡人,与仲连先生一起增援鲁国,不知先生愿意否?"

姜英一愣:"君上,那先前君上安排之事……"

齐王长出一口气,说:"刚刚寡人说了,母后所作所为,并非全无是处,此事暂且放下吧。你带所招之勇士,与仲连先生一起,先去救援鲁国,寡人会派人重赏赴鲁之勇士。"

姜英无奈,拱手道:"臣领命。"

齐王站起来,拿起平日自己所佩之剑,走到姜英身边,说:"姜先生,率众援鲁,是寡人登基以来,所做的第一个决定,先生是寡人唯一可以彻夜长谈之人,无论胜败与否,先生务必活着回到寡人身边!此剑先生收下,或有用处。"

姜英跪着接了齐王之剑,辞别齐王,直接来到了吕斌家中,把要带人援助鲁国的事儿向他说了。吕斌听说救鲁的目的是为了救齐,虽觉得有些意外,却也慨然答应率众前往。

姜英让吕斌等人做好随时出发的准备,他则去学宫找到了鲁仲连。鲁仲连好像算到了他要来,已经让学宫准备了两匹马,准备好了干粮和水囊。鲁仲连让他上马,两人一路朝东疾驰。

两人用了三天时间,来到了齐东海滨的一个小岛上。

小岛周围树木葱茏,鸟语花香,本地居民以渔猎为生,住茅屋,架渔舟,虽衣食简陋,却远离风声鹤唳的中原之地,倒也逍遥快乐。

姜英出生在临淄,在临淄长大,从来没有到过这种地方,不由得非常好奇。鲁仲连告诉他，这里是当年纪国属地，田齐代姜后，齐康公就被流放在此地，此地吕姓和姜姓人，很多都是齐康公及其兄弟的后人。

更让姜英惊奇的是，这里竟然还有人认识鲁仲连。他们走进一个渔村的时候，一个壮实的小伙子出来迎接他们，让人把他们的马牵走，带着两人走进一幢茅屋。

茅屋光线暗淡，姜英的眼睛还没有适应过来，就有人跟他打招呼："姜兄，别来无恙。"

姜英一愣："吕博士?!"

03. 醉卧沙滩

跟姜英打招呼的人正是吕旌。姜英惊讶之余，忙与吕旌见礼。鲁仲连显然已经来过此地，他等着姜英与吕旌互相问候完毕之后，对两人说："两位未叙之情，待会儿再叙吧，请两位坐下，谈正事要紧。"

三人坐下，带他们来的小伙子给三人各倒了一杯茶水，鲁仲连和姜英各喝了一口，鲁仲连问吕旌："吕先生，你在此地可召集多少人马？"

吕旌想了想，说："约有八百人，其中精壮六百，皆三十岁以下，其余二百人是三十岁以上、四十岁以下。"

鲁仲连点头，说："不愧是做过博士之人，做事有条有理。不瞒诸位，仲连来齐之前，已经联系了墨家巨子水希，墨家弟子三百人，将在鲁王城外与我等集合，协助鲁君共同抗敌。"

姜英忧虑："人少了。即便加上吕斌手下一百多人，还不到一千人，这点人马，怎能与楚十万大军抗衡？"

吕旌说："姜兄此言差矣，列阵迎敌，尚需鲁国兵马，我等只是助战而已。况兵马在精不在多，墨家弟子善攻善守，三百墨家弟子，可敌楚三万兵马。"

鲁仲连笑了笑，说："岂止如此。墨家只要肯出战，就会给春申君很大的压力。春申君看重名声，且与墨家巨子交好，此番墨家助鲁，春申君必然会很为难，我等可利用此事游说春申君罢兵。"

正事谈完，姜英终于有机会询问驿所之事。吕旌把事情原原本本告诉了姜英，姜英大为愤怒："真是想不到，太后竟然如此凶残！"

吕旌轻叹一口气："在太后眼中，我等之性命贱如草芥，奈之若何？"

姜英想到齐王让他带人闯入王宫，软禁君王后，却不肯派自己的护卫参与此事，也不由得叹气，说："既如此，吕先生为何还要如此效忠于齐王呢?"

吕旌正色说:"吕旌所效力的,非齐国王室,而是齐之平民百姓。国家若亡,山河破碎,百姓家破人亡,吕旌岂能坐视?!"

姜英拱手。

小岛上风光秀美,吕旌的茅屋外不远,便是沙滩,当天晚上,当地的族长在沙滩上烤羊肉和鲜鱼欢迎鲁仲连等人。族长先人是莱子国大夫,莱子国被齐所灭后,先人逃到此地隐居,以渔猎为生。族长与众人载歌载舞,欢庆天下太平,渔猎丰收,也欢迎鲁仲连等人。

鲁仲连浪迹天涯,虽然年龄偏大,却是酒肉狂士,与族长等人喝酒舞蹈,恣肆狂浪,让姜英大长见识。吕旌虽在此地居住多年,却不胜酒量嘈杂,拉着姜英来到火堆之外,在沙滩上坐下闲聊。

吕旌当年从即东驿所跑出来之后,并没有立即离开齐国,而是跑到离此地不远的纪哀侯后人居住的河边,躲了起来。纪哀侯的后人虽也居于齐国之内,却只是按时缴纳赋税,与齐国官府极少往来,因此吕旌在此地居住比较安全。纪族长与吕旌交往不多,却一见如故,单独给吕旌安排了一处住所。吕旌本来还怕家人受到牵连,打算把家人也从临淄接出来。他化装回到临淄两次,发现家人没受什么影响,加上宫保在派人监视家人,他才没有把他们从临淄接到此地。

吕旌告诉姜英,当年即墨大夫派人来驿所查勘案件,吕旌也打扮成当地土人过去围观。让他感动的是,驿长看到被烧焦的尸体,误以为他真的是被盗匪杀了,抱着尸体号啕大哭。

他一直看着即东驿所重新修建,所长因为擅自回家,被撤职查办,驿所有了新的驿长和马夫,他才告辞了纪家族长,来到此地居住下来。

现在吕旌手里的八百壮士,有吕家老族长这里五百,其余三百,有纪家一百一十人,有来自西域的郭姓八十人,再就是各本地部族一家十个二十个凑起来的。

"这些人远离国都,远离中原,不喜欢战争,他们愿意代齐国而战,是因为他们爱着这个国家,这里有他们赖以生存的土地和大海。"

姜英叹气，说："大王如果得知齐东民众如此忠心，不知会作何感想？"

吕旌苦笑："民众不畏死，是为保家国，大王最关心者，乃其王位，所谋不同，想法则异。吕旌对大王已无信心，其优柔寡断，难成大器也。"

姜英错愕："先生与大王三年未见，大王对先生被害非常伤心，先生缘何突然对大王失去了信心？"

吕旌冷笑了一声，说："我等在大王眼里，不过是可用之棋子。不瞒姜兄，这些年，我曾让人有意给大王透露我可能还活着之事，大王不知何故，从无反应。姜兄，你现在是大王心腹，大王可曾跟你提过此事？"

姜英摇头，说："没有。"

吕旌说："我等此战，是为百姓而战，天下无永远之王，却有永远之百姓，百姓相信我等，我等肝脑涂地又有何妨？！"

鲁仲连喝多了，搂着一个姑娘，大呼小叫地走过来："姜兄、吕兄，过来喝酒！"

姜英和吕旌走过去，鲁仲连摇晃着身子，说："此地酒醉人，仲连今日喝多了。"

吕旌笑着说："今日醉卧此地，谁知他日我等是生是死？来，姜兄，我等陪仲连先生再饮三杯！"

两人从姑娘手里接过鲁仲连，回到火堆旁。族长喝多了，躺在鹿皮上鼾声如雷。众人不管他，在火堆旁坐下，继续吃肉喝酒。

04. 鲁仲连见春申君

鲁仲连没有告诉众人的是，他来齐国之前，先去了楚国，且见到了李园和春申君。

鲁仲连对李园没有好印象，他不过是让他引荐，拜见春申君。春申君早就耳闻鲁仲连大名，三年前秦攻邯郸，鲁仲连说服新垣衍之事，更是让春申君对鲁仲连非常敬服。听李园说鲁仲连来访，春申君顾不得换鞋，穿着木屐就从屋里跑出来，亲自迎接鲁仲连。

两人互相见礼入座，鲁仲连开门见山，请求春申君不要发兵攻鲁："楚如攻鲁，必然攻下，然现在秦对山东六国虎视眈眈，君门客无数，人才济济，应联合诸国抗秦，而不应该内讧攻伐。如果楚攻鲁久攻不下，秦必然发兵攻楚，楚国兵力虽强，却难以是秦之对手，只能请赵、魏等国相助，如此杀来杀去，徒害军士性命，春申君为旷世之才，为何却想不到此？"

春申君拱手："仲连先生今日光临，黄歇家中可谓蓬荜生辉。不过先生此言却不甚高明，秦大败不足三年，元气尚未恢复，现在还不敢贸然出兵吧？何况楚攻鲁旬日可定，怎会久攻不下？仲连先生当年说服新垣衍，使得魏同楚一起发兵救赵，黄歇对先生很是敬重，以先生之才，难道看不出鲁国有灭国之象吗？"

鲁仲连点头，说："若论国力，鲁国已经无法与楚抗衡，但是鲁国与齐国几欲成为一国，春申君要火中取栗否？"

春申君呵呵一笑，说："仲连欺我，楚发兵攻鲁，齐必不会出兵。"

鲁仲连问："春申君何以如此明确？"

春申君看了看旁边的李园，笑了笑，说："齐太后如何行事，仲连先生不是不知道。像她这种人，敢冒着与赵、楚、魏为敌之风险，出兵救鲁吗？"

鲁仲连笑了笑，说："如果我去见齐国太后，告诉她赵、魏不可能做楚之后援呢?"

春申君脸色不变,说:"齐国太后未必肯信,何况依其性格,即便她相信赵、魏不发兵,也很难发兵救鲁。鲁公唯有以臣事秦,或可救鲁,可惜这鲁国最讲究礼仪节操,宁可掉头,也不会奉秦为帝。如果黄歇没有猜错,仲连先生应该想到这一步了吧?"

鲁仲连不得不点头,说:"春申君果然谋略过人,在下佩服。但是如果墨家和仲连带人援助鲁国,而秦国又趁机发兵攻楚呢?"

春申君脸上陡然露出杀气:"仲连先生要与楚国为敌?!"

鲁仲连呵呵一笑,说:"仲连一个读书人,手无缚鸡之力,怎敢与大楚为敌? 仲连此举不过是为了山东六国之安危,为了天下太平,为了平民百姓之安危。春申君与平原君皆为天下名士,无人不知,无人不晓,应心怀天下,心怀万千民众,为一己之利发动战争,动辄死伤千万,恐有损君之盛名,故此,仲连请春申君与仲连一起,劝楚王勿要发兵攻鲁,此为正道。"

春申君说:"黄歇听说仲连先生发誓永不入秦,既如此,仲连如何说服秦发兵攻楚呢?"

鲁仲连说:"春申君是否曾经有个门客,因为冒犯您而被逐出门庭?"

春申君想了想,说:"是有这么一回事,不过是两三年之前了。"

鲁仲连点头,说:"此人叫顿弱,也算是游历天下,有些见识。当年他被春申君逐出门庭,无处容身,仲连看此人还算是一个读书人,就收留了他。此人别无长处,唯善于结交官府中人,且此人与秦宰相范雎有交情,故仲连打算让此人使秦,不知春申君意下如何?"

春申君不以为意,说:"即便秦王有心发兵,恐怕也无此力量,仲连先生请便。"

鲁仲连从春申君府上出来,连住处也没回,直接驾车出城,直奔齐国。鲁仲连害怕春申君追杀,一路疾驰。即便如此,在楚鲁边界,他也差点被春申君所派军士追上。到了鲁国后,鲁仲连拜见了鲁顷公,让鲁仲连没有想到的是,昏庸的鲁顷公竟然不相信楚王会派兵攻打鲁国,正一心筹备年底大祭。鲁仲连把他在楚国所见所闻、与春申君的一番言谈都告诉了鲁顷公,鲁顷公这才慌了，忙向鲁仲连讨计。

现在的山东各国，已经自顾不暇，没人会去顾及一个无能小国的存亡。何况楚国自从从秦手里夺回十五城，又联魏救赵成功，现在颇有些春风得意的意思，谁愿意为了一个日益萎缩的小国去得罪现在的大楚呢？鲁仲连知道鲁顷公与墨家巨子师古颇有些交情，因此建议鲁顷公火速派人去请师古。话说完之后，鲁仲连又说鲁顷公不必派人了，他必须亲自去请巨子。

鲁仲连没有带鲁顷公给他准备的黄金珠宝，而是只带了干粮和水，火速出发。经过两个多月的奔波寻访，鲁仲连疲惫不堪，人瘦得像一根树枝，最终得知师古已于半年前去世，现在的墨家巨子是水希。他又经过一番探访，得知水希竟然隐于稷下学宫，连忙驱车赶往稷下学宫。

到了学宫之后，见过学宫祭酒，祭酒带着他找到了正在学宫中听先生讲课的水希。

祭酒带着两人来到学宫的一个小房间，鲁仲连刚要介绍自己，被水希挡住了："仲连先生安好，水希见过先生。"

鲁仲连有些惊讶："难道巨子认识仲连？"

水希笑了笑，拱手说："水希虽无缘见先生，却对先生早有耳闻，况且先生一路寻找水希，早有墨家弟子将此事告知了水希。水希以为先生明天才能来到临淄，没想到今日却来了，先生辛苦。"

鲁仲连惊愕："不愧是天下墨家，连老夫的行程都一清二楚，看来此番求助墨家，真是找对人了！"

鲁仲连与水希一见如故，更加敬佩墨家。水希告诉鲁仲连，现在的墨家，已非昔日墨家了。昔日墨家弟子数万，而今七国弟子加起来，不过数千，而且很多墨家弟子因为墨家不重为官之道，不受朝廷欢迎，与墨家貌合神离，水希能带着上战场的墨家弟子，不足千人，如果要增援鲁国，附近只能召集三百人。

鲁仲连对这个人数虽然有些失望，但是他知道，只要墨家出马，春申君就投鼠忌器，不敢轻举妄动了。下一步棋，就看顿弱的了。

05. 鲁仲连与君王后

得知鲁仲连来到学宫后，顿弱前去相见。鲁仲连让他速去秦国见范雎，如果楚攻鲁，设法让范雎鼓动秦王攻楚，以为鲁解困。

顿弱慨然应允。其实鲁仲连知道，顿弱与范雎并无太多交情。顿弱十多岁的时候，曾经在魏国中大夫须贾家为仆，因此结识门客范雎。范雎对这个好学的小仆人倒是不错，曾经借了一捆竹简，让其学习。但是仅此而已，不久范雎就因为莫须有的"通齐卖魏"之罪被关了起来，须贾的门客因此事大都离开了须贾，顿弱也跟随其中一个门客去了楚国，投奔了春申君。

因此鲁仲连对顿弱是否能完成此事，心中颇有疑虑。

顿弱说："先生放心，顿弱此番使秦，必然想尽办法，让范公说服秦王发兵攻楚。楚王贪财好色，春申君横行跋扈，此番又发兵攻鲁，实在是有违天理！"

鲁仲连嘱咐顿弱，秦王是否发兵的关键在于范雎的决心，而范雎的决心在于发兵对他是否有益。现在范雎功成名就，已近晚年，到了不求有功但求无过的时候，这个时候让他说服秦王发兵攻楚，有一定的困难，唯一可以让他心动的，只能是功绩，因此顿弱说服范雎的最有效办法，就是让他觉得秦攻楚得胜后，秦王会对之更加器重。此事看似简单，其实很难。况且他们没有金银财宝开路，只能看顿弱的能力和口才了。

顿弱却信心十足。他这些年跟着春申君走南闯北，曾拜荀子为师，听过无数次天下名士的辩论，觉得自己一肚子的学问，应该到了可以发挥的时候了，如果此番能够说服范雎上奏秦王发兵，那自己就算是一战成名，可以名扬天下了。

经过一番准备，顿弱辞别鲁仲连，策马直奔秦地。鲁仲连看着他的背影，不免忧虑重重。他相信顿弱的能力，但是范雎是什么人啊，鲁仲连对他能说服范雎的把握不到五成。然而对于鲁仲连来说，赴秦说服范雎，让范雎上奏发兵攻楚，顿弱是他唯一的人选。何况他派人赴秦，本身就是给了春申君压力。有一点是毋庸置疑的，顿弱见了范雎后，春申君很快就能收到本国线人送回来的消息。

鲁仲连和姜英在小岛上待了几天，与吕旌约定了半月后在临淄城外的小张村集合，便与姜英回到了临淄，回到了稷下学宫。

此时水希已经出发，召集墨家弟子去了。姜英带着鲁仲连，来到吕斌家，与吕斌相见。姜英临走时，把齐王赏赐的金银给了吕斌，让他召集人马，准备援鲁。吕斌的部分弟子听说要与凶恶的楚军交战，胆怯不肯去，吕斌不勉强，就让他们暂时回家了。

也有部分江湖人士和住在临淄的鲁国壮士，得知吕斌要带人援鲁，兀自扛着大刀就找了过来。最让吕斌高兴的是，来人中竟然还有鲁国以前的百夫长。百夫长姓谷，名围，善使长刀，因为与人打架，误伤对方性命，逃到临淄做点小生意。在鲁仲连来到齐国之前，谷围就召集在临淄的鲁国人，打算回国抗击楚军，且已经聚集了四百多人。谷围带着这四百生力军加入吕斌的队伍，让吕斌的队伍一下子就有了样子。谷围熟知军事，吕斌就自动让贤，让谷围做了老大，每日带着众人操练队伍。

此事终于惊动了朝廷，君王后让人调查，得知此事的主使是鲁仲连，大惊，忙让高太傅亲自来请鲁仲连。

春秋时期最重视各国士子，即便是朝廷高官，在士子面前，也毕恭毕敬，暗中以自己的学问与对方做一番比较。高太傅自忖学问胆识无法与鲁仲连相比，自然对鲁仲连小心伺候，不敢怠慢。

鲁仲连本来不想去见这个刚愎自用的君王后，但是人家派人来接了，却之不恭，见一下又没有什么坏处，就跟着高太傅，来到王宫见了君王后。鲁仲连没有对君王后三拜九叩，只是鞠了一个躬，便坦然坐在了一侧。

君王后与鲁仲连寒暄了几句，便切入正题，问他为何要带这些人去送死。

鲁仲连虽然知道君王后这种人是无法说服的，但他还是想趁机与这个举世闻名的太后理论一番，因此他说："为了齐之脸面。"

君王后见多识广，与春申君、平原君等一众名士皆有辩论，很懂得他们的话术，鲁仲连言语犀利，与当代名士并无两样，因此君王后笑了笑，问："先生此话怎讲？"

鲁仲连一脸严肃："鲁国自鲁平公始，便依靠齐国，诸事皆与齐协商，闵王骄横，伐燕灭宋，五国联合攻齐，燕王曾派人联鲁，六国伐齐，被鲁公拒绝，天下人因此慨叹，齐不曾负鲁，鲁更不曾负齐，如今鲁国势弱，疆域萎缩，几欲被齐包裹其中，在天下人眼中，鲁不只是齐之脸皮，几乎是齐之附庸，是齐之一部分，楚欲攻鲁，要打的岂止是齐之脸皮？在草民看来，楚对齐是剜心割肉，如此关头，齐如果朝野上下无一人出马迎敌，齐人还有何脸面苟活于世？！"

鲁仲连语气铿锵，词语犀利，丝毫没有给君王后留颜面。鲁仲连明白，平常理论已经无法说动君王后，语气凌厉一些，或许会有些作用。他知道，不管他说话如何触怒君王后，她都不可能杀了自己，最多把自己从王宫中撵出去。

君王后果然气度非凡，她笑了笑，说："仲连先生言重了。鲁国虽弱，却依然是周室宗邦，与齐、秦等国并列，在周室眼中，鲁国与诸国并无两样，故鲁与齐皆为独立之宗国，鲁之兴亡与齐无关，仲连先生说鲁为齐之脸面，恐怕只是先生之言，别说齐不愿接受，鲁公恐怕也不肯答应吧？"

鲁仲连笑了笑，说："脸面之事，无影无形，可要可无，太后既然如此说，仲连也无话可说。不过唇亡齿寒，鲁国被灭，齐国又怎能独善其身？七国争霸，非一计可定天下，须据时势而变化，张弛有度。秦赵之强，都是审时度势用兵将打出来的，各国强将，更是百战成名，齐如一直不肯用兵，兵惰将懒，无镇国之将，无强盛之兵，如何能保家卫国，保百姓平安？"

君王后陡然变脸，冷冷地说："老身请仲连先生入宫，以为先生会有妙计于齐，先生所言与常人并无异处，既如此，先生请回吧。"

鲁仲连拱手站起来，说："仲连愚笨，请太后原谅，仲连告辞了！"

06. 考烈王见周王

楚国攻鲁，其实并不是没有顾虑。

就在考烈王与春申君谋划进攻鲁国的时候，秦王派兵攻取了楚国隔壁韩国的阳城、负黍两座重要城市。在此之前，秦国还攻取了魏国安邑，并试探性进攻赵国。赵国虽然在邯郸之战中惨胜，却是元气大伤，面对秦国的不断入侵，疲于应付。

考烈王恨得牙痒痒。其父楚襄王曾聚集兵力，从秦手里夺回被其掳去的十五座城池，并将其加固，增派兵力。现在位于边境之地的十五城，成了楚阻挡秦兵的天堑，如果秦趁楚攻鲁时，发兵再取这十五座城池，对于楚国来说，可谓得不偿失。

春申君曾经陪同考烈王去洛邑见过周赧王，知道这个已经没有什么势力的正宗王室帝君对秦的肆无忌惮早就忧心忡忡，因此他提议考烈王以看望帝君名义前往洛邑，鼓动帝君率诸国伐秦，此举无论是否能够成功，楚都可趁机拿下鲁国。

考烈王经过一番斟酌，果真让春申君为其准备车马礼品，三日后，便带着八百卫士、二十多辆马车，浩浩荡荡直奔洛邑。

此时的周王朝，已经是日薄西山。周的地盘萎缩在洛邑附近，还没有最小的鲁国的领土大，下属封国除了最讲究礼仪的鲁君外，其余楚、秦、齐、燕等属国国君，已经很少来拜见这朽木一般的宗主了。曾经巍峨庄严的宫殿，大部分因为年久失修，已经倒塌了，周赧王只保留了正殿，作为自己的起居之地。零星几个臣子上朝，也都是在正殿草草完成。周王朝已经几百年没有征战，这个过于老迈的王朝，已经连转动一下都费劲了。而现在，考烈王正在为这个腐朽不堪的王朝倒掉送来最后一脚。

考烈王知道周赧王最看重鲁君，因此特意嘱咐随行的李园千万不要提及楚要攻鲁之事。李园有些疑惑，说这种事天下几乎无人不知，周天子应该不会不知道吧。考烈王告诉李园，与七国不同，现在周王朝大臣皆各自忙活圈地弄钱，没人关心天下大事。这个位于旋涡中心的王朝，现在就像是一个独立的小世界，对外面的世界不闻不问。也难怪，这个已经被离弃的昔日权力中心，凭着惯性半死不活地运转了几百年，没人像楚、秦等七国那样，有那么强烈的危机感。

李园第一次来到这传说中的国都，果然与别处大为不同。与别的王城不同，洛邑的街道宽阔，商铺鳞次栉比，街上行人慵懒从容，穿着洁净，待人有礼，这让李园大为惊讶。

考烈王很是不齿，说："养民如此，王之过也。民乃国之根本，民惰则国弱，民富则兵强，周室实在是不懂奴民之道也。"

李园点头，说："周室高高在上，不搞权欲之术，如此乱世，恐难持久。"

考烈王说："平庸如此，也该消失了。"

考烈王的马队来到王宫门口，负责接待的几个老迈的礼官以接待子爵之礼迎接考烈王，考烈王不高兴，想让车夫驾车直进王宫，被李园劝住："君上此番是来求周王召集各属国伐秦的，若得罪周王，周王不肯召集属国发兵，君上便劳而无功了。"

考烈王哼了一声，瞄了一眼站在面前的几个耄耋礼官，只得掀开轿帘下车。

考烈王多年没有来参见周王，礼节都忘记了，幸亏礼官看出了端倪，在旁边小声提示，考烈王才勉强做完了那套烦琐的参见礼节。

七国中，楚国现在只比秦略差，属第二强国，周赧王做梦都没想到，赫赫大楚王会亲自来拜见自己。但是无论如何不堪，周室是宗主国，楚无论如何强势，也是邦国，他这个宗主国的国王，不能有失身份乱了阵脚。

周赧王坐在高高的大殿里，看着跪在台阶下的考烈王等一行人，缓声问："下跪者可是楚王？"

考烈王躬身道："回大王，正是臣。因连年征战，国无闲日，臣多年未来拜见周王，望大王恕罪。"

周赧王挥了挥手："罢了，你们都很忙，楚王能想起洛邑还有个周王，也算是有心了。平身吧。"

考烈王压着心中火气，站起来，躬身说："大王在上，臣此番来到洛邑，一则看望大王，二则有要事与大王商量，此事紧要，不可有旁人在侧，请大王行个方便。"

周王答应了一声，虽然有些不快，却还是让考烈王稍等，他在宦官的扶持下，走进侧殿，然后才让礼官宣楚王觐见。

侧殿有侧殿的礼节，虽然相比在正殿，礼仪有些删减，但是又有所不同。考烈王不耐其烦，却不得不在礼官的提示下，完成了在侧殿的拜见礼仪，周赧王才让其平身，在其旁边坐下。

李园一直跟随在考烈王身旁，这才有机会偷偷瞄了周赧王几眼。

这个周王室的正宗嫡传，大约三十岁，有几分英俊，却是一脸的倦态，仿佛这三十年，他一直是躺着长大的。周赧王看了看考烈王，说了一句很奇葩的话："楚王有何事要与寡人商量？莫非有振兴王室的妙计？"

考烈王无奈地笑了笑，说："臣确实有此想法，不过在此之前，需要与大王一起做一件大事。"

周赧王好奇："大事？寡人能做什么大事？"

考烈王正色说："伐秦！请大王振臂一呼，带领山东诸国伐秦！"

07. 准备迎战

半月后，鲁仲连和姜英、吕旌率训练完毕的八百军士走出临淄，浩浩荡荡来到小张村。

此时，临淄百姓和官兵都已经知道楚要攻鲁，而鲁仲连等人所率的这支人马，是要去援助鲁国的。他们走出临淄城的这一天，临淄百姓夹道欢送，有人送衣服，还有人送各种吃的，都被鲁仲连拒绝了。

一行人出了城，在城门外，被高华子一行人拦住。高华子身着八卦衣，背着一柄长刀，身后跟着稷下学宫的几个学子，要一起跟着仲连先生上战场，阻挡楚军攻鲁。

姜英打眼看，这几个学子都是稷下学宫中的翘楚，前番秦攻邯郸，正是这些人带着部分学子上书朝廷，让朝廷发兵救赵。

看着这些身子单薄，却一脸肃穆的学子，姜英很是感动。他朝着他们拱手说："诸位学兄，战场杀敌非儿戏，尔等所长是治国之策，应留在学宫，为大王献谋献策，华子兄，请带诸位学兄回学宫吧。"

高华子拍了拍背后的大刀，说："齐鲁如唇齿，唇亡齿寒，太后不懂此理，高华子却懂。姜兄，我等愿意去战场上杀敌，不是为了太后或者是大王，我等是为了齐国百姓，免得百姓遭受刀兵之苦。我还会预测吉凶天气，你们会用得着我的。"

姜英看了看鲁仲连，鲁仲连点头说："让高华子跟着，其余众人请回学宫吧。诸位日后学有所成，也将成为世之栋梁，鲁仲连谢谢各位了。"

姜英劝说众人回去，便带着军士继续前行，奔赴小张村。

临淄离小张村八十多里路，日上中天的时候，队伍中途休息，突然一队骑兵过来，骑马的人皆是彪悍汉子，虽身着便服，却全副武装。带头的来到姜英面前，从马上跳下，拱手说："姜先生，我等奉君上之命，前来保护诸位先生，与诸位一起杀敌！"

来者是齐王护卫队队长屠洪步，齐国有名的勇士。他所带三十余人，皆是王宫护卫，个个武功超群。姜英大喜，朝着临淄方向鞠躬："姜英多谢君上！"

姜英介绍屠洪步与鲁仲连、吕斌等人认识。众人听说齐王派护卫队与大家一起援鲁，军心大振。

傍晚时分，他们来到小张村，吕旌已经率八百军士在小张村等候。小张村是吕旌老家，吕旌的妻儿在临淄，父母尚在老家生活。多年不见的儿子回来，吕旌的父母兴奋异常，杀猪宰羊款待众人。

鲁仲连与吕旌和姜英一起商量，推举鲁仲连为大统领，屠洪步和谷围、吕旌、吕斌为副统领，下面又一百人为一小队，设小统领。鲁仲连召集小统领开会，宣布行军纪律和这几天的行军计划，之后各小统领召集各自人马埋锅造饭。正在此时，小张村族长带领几十名青壮，抬着十多筐大饼和十多桶喷香的羊肉汤来到村外驻地，让大家尽管吃，那边还在继续煮羊呢。

鲁仲连率部在小张村住了两天，他们利用这两天把队伍进行了规划编制，便朝着鲁王城开拔。他们一行晓行夜宿，经过半个多月的辛苦跋涉，终于来到了鲁国都城外。

鲁顷公在城外安排大臣接待，大臣将鲁仲连一行人迎接进城，让人安排众军士找地方歇息，大臣亲自带着鲁仲连进宫，拜见鲁顷公。鲁顷公为了表示尊重，率百官在大殿宴请鲁仲连和水希等人。

鲁顷公正在为楚攻鲁之事担忧，面容憔悴，很少说话，不到四十岁的人，步履蹒跚，行动迟缓，一副似乎随时都能垮掉的样子。

第二天，水希和鲁仲连去与鲁顷公商谈如何拒敌，鲁顷公无精打采，似乎一点兴趣都没有。

鲁仲连忍不住，问："君上昏昏欲睡，不知何故？"

鲁顷公终于长叹一声，说："先生和墨家巨子皆世外高人，在此种危急之时，两位能不顾生命之危，率众援助鲁国，乃鲁国之幸也。然寡人无能，鲁国连连失地，现在国土狭小，军士不过几万，即便加上二位先生所率兵马，怎能挡得住楚国十万狼军？寡人四处求助无果，故很是愁闷。"

鲁仲连点头，说："君上所言极是，我和巨子人马有限，无法与楚军正面交锋，但是双方对阵，不在于兵多兵少，而在于如何迎敌，如何用计，以少胜多。请君上放心，仲连与水希巨子来到鲁国，不是来白白送死的。"

鲁顷公大喜："仲连先生有何妙计，可以说给寡人听否？"

鲁仲连说："楚军如何发兵，走哪条路，我便有何计，君上到时拨兵三千给我则可。"

鲁顷公不相信："三千军士能挡十万楚兵？"

鲁仲连说："三千可挡十万楚军十天，杀楚军一万，请君上放心，楚发兵攻鲁，秦必然会趁机发兵攻楚，到时楚军主力必然返回，围困自然便解。"

鲁顷公素知鲁仲连大名，听他说得如此淡定，心下稍安，向鲁仲连和水希介绍起了鲁国的军事力量和布局。

让两人非常惊讶的是，鲁与楚交界的几个城池城墙都年久失修，军士多年未战，也没有进行很好的训练，且弓箭短缺，人心惶惶。

鲁仲连知道鲁公懦弱，不修兵革，却没有想到竟然是如此一塌糊涂。他与水希和朝中将领一番商量后，建议鲁公把兵马从别的城池中撤出来，集中到鲁王城，死守鲁王城，然后留一支军马在外面，等楚军疲乏时，与城内守军内外夹击。

鲁顷公同意。

鲁国不但不修兵事，这些年连负责搜集各国情报的行人署都减掉了，水希不得不派人前往楚国，让楚国的墨家弟子负责关注楚军的行动。

十多日后，墨家弟子来到鲁王城，告诉水希，说楚军已经从东路出发，现在到了原楚与宋的边界地区。

水希忙把此事告知鲁仲连，鲁仲连求见鲁顷公，要求鲁顷公派兵，他亲率三千军士，前往边界迎敌。

鲁顷公答应，调拨三千精兵、一名鲁国猛将，听从鲁仲连指挥。

鲁仲连率原先一千多人，与鲁军一起，奔赴边关。

在此之前，姜英已经和吕旌带着一百多人提前到达阳平关，观察地形，谋划迎敌之策。鲁仲连来到后，与姜英等人在刚刚绘制完成的边关地形图前商量迎敌之策。

鲁仲连看了看地图，了解了边关驻防情况后，提出了一个虚守边关，在离边关二十里路的山林间埋伏迎敌的策略，得到了众人的响应。

鲁仲连得到消息，楚军先锋部队是两万人，由楚将陈桥率领，杀气腾腾而来。鲁仲连让众人在一侧山坡上准备滚木礌石和容易燃烧的草木，在山坡下的沟里埋上削尖的木头，让屠洪步率齐国护卫加上鲁顷公两千精壮骑兵，埋伏在沟底旁边的树林里，准备冲杀从路上逃生的楚军。姜英和吕斌则率一千五百名齐国壮士，鲁国将军孙谷率一千名鲁国士兵，在山上埋伏，并准备了无数的巨石和草捆、弓箭，单等楚国军士到来。

鲁仲连和吕旌则与鲁国原守关人员一起，驻守阳平关。

08.阳平关之战

楚将陈桥曾经跟随春申君参加过邯郸之战，勇猛有谋略。临行之前，春申君嘱咐他，鲁仲连很可能与鲁军一起迎战楚军，让他小心。

陈桥率部来到关外，看到鲁国的阳平关关城高大，却年久失修，很多地方坍塌，只是用石头胡乱堆砌起来，只要派几个士兵偷偷过去，就可以把城墙抠开一角。

陈桥让部队先在关外扎营休息，他带着几个幕僚，骑马出去观察地形。

他们顺着小路走了不远，便看到两个老人在路边下棋。此时正值深秋，秋风萧瑟，两个老人却都衣服单薄，在路边石头上厮杀正酣。

在战国时代，下棋是上层人士的游戏，起初是谋士之间的两国战争推演，孙膑将其规范了一下，成了谋士之间的游戏，后来渐渐在小范围内扩散开来。但是民间，还没人玩这个，所以陈桥他们很好奇，就在两个老人旁边观战。这两人也不理睬陈桥等人，鏖战不停，一直到把一盘棋下完。

两个老人起身要走，这才注意到陈桥他们。陈桥忙拱手："两位老先生好，在下陈桥，打扰两位先生了。"

其中一个老人"噢"了一声，上下打量了陈桥一眼，说："将军就是从楚国来的陈桥？"

陈桥躬身："正是在下。"

老人点头，说："如此说来，将军就是奉命来杀鲁国百姓的陈将军了？"

陈桥忙说："老先生此言差矣，鲁君昏庸，陈桥奉命进攻鲁国，是与鲁国军队作战，与百姓无关。"

老先生冷笑一声："将军此言差矣，军队士卒不是百姓之子吗？难道将军所率之士卒，不是百姓之子，是国君养出来的吗？"

陈桥一愣："这个……"

老先生说:"两国交战,战死的是百姓之子,所用之物,是来自百姓之税赋。陈将军是楚国名将,博览群书,体恤军士,却连这个都不明白,怪不得会率楚国百姓之子来杀鲁国百姓之子。"

陈桥有些恼怒:"先生此话何意?!"

老先生冷笑一声,说:"楚王昏庸倒也罢了,所谓楚之柱石春申君眼中皆一己私利,山东诸国中,现在楚国最强,疆域依然大于秦,却不知虎狼在后,犹做小人争斗,如此下去,恐国运不长也!"

陈桥怒喝一声,要拔剑杀人,手按剑柄,却又笑了:"请问老先生如何称呼?"

老先生傲然抬头:"鲁仲连是也!"

陈桥笑了:"陈桥不才,却也见过鲁先生。鲁先生身体强壮,不过中年,怎会如此苍老!尔不过一介乡村狂夫也。"

陈桥要打马离开,老先生说:"鲁仲连在关隘上等候将军!"

陈桥转头看了看老先生,两人在陈桥的目光中,从容离开。

陈桥的手下要拔刀,被陈桥制止。

手下说:"陈将军,春申君说此番率鲁军与我等作战的,就是鲁仲连,如果此人真的是鲁仲连,何不将他杀了?!"

陈桥摇头,说:"鲁先生乃天下名士,不可随意杀之,何况此人到底是不是鲁先生,还未可知。"

话虽如此说,但是陈桥还是多了些心思,打马回到了兵营。

第二天一早,陈桥率部攻城。此前陈桥通过在阳平关的细作得知,阳平关内有守军一千多人,因为多年无战事,守军纪律松懈,几乎没有什么操练,而且兵器老旧,缺乏修整。因此陈桥没拿阳平关当回事,让部将率五千军士攻城,其余在旁边等待入关。

让他没有想到的是,阳平关的这一千老弱竟然打得很顽强,他们有正面防守,还组织了六支机动队,五十人一组,这五十人刀枪结合,在城墙之上冲突往来,对冲上来的楚军进行大铲除。楚军五千人攻了一天,死伤一千多人,城墙却完好无损。

陈桥派了一支一百多人的小队,想从东南角坍塌的地方偷掘出一条暗道,让他没有想到的是,鲁军竟然在里面新砌了一堵大墙,这堵坍塌的城墙,被他们设计成了可以杀人的机关,四十多名楚兵被陡然坍塌的城墙砸进了里面。

傍晚,楚军收兵,负责攻城的副将来向陈桥请罪。陈桥苦笑:"真是没想到,一个一千老弱守卫的阳平关,竟然杀死我这么多大楚军士!本将军真是小看鲁仲连了!"

副将说:"将军明日再给末将五千军士,明日末将一定拿下阳平关!"

陈桥点头,说:"明天再加五千军士!本将军亲率人马攻城,我倒要看看,这个鲁仲连到底有多大本事!"

第二天一早,陈桥率一万大军围攻阳平关。让他们没有想到的是,军士们这次根本没有遇到抵抗,顺利地爬上了城墙,拔刀四顾,城墙上一个守关的军士都没有。楚军不放心,怕是有埋伏,一直等到爬上城墙的军士们多了,才一起下了城墙,打开了大门。陈桥率军士冲进关内,看着空空如也的关城,陈桥知道,鲁仲连这是带着军队撤走了。

陈桥不由得赞叹:"战之能胜,进退自如,不愧是仲连先生也!"

陈桥进关后,留下一部分军士守关,他率领大军继续朝前进发。

当他们来到鲁军埋伏的山谷的时候,陈桥有些犹豫,他害怕鲁仲连在此地会有埋伏。

副将们却很不以为然,觉得阳平关那些人能够撑着打上那么一天,就算了不得了。鲁国有规矩,除非死亡多半、已无守卫下去的能力,守关军士才可以撤退,否则私自撤退就是斩刑。他们冒着被杀的危险撤退,肯定知道再打下去就是死路一条了,所以才跑的。就那点人马,他们还能在这里设伏?

陈桥摸不透鲁仲连的思路,不敢妄下结论,打算先在山谷外等几天,看看是否有别的路可以走。正在此时,前面哨探送来消息,说鲁仲连所率的守关鲁军在半路起了内讧,一部分军士擅自离开军队,朝着另一个方向跑了,鲁仲连现在所率军士只有四百多人,正赶往鲁土城。

到了这时候,陈桥终于不再犹豫了,下令大军继续前进。

09. 鲁国局势

陈桥把一万九千军士分成三部分，让副将率五千人先过，他自率一万人居中，另一名副将率剩下的四千人居后。

这一点鲁仲连早就想到了，现在鲁国想要的是一次胜利，不是杀敌多少。因此他早就嘱咐过在山坡上埋伏的鲁国将军孙谷，只要楚军先锋军队进入山谷，就先杀他们，杀得越多越好，却不可以贪多。

因此埋伏在山坡上的孙谷眼看五千人都进了山谷，马上让旁边的军士擂鼓。山上的鲁军把早已准备好的巨石、砍掉了枝丫的大树，一股脑地推下去，下面马上响起震耳欲聋的惨叫声。两头的鲁军又扔下准备好的干燥的稻草，射下火箭，没有受伤的楚军，忙跳下旁边的山沟。让他们没有想到的是，山沟里到处都是尖刺朝上的木桩和刀枪，楚军在山沟里又损失了不少人马，剩下的踏着同伴的尸体爬上沟，刚打算歇息一下，大齐猛将屠洪步率领两千多骑兵从旁边的树林里冲杀出来。狼狈的楚军仓促应战，却怎么能是这支养精蓄锐的雄师的对手？两千多齐鲁联军，来回冲突，从沟里跑出来的楚军，皆成了他们的刀下冤魂。

此战从早持续到晚，陈桥派了援军冲进来救人，也是损失惨重，不得不撤回。傍晚，齐鲁联军在孙谷的指挥下从山谷撤出，陈桥让军队进来救人，五千人却只救回了八百余人。加上后来进来救援的军队的死伤，此战楚军阵亡五千多人。楚军经此一役，斗志皆无，人心惶惶，只得退回阳平关，一面休整队伍，一面派人速报春申君。

春申君听说陈桥惨败，大怒，率中军匆匆赶来，要杀陈桥。众将为陈桥求情，春申君才饶了他，把他贬为百夫长，然后亲率大军，杀向鲁王城。

鲁仲连在阳平关附近大胜楚军的捷报传到鲁王城，震动朝野，鲁国军心大振。鲁顷公要亲率百官迎接鲁仲连，被太傅以不合礼节而劝住。鲁顷公只得派太傅率百官迎接鲁仲连，并在宫中设宴，为鲁仲连庆功。

鲁仲连在路上，却发现了一件让他极为惊愕之事。他原本建议鲁公把鲁王城附近的城市放弃，集中兵力守鲁王城，像当年赵国守邯郸那样，与楚军进行疲劳战术，而这正是楚军的致命之处。秦对楚虎视眈眈，楚军兵力不足，如鲁久攻不下，楚只能撤兵。到那时候，鲁可趁机收复被楚占领之地。但是他却发现鲁公没有壮士断腕之决心，不肯放弃其他城池，兵力分散，如此则会被楚一一攻破，最终亡国。

鲁仲连看到如此情景，惊讶至极，他让姜英等人带着众军继续按原计划行军，自己带了几个人，打马疾驰，日夜不停赶往鲁王城。

在城外三十里处，鲁仲连遇到了在此等候的太傅等人。太傅看到鲁仲连，忙躬身施礼。鲁仲连没有心情啰唆，马也没下，拱手说："太傅大人，仲连有要事要面见鲁公，失礼了！"

说完，鲁仲连便打马疾驰，竟然就这么走了。

太傅与一众官员面面相觑，最后，不得不收拾场面，尾随鲁仲连进城。

鲁仲连进城之后，直奔王宫，求见鲁公。鲁顷公没想到鲁仲连来得这么快，很是惊讶，让人将鲁仲连带到侧殿。鲁仲连进殿后，也没顾得上行见君大礼，只是鞠了一躬，问："君上为何不按照约定，将其余城池兵马粮草撤回鲁王城?！"

鲁顷公没想到鲁仲连开口会说这个，愣了一下，才说："呃，先生千里匆匆赶回王城，就为此小事?"

鲁仲连急了："君上！此乃关乎国家生死存亡之大事，怎么能说是小事呢?！像薛城、奄城这些小城，城墙不坚，守城军士有的不到一千，有的有两三千人，岂是十万楚军的对手?！让军士们为这些守不住的小城白白送命，谁来守鲁王城?！"

鲁顷公笑了笑，说："原来先生是为此事着急，寡人没有看错人，先生果真是天下少有之义士也！没错，寡人接受先生之建议，把鲁王城周围城池的军民粮草皆收入鲁王城，准备与楚军做持久之战。不过如今先生只用几千兵马便大败楚军，如此看来，楚军打到鲁王城，尚需要时日。且薛城等地比阳平关更加坚固，鲁国有了仲连先生，还怕楚军不成?!"

鲁仲连哭笑不得，拱手说："君上，攻城之战不比野外，攻城与守城，比的是武力和坚韧，即便略有巧计，却也无法撼动大势! 薛城即便有两万守军，城池不高，城墙不厚，怎么能抵挡住十万楚军的围攻?! 当年赵有廉颇和平原君，有猛将无数，但是他们面对秦军的进攻，还是自动放弃了邯郸周围的小城，把全部的力量用来守卫邯郸，最后加上他国援军，这才打败了秦军。君上派军士出去守卫那些小城池，这是白白让他们送死，自断臂膀啊!"

鲁顷公还是有些怀疑："仲连先生，薛城和奄城外面皆有山地峡谷，先生为何不再用伏兵奇术，打败楚军?"

鲁仲连叹气，说："君上啊，用兵之法，在于出其不意，不可一而再再而三，用计之法，则要天时地利人和。薛城和奄城之外确实有山，但是此处与阳平关附近的山地不同，阳平关之山地虽不险峻，但是附近无岔路，楚国要进攻鲁王城，只能走山谷那条路，此为天时地利皆占。我只要统筹兵马，将士奋勇，天时地利人和皆占，计谋方成。薛城与奄城道路四通八达，楚军完全可以绕过山路，伏兵没有山势相助，便减去五成威力，以楚军之勇，即便鲁军伏兵突袭，其势也难挡楚军! 君上啊，请赶紧下令，让附近城池的人马都撤回鲁王城吧。"

鲁顷公觉得鲁仲连说得有理，马上派人下令各处人马撤回。

10. 顿弱见范雎

鲁王城城墙高大坚固，鲁国军队虽战力不强，却也是训练有素，加上鲁王城城内粮草充足，且有鲁仲连、屠洪步、谷围、吕旌等人相助，楚军一连数日围攻鲁王城，没有占到什么便宜。

鲁仲连给了屠洪步五百精锐，这五百人白天睡觉，晚上出城骚扰楚军，楚军不堪其扰。

当然，鲁军也无法突破楚军的包围。能让楚军彻底撤军的希望，还是在顿弱身上。鲁军不是楚军的对手，如果被包围时间长了，鲁军难免出现变数，所以，他让水希前去秦国，催促顿弱赶快行动。

顿弱来到秦国后，在离范雎府第很近的一处客栈里住下，打探范雎的各种消息。范雎此时已经五十多岁，他推举蔡泽接替自己的位置，已经很少上朝了。

顿弱听了后，很受打击。但是他不死心，还是在一番准备后，提着礼品，来到了范雎府第，告诉范雎家的仆人，说他是范雎的故友顿弱。

仆人进去通报，不一会儿便出来了，说相国有请。

顿弱与范雎已经十多年没见了，现在的范雎是秦国一人之下、万人之上的人物，他是否还像当年那样平易近人？他顿弱能说服堂堂的一国之相吗？

顿弱有些激动，更有些忐忑不安，他随着仆人进入范府，无暇欣赏阔大气派的院子，一直跟着仆人走进一个大厅，见到了正坐在桌子前喝药的范雎。

顿弱面前的范雎，竟然变成了一个瘦小的老头儿！他头发稀疏灰白，勉强在头顶绾了一个冠结，脸色苍白，因此大大小小的老人斑显得非常惹眼。

但是范雎的眼神却犀利无比。他看了顿弱一眼，顿弱就被眼神吓了一哆嗦。他忙拱手："小民……顿弱，见过相国大人！"

进门之前，顿弱还在想自己见到范雎后，该如何称呼，现在范雎的一个眼神，马上让他明白了，自己不是他的老朋友顿弱，而是范雎眼中的草民顿弱。

范雎还算是给顿弱面子，他朝顿弱挥了挥手，说："顿弱先生，我们是老朋友了，别那么多的礼节，何况我现在已经辞去了宰相之职，只是一个闲人了。请坐吧，容老夫先把药吃完。"

仆人搬来一把椅子，顿弱却不坐，还是站着："你慢慢吃，我站一会儿就行。"

范雎看了他一眼，也不说话，只是埋头喝药。

大概是药汤太烫，范雎喝得小心翼翼。顿弱看着他，一直等他喝完，仆人把汤碗收走，范雎擦了擦嘴，才转向顿弱，指了指对面，慢吞吞地说："请坐下说话吧。"

顿弱拱了拱手，在范雎面前坐下，说："十多年没见，相国大人现在功成名就，顿弱惶恐至极也。"

范雎呵呵一笑，说："先生是想说，范雎变成一个老头儿了吧？其实人争来争去，最后皆为一抔黄土，哪怕贵为君上，贵为王后，都得变老，最终死掉，有何怪哉？"

顿弱想解释，范雎挥手说："一个将暮之人，说几句肺腑之言，顿弱先生不要怪罪。"

顿弱拱手："天下人人知道，相国大人从来不说无用之言，相国大人此言，莫非是指鲁国吗？"

范雎微微一笑，说："顿弱先生果然聪明，把老夫的心思都猜出来了。"

范雎继续说："国之千年，终有一亡。我等不过是无关之人，何必管那么多无用之事？"

顿弱正色说："相国当年可是雄心勃勃，要为天下苍生谋福，楚若攻鲁，必定生灵涂炭，杀戮四起，百姓流离失所，相国当年也在鲁国待过，鲁君待相国不薄，相国为何变得如此冷漠？"

范雎沉吟了一会儿，问："如果老夫有意救鲁，该如何做呢？"

顿弱说："说服秦王发兵攻楚即可！山东六国，现在唯有楚国国土最大，且兵强马壮，可与秦王抗衡，而现在楚国主力进攻鲁国去了，秦可趁机发兵，楚首尾不能相顾，必然大败。秦即便不能一战而拿下楚国，也可再次拿下昔日被楚抢回的十五座城池，以此作为攻楚之根基。"

范雎似乎有些被说动，闭着眼想心思。

顿弱趁热打铁："相国虽然辞去宰相之职，秦王大事还是要与相国商量。相国因为举荐王稽做河东太守之事，秦王对相国颇有微词，相国如果此时立此大功，即便隐退，秦王也会对相国另眼相看啊！"

范雎睁开眼，说："此话有些道理，请容老夫思量一番。"

顿弱知道，范雎这就算是答应了。他忙拱手说："那顿弱就告辞了，相国好好歇息吧。"

范雎说："故友远道而来，本应摆宴迎接，老夫近日身体有恙，再过几天，老夫再请先生吧。"

虽然这是范雎的客气话，但是顿弱还是有些感动，拱手说："相国当年没有像别人那样小瞧顿弱，顿弱一直不敢忘记，望相国身体早日康复，过几日顿弱再来看望相国。"

两人拱手告别，顿弱从范雎家出来，如释重负，却又心生悲凉。天下宰相，即便是赵之平原君、楚之春申君，哪个能比得过范雎之名？而他看到的范雎，不过是一个万念俱灰的小老头儿，人活一世为名为利，最终不过是一场空，实在是让人感到哀伤。

顿弱住的客栈，是齐国商社给安排的，离范雎家比较近，有一里路左右，离商社也不是很远，方便商社与他取得联系。

此后的一个多月时间里，顿弱又拜访了范雎两次。范雎病情略有好转，并进宫求见了秦王，奏请秦王趁楚发兵攻鲁之时，发兵攻楚。秦王尚在犹豫，便接到了周王联合六国发兵攻秦的消息，秦王大怒，命大军出函谷，迎战六国联军。

范雎派人把此消息告知顿弱，顿弱大吃一惊，这周王发兵，真是会挑时候。顿弱不知道，周王联合六国发兵，正是楚王为保证攻鲁不受骚扰而挑动起来的。

　　水希来到秦国的时候，顿弱正准备回鲁，向鲁仲连报告消息。水希让他留在秦国，继续打探秦王消息，他则马不停蹄，返身赶回鲁国。

11. 鲁仲连再见春申君

此时鲁楚之战已经到了相持阶段。鲁仲连充分学习了邯郸之战中赵国的守城策略，新兵老兵日夜轮换，战时青壮上去，平时老弱守城。鲁军上下一心，在鲁仲连和墨家子弟的协助下，楚军围攻鲁王城三个月，大小百十战，楚军丝毫没得到便宜。

此时鲁仲连已经知道，楚王联络周王，准备联合各国伐秦，周王还派人给鲁顷公送来了羊皮纸文函，命令其出兵五千，共同进攻大秦。鲁顷公看到周王的信函，真是哭笑不得。

双方大战三个月，楚军死亡六千多人，鲁军伤亡三千多，吕斌所率的齐国援军死亡三百多，齐王卫士屠洪步受重伤，已经无法再战。

守城鲁军中涌动着一股颓丧的暗流，这让鲁仲连感到忧心不已。

此事的发现者是吕旌。吕旌走访百姓，发现不少军士暗中聚集，他把此事告诉鲁仲连，鲁仲连让鲁顷公的爱将曹将军调查，得知有不少低级将领和士兵有投降的倾向，他们暗中聚集，打算袭击守城军士，开城门投降。曹将军大惊，抓了为首的几个，将他们斩首示众。

此后虽然再没发现士兵聚集现象，但是鲁仲连明白，此事开了头，就很难完全肃清。鲁仲连曾经以为，他们可以复制当年邯郸之战中赵军的经验。但是过了一些时日之后，他发现自己忽视了一件事，赵军当年死守邯郸，是因为赵军一直是在不断的战争中，无论是军士还是百姓，都对战事不陌生，他们因此能从容面对战争。并且因为长平之战过去不久，赵国上下都对秦国怀有深仇大恨，因此能够将士同心，不惜死战。

鲁国不同。这几十年来，鲁国几乎同齐国一样，一直没有参与战争，百姓安居乐业，士兵疏于训练，因此面对楚军的疯狂进攻，鲁国上下从心理上就先输了，先害怕了。当鲁仲连发现这些问题的时候，他更加感觉到鲁国军民内里的溃败。

他本来以为，作为最讲究礼法的鲁国，百姓和军士会更加忠勇，然而，现实证明，在生死利益面前，人是最讲究实际的，宗法制度根本不值一提。

鲁仲连为鲁军军心不稳愁闷不已，春申君率十万大军，看着屹立在面前的鲁国城墙，也是一肚子的惆怅。

按照他的计划，楚军用一个月的时间进入鲁国，最多再用一个月，便可拿下鲁王城。可是在他心中老朽不堪的鲁王城，竟然是固若金汤，楚军在此围攻三个月，死伤近万人，却毫无进展。

春申君经过一番思量之后，派人给鲁仲连送来一封书信，邀请他去春申君营帐中喝酒。

鲁仲连想趁机劝春申君退兵，就答应了此事。鲁顷公和曹将军等人听了后，极力反对。他们怕春申君杀了或者软禁鲁仲连，那鲁国可就没希望了。

鲁仲连却觉得或许可以趁机说服春申君撤军，因此他不顾众人反对，没带一兵一卒，自己骑着马，来到了楚军大营。

春申君亲自率一众将军门客，在营帐外迎接鲁仲连。春申君的门客大都见过鲁仲连，对其非常恭敬，将军们也见识了鲁仲连的手段，且知道他在当年的邯郸之战中起过重要作用，也对他是既敬又恨。

鲁仲连是什么人，只草草一眼，他就把众人的心思都看了个明白。他知道，楚军中很多人想要他的命。其实春申君也未必没有这种想法，不过以鲁仲连对春申君的了解，他还不至于如此不讲信义，对自己痛下杀手。

春申君看着鲁仲连走近，朝前走了两步，拱手说："仲连先生果然是气度不凡啊！黄歇佩服！"

鲁仲连心中虽然忐忑，脸上却是一副风轻云淡的样子，略一拱手，说："春申君乃天下名士，仲连很是仰慕。君请仲连吃酒，仲连当然得速速赶来，只是仲连乃鲁莽之辈，若话语有失，还请春申君和诸位见谅。"

鲁仲连的这几句话说得很有水平。先把春申君捧得高高的，然后说自己是"鲁莽之辈"，这样，即便自己说话有些过头，或者得罪了春申君，那春申君也不好意思跟自己计较。春申君此番征鲁，身边带了几十名门客，这些门客是春申君的智囊团，其中有谄媚之辈，也不乏正直之人，有几个还曾与鲁仲连一起，做过田单的门客，鲁仲连此时向他们示好，一是提醒春申君，做事不要太过，这些人都在看着你呢；二是让他们在关键时刻，替自己说句好话。

众门客都朝着鲁仲连还礼，春申君挽起鲁仲连的胳膊，两人一起走进营帐。

虽然是行军打仗，春申君的大帐篷里，还是很豪华。地上铺着厚厚的羊毛毡，后面是一排画着奇花异兽图案的屏风，两侧排着两排长桌，中间一溜专供将军禀告军情的通道，加铺了一条土黄色的布毡，营帐门口，还有一块专门用以擦拭尘土的毡布。鲁仲连不由得赞叹："春申君的营帐真是狼烟不进、尘土不扬啊！恐怕秦王的营帐也难以与春申君的营帐相比吧？"

春申君哈哈一笑，很是有些自负的样子，说："请仲连先生上座。"

鲁仲连也不客气，等春申君坐下后，便在主宾位置坐下。一众门客依次落座，军士们便端着水果点心鱼贯而上。

水果点心摆满了桌子，春申君的一个门客亲自捧着青铜大瓠，给鲁仲连斟酒。春申君说："仲连先生，此酒是黄歇与一众先生亲自采果酿造，即便是黄歇，也是偶尔尝之，今日贵客来临，我等才舍得拿出此酒，仲连先生可要多喝点儿。"

鲁仲连端起酒杯，仔细品了品，赞叹说："好酒，好酒，天下能酿出此等好酒者，恐怕只有春申君了。"

春申君哈哈大笑，举起酒杯说："大家举杯，欢迎仲连先生光临楚军大营！"

第三章 援鲁失败

01. 姚贾说仲连

春申君在大帐里招待鲁仲连，吃酒唱曲，春申君还带了几个舞女，酒到中途，舞女上场，瞽者乐师敲着鼓乐，一众门客酒到半酣，此时更加兴奋，纷纷与鲁仲连碰杯喝酒。这场大酒从中午时分，一直喝到日落西山。

鲁仲连没有想到，春申君会如此安排，因此虽然心中急躁，却也不得不客随主便。幸亏他临出城的时候，特意去见过鲁顷公，说他此去很可能要在春申君营帐中住一宿，让他不要着急，并安排曹将军、吕旌等人分头巡视各处军营，以防有人趁机作乱。

酒宴结束后，众门客散去，春申君让人给鲁仲连安排住处，他则在舞女的搀扶下，进一侧小帐篷歇息。

鲁仲连走到春申君旁边，说："春申君请稍等，仲连此番来到楚营，令尹就没什么话与仲连说吗？"

春申君"噢"了一声，挥手说："请仲连先生暂且歇息，有话明日再说无妨。"

鲁仲连刚要说他明日一早要回去，春申君已经挥了挥手，转身走了。鲁仲连只能看着他的背影，无可奈何。

瓜果酒度数不高，鲁仲连酒量又大，因此一会儿酒便醒了。他走出帐篷，刚走了几步，便被旁边的军士挡住。军士很客气，说令尹有交代，如果仲连先生要出去，需要他们向令尹报告，派人陪着仲连先生。令尹说此举并不是怕仲连先生偷窥楚军大营，而是怕有人偷袭仲连先生。

鲁仲连不想节外生枝，因此谢了军士，回到了营帐内。

在营帐内坐了一会儿，他刚想脱衣服歇息，突然外面有人问，仲连先生休息了没有？鲁仲连走出营帐，看到一位留着长胡须的门客站在门口。鲁仲连心里微微一笑，他预计今天晚上春申君不会让他消停，还真是没猜错。

鲁仲连把门客迎进帐篷，门客自我介绍，说自己叫姚贾，为春申君门客。姚贾很坦然，先做了一番自我介绍，说自己是"监门之子，赵之逐臣"，今天晚上来打扰仲连先生，是奉春申君之命，来说服他加盟楚国的，春申君应诺，会奏请楚王，封他一个大官。

姚贾淡淡一笑，说："姚贾来之前，就跟令尹说，仲连先生不似姚贾之辈，功名利禄对于仲连先生来说，犹如粪土。然，姚贾食人俸禄，身不由己，不得不敷衍一番，望先生海涵。"

姚贾如此爽直，倒是让鲁仲连刮目相看。鲁仲连笑了笑，说："早闻姚贾先生之名，今日终于得见，先生说话如此直白，似有违门客之道啊！"

姚贾笑了笑，说："姚贾无论是为人臣子，还是做君下门客，所言所行，皆是胸怀坦荡。仲连先生敢于在鲁危难之时，率义民不惜一死救鲁，死尚且不惧，怎能看得上功名利禄？以先生不齿之事诱惑先生，何其蠢也。"

鲁仲连拱手，说："姚贾先生果然非常人也。春申君虽不知我，但是派姚贾先生来做说客，却也不失为高明。"

姚贾摇头，说："姚贾并不只是为春申君而来，是为鲁国百姓而来。"

鲁仲连一愣："为鲁国百姓？姚贾先生，那你可来错了地方，先生如真为鲁国百姓着想，应该劝春申君收兵。仲连必定上奏鲁君，为姚贾先生树碑立传，功照千秋。"

姚贾苦笑："我一介仰人鼻息门客，怎能劝得了春申君？姚贾所期望的，是仲连先生能为百姓着想，说服鲁君止戈息兵，归附楚国，没有了兵革之苦，则百姓安乐也。"

鲁仲连"噢"了一声，说："如果鲁君不同意呢？"

姚贾正色说："鲁国能与楚国抗衡，其实不是鲁君之功，而是仲连先生之功也。且仲连先生之保鲁，不过是将之作为齐之屏障，让鲁国军民对抗楚之十万兵马，仲连先生敢说没有私心吗？"

鲁仲连说："如此说来，仲连与鲁君守卫鲁王城，保护鲁国百姓，反而是不义之辈了？姚贾先生，照你所说，国有外敌入侵，君王则应率军民投降，献出城池百姓，如此便是爱护百姓了？！"

姚贾摇头，说："仲连先生别急，请让姚贾把话说完。外敌入侵，君王如何决断，应依势而为。譬如当年邯郸之战，赵王死守，其因是赵有平原君，可说服魏之信陵君、楚之春申君发兵救援，如果没有这两国发兵，赵会有邯郸之胜？自然不会有。如果当年秦兵攻进邯郸，邯郸百姓如何，仲连先生应该比我还明白。现在楚攻鲁，鲁有援军乎？仲连先生派顿弱入秦，让顿弱怂恿范雎说服秦王发兵攻楚，仲连先生没料到的是，楚却先走了一步，与周王一起联合诸国攻秦，秦兵不得不在函谷关集结，准备对抗诸国联军，虽然联军最终未成，却也使得秦王恼怒不已，秦王现在准备发兵进攻周邑，已无攻楚之心，此事仲连先生应该知道吧？"

鲁仲连点头，说："自然知道。"

姚贾说："那仲连先生还打算到何处搬救兵呢？赵、魏皆与春申君交厚，不可能发兵救鲁；韩国势弱，必不敢得罪秦国；燕即便想发兵救鲁，齐和赵也不会让其借道通过；齐国更不用说，若齐能发兵，何用仲连先生出马？莫非仲连先生以为，鲁国这点兵力，可以挡得住楚国十万大军？"

鲁仲连本来是想劝春申君退兵的，他没想到，春申君竟然派姚贾来做说客，而且这个说客还咄咄逼人，让他无法反驳。

鲁仲连想了想，说："姚贾先生说得非常有道理，仲连有一问，想请姚贾先生指教。先生也是饱读诗书，满腹先圣教训。先圣有'仁、义、礼、智、信'五德所教，强兵伐弱，是丛林之法，不仁不义，我等自诩为饱学之士，理应锄强扶弱，维持仁义，怎能像先生所说，以弱附强呢？如此说来，如秦攻楚，楚是否也要放下兵器，解散兵马，俯首称臣呢？"

姚贾被鲁仲连反问得无话可说，愣了一会儿，方说："仲连先生，国家之事，并非仁义可解，顺从大势，是明智之举，也是最符合百姓利益之举。何况仲连先生率众所保护的，是鲁君之国，而非百姓之国。楚王来了，百姓还是百姓，鲁君却不是鲁君也。而死于战场的，却是百姓之子。"

姚贾的这几句话，说动了鲁仲连，但是他不能示弱，因此他拱手说："鲁君勤谨爱民，鲁国上下一心，绝不肯轻易降楚，请姚贾先生告与春申君，有仲连在，楚休想攻下王城！除非现在杀了仲连！"

02. 鲁王城暗流

姚贾走后，鲁仲连准备熄灯睡觉。他怕有人杀他，想在床上做一个假人，自己在床下睡，想想又觉得可笑，自己现在在楚营，如果春申君想杀他，比捏死一只蚂蚁都容易，即便钻进地下，又有何用？

如此一想，鲁仲连反而不怕了，他上床躺下，一觉睡到天亮。

吃了早饭后，春申君派人请他到他的营帐一坐。鲁仲连穿戴停当，在来人的带领下，来到春申君住宿的小帐篷。

小帐篷虽不如中军大帐气派，却也是布置豪华，地上依然铺满了毡毯。鲁仲连进屋，春申君已经端坐在桌前。

鲁仲连与春申君见礼后，在春申君面前坐下。

春申君笑了笑，说："仲连先生，昨夜睡得可好？"

鲁仲连拱手说："多谢春申君关心，昨夜一觉到天亮，挺好。"

春申君问："仲连先生，昨天酒席如何？"

鲁仲连说："美酒佳肴，还有美女伴舞，仲连平生第一次享受此种待遇，实在是大开眼界也。"

春申君哈哈一笑，说："酒喝得好，觉也睡得好，仲连先生满意，黄歇也高兴。既如此，仲连先生就请回吧，先生在这里睡得好，鲁君肯定是一宿未睡，盼望先生赶紧回去呢。"

鲁仲连一愣："春申君让仲连来楚营，除了喝酒，别无他事？"

春申君一挥手："无他事。不过仲连先生要是有事，可以讲。"

鲁仲连苦笑一声，说："仲连的事，春申君肯定明白。当年仲连能说得燕将自杀，说服魏新垣衍不尊奉秦国，发兵助赵，却无法说服春申君退兵，故此，还是不说了吧。"

春申君点头，说："仲连先生知黄歇，黄歇也知仲连先生。他日如果有缘，黄歇请先生到王城喝酒。"

鲁仲连辞别了春申君，骑马出了楚军大营，直奔鲁王城。守城军士看到是仲连先生回来，忙打开城门，冲出一支军马护住城门，放鲁仲连进城后，这支军马才退回城内，关闭城门。

鲁仲连不敢稍歇，马上打马进宫城，拜见鲁顷公。

鲁顷公看到鲁仲连，从王座上站起来，眼泪都流出来了："仲连先生，你可想死寡人了。现在鲁国上下，几十万民众，都仰望着仲连先生，先生要是……唉……回来就好，回来就好，鲁国有先生，就有了希望啊！"

鲁仲连看到鲁君如此看重自己，很是感动，躬身施礼："仲连只是一介草民，君上如此挂念，仲连很是愧疚。仲连何德何能，让君上如此费心。"

鲁顷公觉得自己有些失态，退后一步，擦了擦眼，挥手让鲁仲连坐下，说："有人说仲连先生去楚营，是有投奔春申君之意，寡人不信。仲连先生之名天下无人不知，寡人怎会信那些小人背后胡言乱语？仲连先生回来，寡人真是高兴啊！"

鲁仲连是什么人，听话听音，他马上就知道鲁顷公看到他如此高兴，是因为他听信了别人的话，觉得他鲁仲连不会回来了。

鲁仲连心里有些发冷。他没有想到，自己带着人千里迢迢而来，为鲁国之存亡拼死而战，鲁顷公却对自己心怀疑虑。

鲁顷公大概也觉得自己有些失言，忙说："仲连先生，此去楚营，应该收获不少吧？先生之口才，可是天下无二啊！"

鲁仲连叹了口气，说："不瞒君上，仲连此番去楚营，是想说服春申君退兵的，但是仲连没想到，春申君对秦早有对策，楚无后顾之忧，仲连无法说服春申君退兵，空手而回。"

鲁顷公点头，闭上眼，说："周天子派人来让鲁出兵攻秦，寡人就知道，此是楚王之策，企图以此拒秦攻楚。"

鲁仲连点头，说："正是如此。"

鲁顷公恨恨地说："秦王最好赶紧剿灭楚国！如此危急之时，楚国竟然还出兵攻鲁，真是不知死活！"

鲁仲连说:"楚王和春申君都不是泛泛之辈,楚国不敢攻秦,秦一时也难以灭楚,楚国趁此时灭鲁、韩等国,扩大疆域、军力,正是时候,君上不可小看春申君之狡黠。君上,春申君此番劝降不成,必然会迅速发起进攻,仲连要到军中,与众将商量守城之事了。"

鲁顷公点头。

鲁仲连从宫中出来,心中隐隐感觉到,鲁君的眼里似乎有了些别的内容。但他却没有心情思考鲁君眼里别的那些内容究竟是什么,他得迅速摸清军中情况,制定下一步的守城方略。

鲁仲连回到设在府衙中的议事处,吕旌、姜英、曹将军、谷围、高华子、水希,甚至伤还未好利索的屠洪步,都已经聚在大厅里等着他了。

鲁仲连走进大厅,众人都站起来,鲁仲连朝众人拱手,问:"诸位都在,这两天军中有何变动?"

吕旌看了看曹将军,没说话。

曹将军拱手,说:"回仲连先生,这两日楚军没有动静,军中倒是平稳,不过……"

曹将军欲言又止,看了看鲁仲连,低下了头。

鲁仲连有些急:"曹将军,有话请讲。"

曹将军看了看吕旌,说:"这个……还是让吕先生说吧。"

吕旌苦笑一声,说:"倒也没什么大不了的,自从我们来到鲁王城,城里就有各种谣言,现在不过是多了几条谣言而已。"

鲁仲连问:"什么谣言?请吕兄说来听听。"

吕旌虚咳两声,坐正身体,说:"这两条谣言,说的都是一个内容,不过说法有些不同而已。核心内容很简单,说仲连先生其实已经是春申君的人了,你此番去楚营,目的是与春申君商量,如何里应外合,拿下鲁王城!"

鲁仲连心里连声惊叫,不由得想起了鲁君复杂的眼神。他闭上眼,说:"真是没想到,春申君竟然用了离间之计!"

高华子说:"不瞒仲连先生,高华子不会打仗,这些日子一直暗中打听各种消息,城里各种说法都有,实在是可怕至极。还有人说我等一开始来鲁国，就不是来帮鲁国打仗的，因为鲁国城墙过于坚固，楚国人怕打不下来，故此派我等以援军之名来到鲁国，其实就是暗中寻找机会，与楚军里应外合，拿下鲁王城。当年秦攻邯郸，邯郸城里也有各种谣言，但是皆不成气候，平原君杀了几个散播谣言的人之后，谣言便止住了。鲁王城的谣言却是非同小可，高华子怀疑是春申君的细作在作怪，以此惑众。"

吕旌说："姜英兄已经派吕斌带着几个弟子，在城里寻找楚国细作了，也许这两日就会有结果。"

鲁仲连点头，说："多谢诸位了。"

03. 鲁顷公的忧虑

楚军在第二天一早，又发起了一次进攻。

鲁仲连与曹将军率领鲁国军队与水希、吕旌等人所率领的援军，经过一番苦战，打退了楚军的进攻。让鲁仲连感到有些奇怪的是，这次楚军猛攻东门，而负责守卫东门的，便是吕旌所率的齐东义军和姜英、屠洪步所率的以吕斌徒弟为主的临淄义军。这两支义军，虽经过屡次战斗，损失却不大，此番楚军以精锐中的精锐攻击东门，义军支撑不住，东门两次险些失守，幸亏水希率墨家弟子杀到，加上负责机动守卫的屠洪步所率齐王卫队的冲击，才把攻上来的楚军杀光，守住了东门。

此后，楚军几次对东门发起冲锋，都被义军死死守住。傍晚时分，楚军收兵，吕旌统计伤亡人数，义军损失大半，仅剩六百多人。吕斌也在战斗中受重伤，失去继续战斗的能力。

最让鲁仲连感到意外的是，战斗结束后，负责保护高华子的两个墨家弟子来向他报告，高华子失踪了！

楚军进攻战打响后，高华子奉鲁仲连密令，监视城中的几个细作嫌疑分子，怕他们趁机闹事。高华子将鲁仲连分给他的几十名手下分开，三人一帮，各自监视一名嫌疑分子。他则率两名墨家弟子，监视一对夫妇。这对夫妇在城里开了一家包子铺，也卖羊肉和米酒，生意兴隆。高华子和两名墨家弟子侦察清楚，这家小店就一个前门，高华子就进入小店内吃肉喝酒，两名墨家弟子则在门外隐藏，监视着大门。

因为双方正在交战，很少有人出来吃饭，小店很清静，这两名墨家弟子也就很清闲，只是监视着门口。

战斗激烈的时候，两夫妻会出来，站在门口四下观望，这两名墨家弟子这时候就比较紧张，手按佩刀，紧紧地盯着两人。两人却也没有其他动作，在门口观看一会儿之后，就转身进屋。两名墨家弟子，也就继续隐蔽观察。

如此一直到日落，楚军收兵，刚刚还一片喊杀声和惨叫声的城外寂静下来，藏在家里的老百姓从家里出来，开始抱草做饭，这时候，两名墨家弟子才想到，高华子自从中午时分走进包子铺，到现在都没有出来，有点不对头。

两人走到包子铺门口推门，门从里面关了，推不开。两人拍门喊人，里面没动静，两人把门踹开，冲进屋内，屋子里空无一人，高华子和那对夫妻凭空不见了。

后来两人在屋里仔细搜寻，才在厨房找到一个地下通道，通道很窄，只能爬行。两人从弯弯曲曲的通道爬出来，才知道这通道只是通到屋子外面的一个园子内。园子里种着菜，却没有人影。两人向邻居打听，得知这园子也是这对夫妻的，两人怕再出什么状况，赶紧跑回来向鲁仲连禀告。

鲁仲连带着吕旌等人去包子铺察看，吕旌还亲自钻进地道，从包子铺爬到了后面的小菜园，没有找到关于高华子的丝毫讯息。

鲁仲连让人封闭了通道，把包子铺贴了封条，下令在城里进行大搜捕，并寻找高华子，却一直音信皆无。

两个月的时间很快过去，其间楚军发动了十几次进攻，都被鲁军打败，鲁军损失也十分惨重。在腊月的一次进攻中，楚军趁黎明前鲁军疲惫，掘地而入，幸被水希发现，迅速采取措施，但是几百个从地洞进入鲁王城的楚兵，还是杀了两千多鲁兵，勇士谷围杀敌十余人，最后被楚军杀死。

几百楚军轻易入城，而且趁鲁军沉睡，杀了他们两千多人，这要是进来几千人，鲁王城就成了楚国的了。

鲁国上下，更加人心惶惶。连鲁顷公也开始暗中与心腹大臣商量投降之事。

高华子音信皆无，鲁仲连因而相信，这个会看阴阳断风水的阴阳师应该是没命了。

春节过后，城中开始缺粮。楚国将士大都是从气候温润之地而来，不堪北国的天寒地冻，很多人冻出了冻疮，加上久攻不下，军心也出现了动摇。

鲁仲连建议趁机对楚军发起袭击，吕旌和屠洪步等人赞同，被粮草问题折磨得焦头烂额的曹将军却不同意。他怕楚军有埋伏，或者趁机攻进城门，毕竟楚军人多势众，鲁国现在兵马只有三万多，仰仗城高墙厚，勉强守城，如果楚军攻进来，那后果不堪设想。

鲁顷公虽然给了鲁仲连极大的荣誉和权力，但是开城门这种事情，还需要像曹将军这样的人物一级级传达下去。曹将军不肯，鲁仲连即便可以命令守城门的军士开门，但是在这种敏感时刻，他也不想给人留下跋扈越权的印象。

鲁仲连去找鲁顷公，向鲁君提议趁楚军军心动摇之时，派敢死队突袭楚军大营。鲁顷公犹豫了片刻，拒绝了鲁仲连的好意："仲连先生，鲁军现在疲惫至极啊，如果中了春申君的奸计，那鲁国可就完了！楚军千里跋涉，粮草运输不便，再等一两个月，军无战心，必然撤退。仲连先生，鲁国可经不住折腾了啊！"

鲁仲连不肯放弃这个机会，拱手说："君上，楚军现在军心不稳，正是突袭他们的好时机啊！当年秦赵邯郸之战，平原君正是靠着突袭，才逼着秦军后退三十里下寨！现在楚军比当年的秦军更加不堪，请君上下令，鲁仲连愿率八百将士，深夜突入楚军大营，必杀得楚军胆战心惊！"

鲁顷公闭着眼想了一会儿，睁开眼看了看鲁仲连，说："先生之心，寡人明白。但是鲁军无当年赵军之勇，楚军没有当年秦军之疲，春申君又是个极为狡诈之徒，先生还是谨慎些好。"

鲁顷公执意不肯让鲁仲连出战，鲁仲连无奈，只得辞别鲁君，回到衙署。

为了供应军队粮食，鲁顷公派出军队挨家搜索，有粮食的人家皆要上交，由各级衙署统一分配。搜到的粮食大部分都供应了军队，加上各衙署都要贪腐一些，百姓每人每日只能分到两碗稀粥，因此皆饿得皮包骨头。鲁仲连在回衙署的路上，遇到一队饿鬼一般的百姓，百姓不认识他，看到他穿着体面，面无饥色，以为是衙署官员，边骂边朝他扔石头。

正巧有个府衙官员带着几个衙役路过，官员认得鲁仲连，带着几个衙役朝着老百姓就冲过去，挥舞鞭子，抽得百姓哇哇大哭。

鲁仲连劝衙役们住手，衙役说："仲连先生勿劝，这些劣民造谣生事，不值得可怜。"

百姓们被强壮的衙役驱散，鲁仲连看着他们仓皇逃离的背影，心情沮丧。此时此刻，应该军民同心，才能全力抗敌，鲁国的官员与百姓之间依然如此龃龉不断，这如何能应对强大的楚军？

04. 秦军进攻洛邑

周赧王联合各国攻秦的消息，传到秦国，秦王恼怒，派出大军三十万，在函谷关等候诸国联军。

楚王怂恿周赧王联盟伐秦，不过是利用周天子之名而已。周赧王现在已经没有属于自己的领土和百姓，也没有了军队，他本人都是借住在西周国。楚王走后，周赧王与西周公签丁商量此事。让周赧王意外的是，西周公因为秦在洛邑一侧的韩国连下两城，心里忐忑，因此也极力怂恿周天子出面，联合山东诸国伐秦，周赧王答应了。

西周公大喜，亲自担任征讨大将军，负责伐秦之事。他在两个月内，募集了五千兵丁。没有武器粮草，周王亲自出面，向国内的富豪借钱打造武器，购买粮草，并派人以周天子名义，向楚、齐、鲁、赵、燕、魏、韩七国送达伐秦文函，让各国在四个月内发兵到伊阙会合。

西周公签丁刚满三十岁，虽没带兵打过仗，却是熟读兵书，且习得一身好功夫。此番有了建功立业的好机会，他兴奋异常，一切准备就绪后，到了约定好的时间，率领大军，直奔伊阙。

伊阙位于洛邑南不远处，大军不用半天便到了营地。西周公此番雄心勃勃，在伊阙西北空地上，早就命人圈定好了各属国军队的临时驻扎处。驻扎处的中心，是一处方圆三里的空阔地带，用于各国军队的临时训练。

按照西周公的计划，此番七国出兵，总兵力要达到二十万，各国兵力，从一万到五万不等。西周公等人来到驻地，等了三天，楚国兵马先到了。楚国为伐秦发起国，因此派大将申力率五万大军，浩浩荡荡，威风八面。相比宗主国的五千新军，西周公深深地感觉到，要振兴大周，道路何其漫长。

又过了十多天，燕王所派一万军士也到了。两国将军奉西周公为大将军，都表示听西周公调度，全力对敌。

然而，出乎众人意料的是，其余五国却迟迟没有发兵过来。西周公派人去魏国、韩国、赵国等国催促，各国皆不说二话，说稍等马上发兵。如此三番两次，各国仍是以各种理由推托，楚国和燕国军士在此地等了三个月，锐气消耗殆尽，五国仍无一兵一卒过来。

而此时西周公得到消息，秦王的三十万大军已经出了函谷关，准备迎战各国联军了。

西周公签丁无奈，去见周赧王，周赧王叹气说："王室羸弱，各国不肯从命，无可奈何。既如此，公还是退兵吧。"

西周公目瞪口呆："大王，大军刚刚募集而成，只出城三里，便要撤回，朝廷威风何在？"

周赧王叹气："不撤又奈何？这点人马怎能是三十万秦军的对手？"

西周公无奈，只得垂头丧气回到伊阙，让楚军和燕军各自回去。

西周大军退了，秦昭王可不干了，他下令正在进攻韩国的将军赵摎率部攻打周邑。

赵摎率两万大军只用了一个月，就来到周邑边境。此时正值新年，周邑的边境守军竟然根本不知道危险已经来临，他们还在张灯结彩请神过大年。赵摎的前锋悄悄爬上了关墙，顺利地打开了城门。赵摎率大军入关，守军们听到消息，惊愕不已，还没有来得及组织抵抗，就被秦军杀得人仰马翻。

赵摎进入周境内，一路烧杀抢掠。赵摎定下一个规矩，如果周王的部下抵抗，攻下城池后，将士一个不留，全部杀光，如果不抵抗，则缴其武器，令其各自回家。守城的将领领教了赵摎之狠勇，后面的守城将军不敢与秦军对抗，因此赵摎率部一路顺风顺水，直奔洛邑。

西周公签丁得知此事，赶紧召集大臣商量如何迎敌。

此时周王所能调动的军队不到一万人，而且因为多年没有打仗，军队懒散无能，听说秦军来了，大半吓得跑回家，不敢出来了。签丁再勇猛，也不敢率领这样一支军队，与恶狼一般的秦军对抗。

西周公的那些文官武将，最擅长的也是捞取财物，听说秦军打进来了，没有人想着怎么迎敌，都在想怎么逃跑。周赧王一看，实在是没有办法了，只得让西周公带着部分老弱大臣和还没跑的全部士卒，出城三十里迎接赵摎。

赵摎率领两万大军，浩浩荡荡来到洛邑城外。看到西周公率一帮老头儿，还有一队稀稀拉拉的军士在城外迎接，赵摎不由得窃笑。他打马来到西周公面前，看到面前的这个人倒是气宇轩昂，很有一些英武之气。赵摎从马上跳下来，西周公等人忙鞠躬迎接："西周公签丁率周室文武大臣以及全城军士恭迎大将军！"

西周公的话说得很有水平，也算有些骨气。他后面的大臣，有的已经跪下了，西周公还是不卑不亢，不肯说出"投降"两字。

赵摎是一名武将，对字眼不讲究，看这架势他就明白，周赧王这是投降了。

赵摎看了看西周公，问："你就是西周公吧？"

西周公说："正是。"

赵摎点头，问："周王呢？"

西周公说："回将军，周天子正在王宫等候将军。"

赵摎冷笑一声，说："投降之王，还有这么大的架子！让他出来，亲自向本将军投降！本将军也没空进城了，尔带着洛邑的户籍账册、玉玺印章，跟本将军速回咸阳！"

西周公一愣："寡人为何要去咸阳？！"

赵摎说："不去亦可，按照规矩，让两万将士在洛邑抢掠三天，再将尔装入囚车，以俘虏身份送往咸阳！还有，你捎个信告诉周王，如果秦王不高兴，会派人押他入朝，让他做个准备吧！"

西周公长叹一口气，带了几个人打马转回王城。

王宫内，御厨正在忙着烹饪，大殿上摆上了两排长桌，宫女来回穿梭，正在准备碗筷水果。西周公匆匆穿过大殿，进入周赧王的寝宫。周赧王似乎并没把赵摎进城当作一件什么大不了的事，还正在与大臣们商讨着什么。

西周公过去，拜道："臣见过大王。"

周赧王一愣："为何你自己回来了？秦将赵摎呢？"

西周公拱手："大王啊，赵摎就在城外。他不肯入城，让臣带着玉玺户籍账册，跟他一起去咸阳！向秦王献降！"

周赧王愤怒："尔等都是诸侯！一个将军押着一个诸侯去见另一个诸侯？这个赵摎，是不是疯了?!"

西周公说："他没疯。他说如果臣不肯入秦，他就要带兵进城，劫掠三天，然后将臣装进囚车，以俘虏之态押去咸阳。大王，秦兵威势正盛，什么事都做得出来！他还说……"

周赧王问："还说什么?!"

西周公说："他说如果秦王不满意，还会派人押解大王进入咸阳！"

周赧王脸色大变："这个赵摎，真是猖狂至极！"

05. 王城之变

最终，西周公带着玉玺户籍进入咸阳，被秦王绑在柱子上一番羞辱后，便将其放了回去。但是其三十六邑、三万人口皆归于秦王，西周公被贬为平民，搬出王宫，仍在洛邑居住。

自然，居住在洛邑的周赧王也被控制在秦军手中。

洛邑之变传到鲁王城，鲁顷公惊愕，悲恸不已。同为弱势小国，鲁顷公与西周公、东周公皆有交情。周王伐秦不成，鲁顷公本想趁机派人去洛邑，让周天子劝楚王撤兵呢。现在西周公被废，周天子成了寄居秦地之王，与废王无异，一举一动皆在秦王监视之下，他怎么会有心情管鲁国的生死存亡？

春申君率楚军攻城不下，开始使用离间计。他让人打扮成鲁仲连的使者，秘密潜入楚军大营，并让人在王城散播消息。最绝的是，春申君竟然故意让鲁国军士抓住了谎称看到鲁仲连使者的秦军士兵。鲁国军士得知鲁仲连暗中派人进入楚营，忙派人向曹将军报告。曹将军与鲁仲连交情颇深，他赶紧来问鲁仲连，为何要派人与楚军秘密接触，下一步是否有什么计谋。

鲁仲连听曹将军说他派人进入楚营，忙否定此事。他告诉曹将军，此事应该是春申君的离间计，不要相信。

曹将军自然是相信鲁仲连的话，但是军士们一传十、十传百，此事很快传遍了鲁王城。而且在传播的过程中，鲁仲连派人进楚营的事被演绎成了各种不同的版本，传到了鲁顷公身边的文武大臣耳中。

很多文臣武将对鲁顷公对鲁仲连的信任早就怀恨在心了，此番有了机会，自然在鲁顷公面前肆意诋毁鲁仲连。鲁顷公本来对鲁仲连是很信任的，但是说鲁仲连坏话的人太多了，鲁顷公无奈，只得召见曹将军，向他询问对此事的看法。

蹊跷的是，曹将军手下的一名将领，刚刚出城投降了楚军，此事对于鲁国朝野震动很大。当然，最受打击的人正是身负守国重责的曹将军。若论信任程度，曹将军信任那位相处了二十多年的将军，自然甚于鲁仲连，因此当鲁顷公问他对此事看法的时候，这位忠勇的将军犹豫了。

楚军攻城虽然没有占什么便宜，但是城中粮食短缺、军士心中恐慌，加上各种谣言满天飞，种种危机让鲁顷公已经濒临崩溃。他看着面前一脸憔悴的曹将军，追问了一句："曹将军，鲁仲连是否可以相信？此事关系鲁国安危，将军又是寡人最为信任之人，将军务必直言相告。"

曹将军跪在王座前，浑身发抖。他相信鲁仲连，但是到了这种时候，他又谁都不敢相信。就像现在的鲁顷公一样，危机重重，他谁都不敢相信了，包括跪在面前的曹将军。树倒猢狲散，现在鲁国还没有倒下，就有不少的猢狲开始另投新主了，这让鲁顷公不敢完全相信任何人，但是他还不得不相信跪在面前的曹将军。

大厦将倾，人人自危。世间最悲者，莫过于此。

鲁顷公说："楚军势如虎狼，现在王城内粮草缺乏，人心不稳。本人也不瞒将军，春申君曾经派人来给寡人送信，说如果寡人愿意献城投降，春申君保证给寡人一城养老，但是……"

鲁顷公犹豫了一下，又不肯说下去了。曹将军不敢问，只是盯着鲁顷公。鲁顷公停顿了片刻，叹口气，说："罢了，寡人就把此事详情说与将军吧。春申君信中说，如果王城被楚军攻破，楚军劫掠三天不说，他还要治寡人之罪，杀了寡人全家。"

曹将军气得忍不住大骂："这个春申君，实在是欺人太甚！"

鲁顷公挥手，示意曹将军闭嘴："曹将军，你还未回答寡人的问话呢，鲁仲连可以信否？"

曹将军沉吟了一会儿，说："君上，臣与仲连先生交往大半年，仲连先生确实名不虚传，为人光明磊落。"

鲁顷公点头，说："寡人知道仲连先生之为人。寡人问的不是这个，鲁国之存亡，可以托付仲连先生否？"

曹将军拱手，又说："君上，此事臣下不敢妄言！请君上恕罪！"

曹将军想了想，说："君上，楚人无信，黄歇更是鼓舌之小人，君上怎能相信这种人?!"

鲁顷公摇头，说："非是寡人愿意相信他，楚军围困日甚，声势浩大，王城勇士却日益减少，粮草短缺，士气不振，且现在王城之守，皆赖仲连先生，仲连先生非我族人，为何要不惧生死，替鲁国守卫王城? 先生是义士不假，仲连先生也曾说服魏国将军援赵，可今日与昔日不同，鲁国君臣之命皆托付于仲连先生，曹将军，我等是否过于草率了?"

曹将军拱手说："君上，鲁国现在无路可走，只有相信仲连先生，才能保全国家啊!"

鲁顷公挥手说："此事寡人自有主张，你且回去。记住，要提防仲连先生，鲁国不可葬送于他人之手!"

曹将军听了鲁顷公这句话，如五雷轰顶。作为鲁国的大将军，他太了解这位谨慎多疑却又无能的鲁顷公了，既然他已经有了向春申君投降的想法，那他的抵抗之心会迅速瓦解。看来那些早日向楚军投降的人，真是有先见之明。

曹将军回到设在府衙的临时指挥所，看到一脸憔悴、胡子拉碴的鲁仲连正与水希、吕旌等人坐在沙盘前推演战况。鲁仲连正在与水希策划一次规模中等的偷袭战，看到曹将军过来，鲁仲连搓了几把快要冻僵的双手，朝着屋子中间的火炉扔了几块柴火，说："曹将军，咱边烤火边说。"

曹将军过去，看了看沙盘，在火炉边坐下。

鲁仲连有些兴奋，说："墨家的人送来消息，春申君作战不利，楚王已经非常不满，因此暂时不会增派援军过来。楚军军心不稳，我等正可趁机夜袭楚军，楚军连败几次，必然后退，到了那时，我军趁机分兵掩杀，楚军必然大败!"

曹将军明白，鲁仲连说的是非常有道理的，胜算极大。但是他更明白，鲁公已经不可能允许鲁仲连带兵出城了。自己作为一国将帅，不可能也不敢让鲁仲连派兵出城了。因为无论胜败，多疑而又胆小的鲁公都会怪罪自己。

曹将军说："仲连先生，你可知王城内与先生有关的谣言否?"

鲁仲连摇头，说："仲连都不以为然，将军何必在意? 我等打败楚军，谣言不攻自破。"

曹将军叹气："仲连先生一心为鲁国，曹某心知肚明。仲连先生，鲁军多次偷袭，楚军已有防范，万一偷袭失败，对军心会大有影响，我看偷袭之事，还是算了吧。"

鲁仲连惊愕："胜败乃兵家常事，何况鲁军多次偷袭，败少胜多，怎会影响军心？楚军势大，要将其打败，唯有奇袭之策，若不偷袭，鲁何以败楚？将军何出此言?！"

鲁仲连情绪激动。曹将军知道鲁仲连说的很有道理，但是他又不能把鲁顷公的话告诉鲁仲连，急得不知如何说才好。

吕旌在旁边看出端倪，走过来，拱手说："敢问曹将军，春申君是不是派人劝鲁君归顺楚国，并许诺给他城池养老?"

曹将军惊愕地看了一眼吕旌，点了点头，说："正是如此。不过君上现在主意未定，故我等不可轻举妄动。"

旁边的吕斌气得拍了一下桌子："这个鲁君也是糊涂！即使春申君能给他一城，怎能赶上他把这个鲁君当稳了？"

吕旌说："兄长错了，鲁君这是担心我等不是春申君的对手。"

鲁仲连何等聪明，他闭着眼想了一会儿，问曹将军："敢问曹将军，君上是不是对仲连起了疑心?"

曹将军有些难以启齿，抓耳挠腮无法回答。

鲁仲连说："将军与仲连并肩作战近一年，已是生死之交。仲连此番率一众英雄入鲁，全无半点私心，然最近王城中谣言甚于往日，仲连对此早有忧虑。春申君诡计多端，君上怯弱多疑，曹将军德高望重，君上有疑虑，将军应该多加劝告，如劝告不成，则应该告诉仲连。仲连与水希巨子等人客居鲁国，为保卫鲁国战死逾千，现在还剩几百人，将军忍看这几百儿郎枉死鲁国?"

曹将军叹气："仲连先生，曹某实在是无颜面对诸位英雄义士啊！君上最近受春申君蛊惑，加上王城内谣传仲连先生派人偷偷进入春申君大营，因此君上疑心重重，境况对仲连先生很是不利。"

鲁仲连仰天长叹："果然如此！仲连一片苦心，付诸东流也!"

06. 天下王侯无君子

曹将军走后，鲁仲连与众人商量了一会儿，与水希一起去见鲁公。

鲁仲连是抱着最后一丝希望去见鲁公的，他觉得自己与声名卓著的墨家巨子一起去拜见这位鲁公，鲁公总得给些面子。

让他没有想到的是，他们两人竟然没有见到鲁公。王宫守卫以鲁公身体不适为由，将两人挡在了宫殿之外。

鲁仲连明白，鲁公这是打定主意要归顺楚国了，已经无法挽回了。他召集吕旌、吕斌、姜英、屠洪步等人商量，何时从王城撤出。众人热血沸腾而来，却落得这般下场，皆心情低落，没人说话。水希答应撤退时墨家在最后掩护，便告辞出去召集墨家弟子。

鲁仲连也让众人各自召集自己的队伍，他自己则坐在屋子里闭眼歇息。

傍晚时分，曹将军带着王宫使官来到，给鲁仲连送来了一些金银之物，说是鲁公对众人勇敢作战的褒赏。

鲁仲连苦笑，这鲁公倒也是个讲究之人，虽然不想用他们了，却也不说破，还奖励了一些金银。鲁仲连明白，这点财物对他们的付出来说，可以说是微乎其微，但是对于现在的鲁公来说，这些金银，可能是他能拿得出来的最后的一点财物了。

使官走了后，曹将军让人送来了一些吃用之物，对鲁仲连说："仲连先生，君上想知道，你们何时动身。"

鲁仲连摇头苦笑："怎么了？君上连留仲连在此歇息一宿的耐心都没有了吗？"

曹将军摇头，说："非也，仲连先生不要疑心，别说一宿，睡个两三天，君上也不会怪罪。在下只是怕现在王城内局势混乱，有人对先生不利。不过先生放心，从现在到明日清晨，在下会亲自带人保护先生和诸位英雄的。"

鲁仲连让吕旌等人下令，从现在起，齐之义军不许出营帐，明日寅初开饭，饭毕即开拔，要在天亮前离开王城三十里，以免遭到楚军暗算。

曹将军让人弄了酒菜，与鲁仲连等人饮酒。鲁仲连情绪低落，稍微喝了点酒，看到吕斌与曹将军喝得尽兴，他就从屋里出来，来到府衙外。

因为双方都停止了战事，此时王城内出奇的安静。习惯了嘈杂和兵马穿梭的日子，这陡然的宁静让鲁仲连觉得有些不习惯。

他在墙外的上马石上坐下，看着头顶上的星空，黯然神伤。他想到了安平君田单。当年他在田单府上做客，听说楚将发兵攻鲁，决定回齐募兵助鲁，田单得知此事后，曾经告诫他："鲁公虽然宽厚，却也生性多疑。仲连先生，老夫有一言相告：天下之君，皆不可信。即便是一个好人，坐上国君宝座之后，怕有人夺了他们的君权，也会变得自私无情，他们宁可相信佞臣，也不愿意相信忠诚之人。因为凡忠诚者，皆有品行，而有品行者，会为百姓谋利，这是为王者最为忌讳之处。"

春申君还是厉害，首先承诺让鲁公食一城俸禄，保障了鲁公的利益，在唾手可得的利益和要冒着巨大的风险才能得到的利益面前，像鲁公这种胆小之人，这种没有风险的利益，自然是他的最终之选了。

能做非常事，还需非常人。从一开始，他鲁仲连就错了，选错了人。

吕斌喝多了酒，在屋里跟曹将军吵了起来。鲁仲连懒得管这些事，他站起来，走到离府衙不远的齐军临时驻扎处。因为害怕从齐国千里迢迢来到鲁国助战的义士们酒后闹事，鲁仲连下令今晚不许喝酒。即便如此，义士们也都没睡着，他们或三五个，或十多个聚在一起，都在痛骂鲁公。

水希带着几个墨家弟子，守在营帐大门口。看到鲁仲连过来，水希带着墨家弟子站起来施礼："水希见过先生。"

鲁仲连拱手还礼："水希先生，屋子内的兄弟有何反应？"

水希低头，说："还算不错，虽然有人喧哗，却也没人做出格之事。"

鲁仲连点头，说："这些兄弟，跟着我等出生入死，实在是委屈他们了。"

水希不说话，站在旁边不动。鲁仲连明白，如此结局，即便是以忠厚无私著称的墨家弟子，也是很难接受的。鲁仲连拍了拍水希的肩膀，两人在旁边坐下，水希说："仲连先生率援军走后，楚军会很快进城。大军进城，必有骚乱，水希与墨家弟子商量了一下，决定留在鲁王城，或可救护当地百姓。"

鲁仲连点头，说："甚好，如若鲁公有难，水希巨子或可有所帮助。春申君不惧千军万马，却不能不忌惮墨家。"

水希摇头，说："鲁公再不济，还有一城食邑。百姓为了保护王城，很多人家都失去了唯一的男丁，且缺吃少穿，处境堪忧。春申君眼中一向只有君王，哪里看得到百姓？墨家相反，眼中只有贫苦之百姓，没有君王。"

鲁仲连苦笑："水希先生还是如此倔强，不肯持中庸之道。也罢，墨家做事一向高于众人，仲连自叹不如。"

水希微微一笑，说："仲连先生言过了。先生先走，等王城百姓稳定下来，水希再去齐国看望仲连先生。"

鲁仲连一愣："巨子如何知道仲连会在齐国住下？"

水希说："昨日先生无意中说到，要隐居齐东之地，先生难道忘记了？"

鲁仲连呵呵一笑，说："仲连还真是忘记了。那我就在齐东之地，等待先生了。"

鲁仲连回到府衙，曹将军已经走了，姜英和吕斌等人已经喝多了，却还在坚持着喝酒。屋子里杯盘狼藉，酒气熏天。吕旌盘坐在一侧，仰头闭目，一副任人宰割的样子。

鲁仲连有些恼火，对众人喊："别喝了！我等是要回家，这是好事！鲁君不要他的国了，我等又何必伤心！吕先生，请起来吧！你可是齐国的博士，博古通今，胸怀天下！齐国的君王百姓还在等着你呢！"

吕旌轻轻摇头，涎水从嘴角流出："先生错矣，吕旌……已经不是齐国博士，齐王只知道吃喝奏乐，怎么能记得博士吕旌？！齐国百姓？山东诸国灭亡在即，依然在互相残杀，别说齐国，诸国早晚都是秦的国土！秦王重用商鞅之法，暴虐无道，百姓告密成风，人人皆以嗜杀为荣，为晋身之道，如此虎狼之国，诸国却不肯团结讨伐，皆存侥幸之心，无担当之勇，七国……不，山东七国很快就会成为六国了，鲁先生啊，你见多识广，你说说，这天下还有希望吗？没了，没有了，秦必然一统天下，商鞅之术必为后世君王所效仿，从此以后，九州失道，小人横行，君子难以立足也！先生还在惦记齐国之君王百姓？还是先考虑一下我等如何立身吧。秦王得天下，我等必无立足之地！……"

鲁仲连摇了摇头，走到吕旌面前，伸手拽他："先生良言，仲连铭记。已经半夜了，吕兄请歇息吧，我们明天还得赶路呢。"

吕旌擦了擦嘴角，依然盘坐着，不肯起来："兄以为吕旌喝多了？胡言乱语了？错了，吕旌喝多了，但是脑袋很清醒。仲连兄啊，你可是天下奇人，当年曾经一箭下聊城，还曾说服新垣衍联赵抗秦，我等兄弟对仲连兄敬服至极。仲连兄，今日为何说服不了糊涂的鲁公呢？"

鲁仲连摇头："仲连能说服的，是可以说服之人。鲁公心智已丧，冥顽不灵，鲁国气数已尽，多说无益。"

吕旌叹气，低下了头："鲁公虽胆小，却也算是个君子，其余六国之王，皆势利小人。从今之后，天下王侯无君子也。"

07. 姜英举荐鲁仲连

第二天一早，鲁仲连让吕斌负责催促各路人马早早出城，出城之后，再埋灶做饭。

这是一次颓丧的撤退。来时的一千六百多人，折损一半，剩下的一半还有三百多伤者。好在曹将军连夜安排了几十辆马车，重伤的装上了马车，轻伤的只能随着队伍，朝着临淄方向前进。

一行人走走停停，半个月后，才来到临淄。此时屠洪步伤情已近痊愈，姜英和屠洪步率部下进宫，向齐王复命。鲁仲连率部在城外扎营，吕旌和吕斌分别统计了各自的伤亡情况，鲁仲连按照伤亡人数，把鲁公给他的金银分与两人，让他们分发给伤者和亡者家属，众人便在城外分手，吕斌率众人入城，吕旌率众向东，回原住所而去。

鲁仲连本来打算西去秦国，寻找顿弱，刚走了不久，就听到身后传来马蹄敲击地面的声音，随即有人喊道："鲁先生，请留步！"

鲁仲连听得出来，是姜英的声音。他停下脚步，转过身，看着不远处两匹马飞驰而来。

两匹马来到面前，姜英和宦官宫保从马上跳下来，两人皆一脸汗水。此时已是夏初，阳光很是有了些烈度。这些日子，鲁仲连的衣服被汗水浸泡了无数遍，穿在身上硬硬的，转身的时候，发出了像秋风吹树叶一样的声音。

他看着两人走到他面前，竟然有种很陌生的感觉。姜英进城不过两三天啊，他的脸色怎么像长了一层铜锈？

鲁仲连正惊讶，宫保走到他面前，朝他拱手："仲连先生，太后听说你来到临淄，特让奴才来请先生到王宫一叙。不知先生意下如何？"

鲁仲连拱手说："原来是宫大总管。请大总管转告太后，鲁仲连刚从鲁国回齐，喉疾复发不能言，此番就不打扰太后清静了，等日后仲连再来临淄，再去拜见太后威仪。"

宫保略胖，男人女相，大白脸，两只眼珠子白多黑少。听到鲁仲连这么说，宫保脸色阴沉下来，他盯着鲁仲连："仲连先生，你是不打算给太后和宫保面子了?!"

宫保的声音柔中带刚，威胁意味十足。

让他没有想到的是，鲁仲连根本就没把他放在眼里。鲁仲连冷冷地说："仲连说得很清楚，此番不去王宫，是因为喉疾复发，与面子没有任何关系。仲连周游列国，除了秦王，见过所有的君王，也曾拒绝过很多君王的召见，莫非大总管要抓仲连去见君王后吗?"

宫保见恐吓不成，马上变成了笑脸："仲连先生误会了。太后见仲连先生心情迫切，有诸多事情请教。不过仲连先生真有不便之处，那就过些日子，等仲连先生身体康复，宫保再去请仲连先生。"

鲁仲连朝着两人拱手，转身飘然而去。

宫保看着鲁仲连的背影，冷笑了一声，打马掉头，也不管姜英了，兀自返回城中。

姜英朝着鲁仲连的背影鞠了一躬，也掉转马头进入王城。

屠洪步和姜英回到王城后，君王后派人将两人叫到凤仪亭中，详细询问了一番，就让他们各自回去了。

姜英从凤仪亭回到齐王居住的宫殿，齐王正坐在案前，手持一张羊皮信纸发呆。

看到姜英进来，齐王朝他挥了挥手，示意姜英在他面前坐下。

姜英朝着齐王拱手，然后在案前小心翼翼地坐下。

齐王问："母后说了些什么?"

姜英拱手："君上，太后只是问了臣等在鲁国的一些经过，问了问鲁公的情况，并没有为难臣。"

齐王点了点头，又问："母后问过吕旌没有?"

姜英摇头："太后应该不知道吕旌还活着，我等回王城之时，已经和屠将军及其部下都说了，不许泄露吕旌博士之事。"

齐王摇头："没用，知道此事的人太多了，母后即便现在不知道，不出三五日，她必然知道。姜英，你要设法通知吕旌，让他做好准备，宫保不会放过他的。"

姜英点头，说："我等与吕旌博士分手之时，博士就说过此事。博士说他从此隐居深山，不理俗事，宫保的人很难找到他。"

齐王把手里的羊皮信纸递给姜英，长叹一口气，说："鲁国完了。"

姜英犹豫了一下。他知道，这羊皮信纸，应该是齐王的心腹细作从鲁国送来的。即便是他们赴鲁与楚军作战之时，齐王也没有把细作这条线告诉他，可见此人在齐王心中的重要性。

齐王看透了他的心思，说："看看吧，无妨。"

姜英站起来，恭恭敬敬地接过信纸，上面是很简单的几个字：楚进城，鲁公交印，百姓皆哭。即便早就知道了这个结局，看到这几个字后，姜英的手还是不由得抖动起来。

齐王长叹一声，说："鲁公于我多有教益，鲁国有难，寡人无法救援，实在是愧疚至极！"

姜英把信纸还给齐王，摇了摇头，好长时间不说话。

齐王说："楚军入城，百姓皆哭，看来这鲁公是很得人心的。"

姜英说："鲁公秉性仁厚，深受百姓爱戴。然楚王与黄歇贪心不足，其余众王怕祸及自身，不肯相救，作恶者得意，仁厚者成为恶者阶下之囚，世相如此，让人无可奈何。"

齐王默默点头，沉默了一会儿，问："楚王灭鲁，局势与往日大有不同，先生对天下大势有何看法？"

姜英拱手说："君上愿听真话还是好话？"

齐王闭眼，长出一口气："自然是真话。"

姜英说："七国势力，秦为最强，此后便是赵、楚、齐、燕等国。六国合纵，可以应对秦，然，以往六国合纵，却常因各怀心思而被秦所击败。此番鲁国被楚所灭，各国猜忌必然加重，而且秦已灭周，各国失去宗主号召，秦若对六国……秦若对六国各个击破，六国又不肯互相救援，那山东六国是何种结果，君上可想而知。"

齐王闭着眼，凝神静听，不说话。

姜英继续说："秦之强大，是商鞅变法，强奸民意所致。秦实行酷政，剥夺豪族财产，所有土地皆以军功分配，不许百姓议论朝廷，实行告密制，让百姓食不果腹，所谓愚民贫民弱民之术，皆违背天德之霸道恶行，此法在秦这种蛮夷之地可行，在齐、赵、魏之地断不可行。为今之计，君上应该早寻良策，以御恶秦。"

齐王缓缓睁开眼，仿佛眼皮有千万斤重。他看了一眼姜英，问："先生可有良策教我？"

姜英摇头，说："请君上恕罪，姜英愚钝，并无御秦之策。此事须得经天纬地之才，或许能救齐国。"

齐王问："先生觉得谁有此大才？"

姜英说："以姜英之所见，天下有此才者，非仲连先生莫属了。此番在鲁国仲连先生指挥鲁军抗楚，真乃大将之风也。君上如若有了仲连先生，齐国必然无虞！"

08. 出现狼群

不只齐王惦念着仲连先生，君王后也很惦念鲁仲连。她知道鲁仲连对其有成见，宫保很难请动他，在宫保去请鲁仲连的同时，她暗中派心腹后胜打扮成一个落魄书生，去找鲁仲连。

后胜原是高太傅的跟班，好学善辩，曾经参加过稷下学宫的辩论，完胜姜英等人。此事被君王后知道后，亲自对其进行考试，后胜对答如流，对当前局势很有见地，而且此人马屁拍得好，说君王后"事谨秦"的策略符合齐国之局势，要养精蓄锐，静等他国之变。君王后大喜，封之为承议郎，留在了身边。

此时的后胜刚刚二十岁，正是好年纪，后胜对仲连先生非常敬佩，但是此前一直没有机会见面，此番奉君王后之命来见仲连先生，自然是非常高兴。

按照君王后的指示，后胜赶着马车，来到鲁仲连要路过的村子，在村口等候鲁仲连。鲁仲连背着一个小包裹，在傍晚的时候经过村口。后胜过去搭讪，问鲁仲连是否知道这是什么村子，去临淄城应该怎么走。

后胜虽然打扮成了普通书生模样，但是他的神态还是出卖了他。鲁仲连打量了他两眼，就看穿了他的身份，但是鲁仲连没点透，而是指了指自己后面的路，说："小先生顺着此路走下去，一直走到官路，顺着官路朝北，便可直达临淄。"

鲁仲连说完，朝着后胜拱了拱手，转身便要走。

后胜说："先生气宇轩昂，不是普通人物，听说太后遍寻天下英才，先生何不随在下去临淄，为齐国效力？"

鲁仲连呵呵一笑，说："人各有志，小先生只管前往，老夫已经风烛残年，不能效力国家了。告辞了。"

鲁仲连朝前走。小村子路口狭窄，后胜的马车过不去，他只得打听着路，绕道来到村外。因为绕路太远，鲁仲连已经从村里走出去了，走在了前面。后胜打马追上鲁仲连，刹住马车，从马车上跳下来，朝着鲁仲连拱手："先生要去何处，让小的送你一程吧。"

鲁仲连点了点头，说："那就有劳小先生了。"

鲁仲连装傻，直接爬上马车，落下轿帘。后胜喜不自禁，爬上车辕，问明了地点，打马直驰。

天完全黑下来后，马车来到一处山坡下。鲁仲连让后胜停车，他从马车上跳下来，伸展了一下腰肢，对后胜说："多谢小先生，老夫今晚就住在此山上，小先生请便吧。"

君王后让后胜来找鲁仲连，是让他跟鲁仲连一起住上一些时日的，让他彻底了解鲁仲连的行踪以及接触的人，学一些本事，如果有可能，最好说服他为君王后效力。后胜看着没有人迹和屋子的山坡，一脸的疑惑："先生晚上宿于此处？此处屋子都没有一间，先生怎么睡觉？"

鲁仲连笑了笑，说："老夫乃一老朽村夫，随便一处地方，放一张席子便可睡上一宿。小先生没有看到，老夫的行囊里有软席被子，就是准备在野外露宿的。此处天高地阔，天作被子地当床，还有比在野外露宿更舒服的吗？"

鲁仲连朝着后胜抱了抱拳，转身朝山上走。

后胜赶紧喊："先生，小的今晚无处可去，可否跟你一起……一起在山上睡一宿呢？"

后胜怕鲁仲连有疑问，还准备了很多的说辞。没想到，鲁仲连头也不回，只说了一个字："可。"

后胜略一惊讶，赶紧转身，把马车拴在旁边的树上，从车厢里取出一床被子，跟在鲁仲连身后，朝山上爬去。

半山坡有一处平坦的石台，鲁仲连把背囊放下，从里面取出一张软席铺下。鲁仲连的席子很大，可折叠，用手一摸，很软。后胜知道，此物是好东西，但是他没有多问。

鲁仲连从背囊中又取出一张大饼，撕开一块递给后胜。

后胜也饿了，略微客气了一下，接过饼就啃起来。鲁仲连从行囊里取出一个牛皮水囊，朝着一侧山坡走去，后胜有些不解，目不转睛地看着他。一会儿，鲁仲连便走了回来，他把牛皮水囊递给后胜："吃饼不可不喝水，山上的泉水，清冽可口，小先生请放心喝。"

后胜有些犹豫。鲁仲连举起水囊，喝了几大口，然后倒着水，把水囊口冲洗了一下，递给后胜。

后胜接过来，犹豫着喝了一口，不由得说了一句："真甜。"

鲁仲连也坐下来开始吃大饼。两人边吃边喝，吃饱喝足之后，鲁仲连拿出薄被，一半铺一半盖，找了一块石头当枕头，便躺了下去。他让后胜也照此做，软席宽绰，躺下两人还有富余。后胜边铺被子，心里边谋划着如何跟鲁仲连介绍自己。没想到，他把被子铺好，一侧的鲁仲连已经打起了呼噜。

后胜在自己的被子上坐下，脑袋乱成了一团麻。吃大饼和冷水也就算了，怎么可以在这山上睡觉？谁知道会不会在睡梦中被狼啃烂脑袋？还有山下的马，拴着的马是给狼送上门的糕点，这可是宫里的马，要是被狼给吃了，他一年的俸禄都不够买一条马腿。

后胜正不知如何是好，鲁仲连突然说了一句话："小先生放心，这边只有一群狼，八只，喔，今年应该还有几只狼崽子。不过你放心，这些狼都认得我，不会伤害我们和山下的马，只管放心睡个好觉吧。"

鲁仲连说完，也不解释，转身又呼呼睡了过去。

鲁仲连不说还好，这一说，后胜更是吓得睡不着了。八只狼啊，能把两个人全啃光了。后胜突然想起一个说法，这狼是最会吃的，有肥的不吃瘦的，有嫩的不吃老的，自己和鲁仲连相比，那是又肥又嫩，这个老东西不会是特意把自己带上来喂狼的吧？刚刚他可说了，这边的狼都认识他，莫非他拿着自己给狼送礼来了？

但是转念一想，人人都说鲁仲连是个侠义之士，他不会做如此狠毒之事吧？不过又一想，人皆有私心，再好的人，也有不可告人之事，鲁仲连一向不与君王后来往，像他这么聪明的人，肯定会猜到自己的身份，把自己不喜欢的人所派来的人喂狼，那可能性就更大了。

后胜不敢躺了，坐了起来。他转头看着一片黑暗的四周，越想越害怕。正在此时，山坡下传来一阵阵马的嘶鸣声。后胜不敢耽搁，从腰上抽出短刀，顺着山坡冲了下去。

在离拴马的地方还有几步之遥处，后胜被从一侧冲出的两只狼挡住了去路。这两只狼弓腰耸肩，嘴里发出威胁的低吼之声，四只绿色的眼珠子犹如鬼魅，吓得后胜连连后退。

残存的理智告诉他，不能转身跑。人跑不过狼，人一转身，狼就会发起致命攻击。他的父亲后起，是一名药师，他上山采药的时候遇到了一只狼。本来对于一个药师来说这不是什么大事，他只要屏住气，跟狼对峙一会儿，独狼就会转身离去。但是那天他突然听到有人喊他的名字，后起转头找人，狼趁机扑上去，把后起咬死了。

后胜握着短刀的手抖动不已，但是他强逼着自己不后退，不能后退。他最担心的是山坡下的马，马在不安地嘶鸣，很显然，马应该看到了狼，或者是闻到了狼的气息。

后胜实在忍不住，大声喊起来："鲁先生，快救我啊！狼来了！"

鲁仲连听到喊叫，从山坡上跑下来。他跑到后胜身后，拍了拍他的肩膀，说："把刀收起来。我说过，这些狼认识我，你把刀收起来，它们就会走掉。"

后胜狐疑，却只能把刀子收了起来。

鲁仲连走到后胜面前，朝两只狼各扔了一块什么东西，朝它们摆了摆手，说："走吧，别吓唬我的朋友，他不认识你们。"

说来奇怪，这两只狼竟然呜咽了几声，叼起地上的东西，掉头跑了。

鲁仲连对后胜说："小先生，我们去看看你的马吧。刚才我有所失误，这些狼熟知老夫的马车的气味，却并不熟悉你的马车的气味。无妨，老夫下去教训它们几句，它们就知道了。日后你的马车再拴在附近，它们就不会再来打扰了。"

后胜浑身发抖，声音都抖了："多谢先生，不过小的再也不会在这种地方过夜了，不不……我大白天也不会经过此地了。"

鲁仲连大笑，说："小先生何必如此惊慌，不过区区几匹狼而已。人活几十年，说长不长，说短也不短，谁知会遇到什么事情。老夫别的不敢说，小先生必然会从此山下路过，不过能否有缘在山上住宿，倒很难说。"

后胜发急："请先生赶紧下去救我的马吧，别让狼给吃了。"

鲁仲连带着后胜下了山。果然，山坡下拴马的地方围了几只狼。这几只狼围着马转圈，马惊慌不安，也随着狼的转动而转圈，时而尥蹶子吓唬狼，并不停地嘶鸣。

鲁仲连走到离狼有十几步远的地方，打了一个呼哨。狼们听到后，陡然转身，朝着他们跑过来。看着让人恐怖的那一片绿色眼光，后胜吓得惊叫一声，躲在鲁仲连身后。鲁仲连忙小声说："别出声！否则我也保不住你！"

后胜躲在鲁仲连身后，瑟瑟发抖。鲁仲连不知从什么地方掏出一块大饼，朝着狼群扔过去："打扰各位了，今天我带的吃的不多，几位分着吃了，不过可不许动我的马啊。"

鲁仲连说完，带着后胜走到被吓得还咴儿咴儿叫的马匹旁边。后胜拽着马缰绳，用手摸着马脖子，以示安慰。鲁仲连也走过去，拍了拍马脑袋，对后胜说："小先生，我们可以走了。放心，这些狼再也不会动你的马了。要是它们吃了你的马，老夫赔你两匹。"

后胜将信将疑。

鲁仲连让他转头看。那些狼在撕扯了一会儿大饼之后，果然很快散去。临走之前，它们还集体朝着鲁仲连嗥叫了一声，仿佛是跟他告辞。

狼群走后，后胜突然觉得两腿抖得厉害，而且两腿间发热。他知道，这是自己吓得尿了。他怕鲁仲连笑话他，只能忍着，挺着腿站着。

鲁仲连招呼他回去睡觉，后胜答应着，努力抑制住抖动，跟在他后面挪动。走了几步后，后胜的腿终于恢复了些力气，可以正常行走了。

09. 顿弱去也

来到两人睡觉的地方，鲁仲连坐下，后胜硬着头皮刚要坐下，鲁仲连笑了笑，说："小先生，王宫里的人习惯穿着湿裤子睡觉吗？"

后胜一愣，马上反应了过来："呃……鲁先生怎么知道我是从王宫里来的呢？"

鲁仲连呵呵一笑，说："小先生怎么知道我姓鲁呢？"

后胜这才想起来，刚刚被狼围住的时候，情急之下喊了一声"鲁先生"。他刚要分辩，鲁仲连说道："小先生先去洗洗裤子吧，我刚才去灌水的地方有泉水，洗了放在石头上，明早就干了。尿湿的裤子穿着睡觉不舒服。"

后胜听得出来，鲁仲连没有笑话他的意思。他也顾不得尴尬了，感激地说了一句："谢谢鲁先生。"便走到泉水旁边，把裤子浸湿拧干了，摊开在石头上。

他又把身上尿湿的地方用水洗干净，回到睡觉的地方，发现鲁仲连又打着呼噜睡了过去。后胜心里呵呵一笑，在石头上坐了一会儿，等腿上的水迹干了，才钻进被窝睡了。

一觉醒来的时候，已经是天光大亮。后胜摸过放在旁边的裤子穿上，转头看鲁仲连。鲁仲连的被子已经被叠起来，人不知何处去了。

后胜站起来，四下观看。晚上没看出来，现在才发现，这山坡周围竟然山峰叠翠，阳光洒满山坡，金光闪耀，鸟儿在不知何处鸣叫，让人心旷神怡。后胜多少年没有出过宫，被这乡野美景吸引，正看得入神，鲁仲连从一条小路走过来，拱手说："小先生，昨夜睡得可好？"

后胜忙拱手："回鲁先生，睡得很好，刚醒过来。"

鲁仲连指着不远处的山峰，说："齐国之山，雄而不恶，花木茂盛，土地肥沃，山河如此，齐国之民，更是温良恭厚，齐王有此土地百姓，是齐之福也。"

后胜说:"不瞒鲁先生,小人后胜正是奉太后之命,来请先生授以兴国之道者。"

鲁仲连微微点头,说:"仲连见小先生之气度,就猜到小先生是宫中之人,小先生是有些见识之人,不知小先生拜谁为师?"

后胜说:"后胜拜师高太傅,已五年有余。"

鲁仲连"噢"了一声,说:"高太傅虽然迂腐,却也是一个饱学之士。"

后胜说:"先生叫小的名字吧,小的叫后胜,现在太后面前听差。太后求贤若渴,想请先生入宫一见,怕被先生再次拒绝,因此让小的打扮成富家子弟,设法接近先生。"

鲁仲连点头,说:"噢,后胜……好,太后真是个有心之人啊!罢了,看在你昨夜陪老夫在此地住了一宿的分上,老夫就跟你去一趟王宫。不过去王宫之前,老夫还有一事要办,小先生可以先回王宫,等老夫办完此事,定然会去王宫拜见太后。"

后胜不肯回去:"鲁先生,你要办什么事,小的可以陪你啊。我好歹有一辆马车,可以拉着先生。"

鲁仲连说:"这个……我去的地方有些远,不知小先生是否有时间?这一路上也很辛苦,老夫怕小先生受不得这些苦。"

后胜拱手说:"后胜生在贫苦农家,跟随父亲上山砍柴,不怕吃苦。远些更好,小的从未出过远门,正好长些见识。"

鲁仲连呵呵一笑,说:"小先生,老夫要去的地方是秦国,来回赶路就要两个多月,加上办事,怎么也得三个月,这么长的时间,太后能允许小先生跟我一起去吗?"

听说要去秦国,后胜更是高兴了。从齐地去咸阳要经过魏国和韩国地域,以鲁仲连的名声,一路上会有很多的名士贤达,甚至君王要向他请教,这对于年轻的自己来说,是一个多么好的学习机会啊!

后胜拱手:"鲁先生,这些你尽管放心,只要跟先生在一起,别说三个月,即便是半年一年,小的也愿意。"

鲁仲连说："那好，我们马上就启程。前方十多里，有一处羊肉馆，我们赶到那边吃早饭。"

后胜高兴地跳起来："多谢先生！"

两人收拾起被子和席子下山，后胜取水饮了马，两人便上车，开始了大秦之旅。

不出后胜所料，一路之上，要请鲁仲连吃饭的名人贤达不计其数，被人拦住后，鲁仲连又不忍心拒绝他人好意，因此耽误了很多时间。原本预计二十五天便可到达咸阳，结果二十五天还没有走出魏国地界。鲁仲连来到魏国的消息越传越广，更多的人在前面拦着，要请鲁先生吃酒谈天下。鲁仲连无奈，只得和后胜下了官道，改走小路，这又耽误了不少的时间。

他们用了四十多天的时间，才终于到达了咸阳。

两人疲惫不堪，先找了一处客栈住下，休息了一日后，鲁仲连让后胜去齐国商社，找以商人身份为掩护的齐国细作，打听顿弱的消息。

商社的细作迅速通知了顿弱。顿弱得知鲁仲连来到了秦国，马上赶到他的住处。

寒暄之后，顿弱很沮丧地告诉鲁仲连，因为范雎失势，蔡泽为相，故此说服秦国进攻楚国的计划没有成功。

鲁仲连没有埋怨顿弱，向他打听秦国情况。顿弱告诉鲁仲连，秦王已经七十多岁了，精力不济，现在秦国的事，都听相国蔡泽的。蔡泽多计谋，为人稳重，据顿弱得到的消息，蔡泽献计，让秦王派人离间魏王与信陵君的关系。也就是说，秦王现在盯上了魏国。现在楚国已经吞并了鲁国，秦王派兵屡次进攻魏国，此番又准备离间信陵君与魏王的关系，魏国危矣。

鲁仲连叹了一口气，说："信陵君、平原君、春申君，昔日山东六国有此三人，秦国无法消灭山东任何一国。如今平原君老矣，春申君贪功狡诈，信陵君回到魏国之后，凭一己之力抵抗秦之进攻，秦如果离间成功，不只韩、魏难保，山东诸国必被一一击破。"

顿弱说："确实如此。"

鲁仲连沉默了一会儿，说："老夫当年曾经与范雎略有交往，此番来到咸阳，应该去拜见一下老先生，不知老先生身体如何？"

顿弱拱手说："仲连先生，范雎隐退之后，便赶回了封地应城，离开咸阳已经有三个多月了。在下听说范雎在离开咸阳之前就咳血不断，不知现在情况如何。"

鲁仲连听说范雎不在咸阳，很是有些失望，说："那就算了吧。"

鲁仲连此番来咸阳，除了要带顿弱回去外，就是想知道一些秦王的情况。秦昭王已经七十多岁了，按照一般情况，此时王室会暗流涌动，但是顿弱告诉他，秦王室非常安静。秦王长子嬴倬早年被送去魏国做人质，死在了魏国，现在秦王已经立次子嬴柱为太子，嬴柱已经五十多岁，行事稳重，与父王关系很好，而且秦国重臣大将皆忠心不贰，故此，即便是王位更迭，秦国也很难出现混乱局面。

鲁仲连是秘密来到秦国的，他嘱咐顿弱不要把他来到秦国的消息告诉任何人，顿弱答应了。

鲁仲连在秦国逗留了半月有余，从各个方面了解了秦国的情况之后，决定回齐国。

他让后胜去找顿弱，告诉他回国的时间，让他跟他们一起回去。

然而，后胜来到顿弱的住处，发现顿弱不见了，他的住处收拾一空，被褥衣服都没了。他在桌子上留下一根竹简，上面写了一行字：仲连先生，顿弱事急外出。

后胜把竹简带给鲁仲连。鲁仲连看了好久，方说："顿弱去也。"

鲁仲连没有细说，后胜也明白，顿弱这是不想再回齐国，不想再为鲁仲连做事了。

人心如此，无可奈何。

第四章　君王后的最后时光

01. 宫保来到即墨

齐王没有猜错，得知吕旌还活着后，君王后怕留下祸害，让宫保速速派人对其进行追杀，务必除之。

君王后杀吕旌，是因为吕旌藐视自己，怕他怂恿齐王与自己作对。宫保杀吕旌，则是因为这个宫保本身就是阴险之徒。

齐有五都，这五都分别为临淄、平陆、高唐、即墨和莒城，五地长官为大夫，其中即墨大夫刚正不阿，把地方治理得井井有条。宫保去其他几个都城，都城的长官皆极尽阿谀之能事，唯有即墨大夫对其不卑不亢。宫保怀恨在心，几次在君王后面前说即墨大夫的坏话，但是君王后虽然不敢抗秦，却是一个聪慧的女子，她知道即墨大夫的为人，因此不肯降罪于他。

宫保不肯罢休，他想趁追杀吕旌之机，顺便给看不顺眼的即墨大夫田楚安上一个罪名。

宫保亲自带人进入即墨城。即墨临海，有渔盐之利，故此百姓富裕，贸易兴旺。田楚听说宫保来到，不敢怠慢，亲自带人出城迎接。田楚是个大高个，且瘦弱，宫保是个矮子，且白胖，两人走在一起，一个是秤杆，一个是秤砣。

宫保是个阴险之人，表面笑嘻嘻，见了田楚如见兄弟。田楚知晓宫保之狡诈，因此小心伺候。

宫保进城后，田楚知道他喜欢吃海鲜，吩咐厨子做了各种海鲜给他吃。宫保吃饱喝足后，向田楚说明了来意："田大夫，本总管奉太后密令，来此地捉拿纵火烧毁驿所的嫌犯吕旌，太后听说吕旌逃到了即东之地，很是不悦。本总管向太后求情后，太后答应给田大夫一个机会，如果田大夫能够在半月之内捉拿吕旌归案，太后便会对田大夫纵容吕旌之事不予追究，如捉拿不力，田大夫恐怕在太后那里不好交代啊！本总管听说田大夫有怠慢太后之嫌，此事本总管知道，一直替大夫瞒着呢。"

田楚苦不堪言。

田楚是齐威王时期刚正不阿的即墨大夫田种首的后人，田楚谨记先祖遗言，不媚上，不欺下，更不参与宫廷之争。现在田建为齐国之王，但是君王后掌管齐国，田楚每次去临淄，都要设法做到两下兼顾，以免被人抓到把柄。一个月前，田楚按例上朝，并按照齐王要求，给齐王带去了一筐他喜欢吃的海鲜。田楚本来觉得此事是小事，而且君王后不喜欢吃海鲜，因此没有给君王后再带一份。他知道宫保喜欢吃海鲜，但是你一个宦官，总不能与齐王有同等待遇吧？

很显然，宫保却又在他的过失上记下了一笔。此事说大可大，说小可小，如果宫保真的在君王后面前搬弄是非，他田楚还真是会有些麻烦。

田楚想了想，索性挑明了："田楚虑事不周，上次进临淄，因为太后不喜海鲜，就没有去拜见太后，此事还请大总管替田楚多多美言。"

宫保呵呵一笑，说："田大夫世代忠良，太后自然明白。但是做人不可厚此薄彼，现在齐国大事，还是由太后掌管，田大夫要忠于齐王，更要忠于太后。吕旌屡对太后不尊，被贬即东驿所后，又涉嫌以火杀人及火烧驿所，太后非常不悦，田大夫要是能在半月内抓到吕旌，太后对田大夫必然会另眼相看。"

田楚试探着说："大总管，吕旌不是被盗贼杀死了吗？"

宫保冷冷地哼了一声，说："鲁仲连与吕旌等人率众援鲁，田大夫不会不知道吧？"

田楚拱手，说："在下是听过一些风言风语，却一直不敢相信。"

田楚回答得天衣无缝，宫保哼了一声，说："此事本总管也觉得蹊跷，但是吕旌与鲁仲连率众援鲁，却是事实。现在吕旌已经回到即东之地，大夫是即墨军政长官，太后口谕，大夫务必协助本总管捉拿吕旌归案。"

田楚无法推辞，只得拱手答应："田楚明白。"

宫保达到目的，回到驿馆歇息去了。田楚却坐立不安，不知如何是好。

田楚虽然与吕旌没有过交往，但是对吕旌之事的前因后果都很了解。他知道，杀吕旌是宫保和君王后的秘密行动，齐王必然是反对的。他如果帮助了君王后，那就得罪了齐王。齐国下属五座都城中的平陆、临淄、高唐，这三座都城的大夫都是君王后的人，齐王的政令，在这三地都很难执行下去。田楚深知齐王的不易，更知君王后的跋扈，自然就偏向齐王一些。吕旌是一众大臣中，唯一敢藐视君王后、支持齐王的人，田楚虽然与其没有交情，却对吕旌非常敬重。现在宫保要让其协助抓捕自己敬重之人，田楚纠结万分，不知如何是好。

司马王付子给他出主意，让他派人把此事告诉齐王，让齐王想办法，田楚拒绝了。他了解齐王，齐王有振兴齐国之心，却无振兴之勇，他不会为了吕旌，得罪君王后。齐王最多能派人给吕旌报信，让他躲远点儿，如果让宫保盯上，顺藤摸瓜找到吕旌，反而是害了他。

田楚思虑半天，决定冒险帮助吕旌。他让王付子马上起身，去离即墨城三百里外的慈山寻找一个叫吕罗康的人。此人是齐康公的嫡传后人中一支的首领，当年齐康公被遣送到海滨后，被派去慈山居住，守护当年先祖姜子牙在山上所建的阴主祠。阴主祠里供奉的是女娲娘娘，据说亿万年前洪水泛滥时，女娲娘娘巡视灾情，曾经在山洞里住过。因为娘娘为百姓做了许多好事，面目慈祥，百姓便称娘娘住过的山为"慈山"。这吕罗康虽居于偏僻山下，却广交好友，吕旌率众救援鲁国，吕罗康派了氏族弟子上百人参战，田楚因此觉得这吕罗康应该知道吕旌的下落。吕旌让王付子告诉吕罗康，宫保要来抓吕旌了，只这一句话则可，不要多说。

王付子得令后，马上起身，带了几个侍卫，打马直奔慈山。

经过两日奔波，他们来到山下，找到了吕罗康，把田楚交代的话告诉了吕罗康，便赶回了即墨城。

宫保住在了城里，把所带人马全部散了出去，让他们四处打探吕旌的下落。宫保自己吃住在驿所中，轻易不来打扰田楚。

不过宫保可没闲着。他暗中派人打探田楚的各种情况，打算找到问题，收拾一下这个倔强的即墨大夫。让宫保没有想到的是，田楚的心腹王付子竟然自己找上门来了。

02. 宫保的秘密

王付子身高马大，宫保刚来即墨的时候，田楚请他吃海鲜，王付子也在一侧作陪，宫保对他有些印象。宫保觉得大名鼎鼎的即墨大夫带在身边的人，必然是田楚的心腹，因此做任何事儿，都要设法绕过田楚和此人。

手下通报王付子求见的时候，大宦官宫保还在琢磨，这个王付子应该是奉了田楚之命来找自己的，但是他来找自己做什么呢？吃海鲜？贿赂一下自己？宫保笑了笑，他太明白了，像田楚这种榆木疙瘩，是很难有这种示好之举的。

王付子进来后，朝着宫保鞠了一躬："即墨司马王付子见过大总管。"

宫保"噢"了一声，笑嘻嘻地问："王司马是田大夫心腹重臣，公事繁忙，今日怎么有时间来驿所了？"

王付子转头看了看宫保的手下，拱手说："大总管，在下有要事禀告，请大总管……"

宫保转头看了看两边，示意他们退下。手下退出屋子。王付子朝前走了几步，小声说："大总管，在下知道吕旌的落脚之处。"

王付子的这句话，显然在宫保的意料之外。宫保惊愕得瞪大了眼珠子："啊?! 真的？"

王付子呵呵一笑，说："大总管是怀疑在下吧？在下可以告诉大总管，是姚先生让在下来找大总管。不过大总管放心，在下与姚先生只是普通朋友，大总管与姚先生之间交往，在下一概不知。"

王付子这几句话说完，宫保吓得不轻。他几乎是跳了起来，目瞪口呆地看着王付子："司马说的莫非是姚贾?!"

王付子把手指放到嘴巴上，示意宫保小声："吕旌在阴主祠后山上，大总管只管派人去抓吕旌吧。在下有一言要告知大总管，即墨大夫田楚为官清

128

大秦谍局第二部·齐之暮歌

廉，忠于大齐，请大总管不要为难忠良之臣。"

王付子说完，朝着宫保鞠了一躬，竟然转身便走了。宫保目瞪口呆，一直看着王付子走出屋子，走出院子，才颓然坐到地上。

宫保觉得自己掉进了寒冷无比的冰窟之中。他搞不明白，这个王付子怎么会知道他与姚贾的交易。两年前，毛头小子姚贾带着一箱子黄金走进他的府第，他的身份是楚国一家商社的抓手，负责在临淄收购当地土特产。各国商社都有为本国收集他国情报的传统，此事尽人皆知，却又无可奈何。姚贾所在的商社是由一名临淄人顶头，其实是由楚人经营的。顶头的齐国人跟宫保是老交情，为了生意方便，少不了给宫保进贡，此事无伤大雅，所有的商社都是如此。秦国和魏国的大商社，每年都托人送各种财物给君王后或者齐王，两人都照单全收呢。

不过以往送礼，都是各地特产、山珍海味之类，此番姚贾直接给宫保送了一箱金子，宫保还是有些意外。把金子收下之后，宫保特意派人盯着这家商社，商社一切照旧，宫保略略有些放心。金子是好东西啊，每天回到家中，宫保打开那一箱子黄金，就觉得格外的舒心。

此后，宫保的生日、宫保父母的生日、春季大祭，宫保都能收到姚贾送来的黄金。直到年前，姚贾来给他送礼，宫保详加盘问，才知道他竟然是秦国的细作！这个顶着一头枯黄毛发的毛头小子虽然有些慌张，但是宫保看得出来，他对这一天早就有了准备。姚贾告诉宫保，他是奉范大人之命潜入楚国，然后又奉春申君之命，进入临淄的。当然，他是奉范大人之命给大总管送黄金的，日后如果大总管见到范大人，范大人又问起此事，大总管可要多替他美言几句。

宫保恼怒，威胁姚贾要把他抓起来治罪。姚贾笑呵呵地说，大总管肯定不会这么傻，如果把他抓起来，君王后必然会知道。他如果说每年给他送十箱金子，君王后也会相信，即便你宫保拿得出来，君王后还敢相信你吗？宫保威胁要弄死他，姚贾还是一副不在乎的样子，他说这个倒是可以，不过前提是宫保不怕死。大秦杀手的厉害宫保是知道的，他宫保一个宦官，手无缚鸡之力，怎么能不怕无孔不入的秦国杀手？姚贾看宫保蔫巴了，安慰宫保，大秦只是想交他这个朋友，并不会让他做有损齐国利益的事儿，他尽管踏踏实实当他的官就行。

姚贾还告诉他，这是他最后一次来给大总管送金子了，楚鲁要开战，春申君命他赶回楚地，下一次给他送金子的就不是他了。

金子真是邪恶的东西啊！当另一个秦国细作把金子送到宫保家的时候，宫保本来是想拒绝的，但是那个细作非常聪明，他打开了装满金锭的箱子，耀眼的金光一下子就把宫保给吞噬了。宫保再次收下了金子。

但是这个即墨司马是怎么回事？他也是秦国的细作？还是像他宫保一样，收受了姚贾的黄金？

宫保把此事仔细想了一遍，觉得此人对自己暂时不会有什么威胁，就暂且放下此事，派人去慈山寻找吕旌。

宫保派人进慈山的消息，很快传到了田楚的耳中。田楚有些惊讶。他让王付子去慈山找吕罗康，只是猜测吕旌会在慈山，但是他没有想到，宫保会随后派人进山找吕旌。

田楚与王付子商量，并向他透露了要设法救吕旌的想法。王付子劝阻田楚，君王后既然派宫保来杀吕旌，他们就不应该救，救了就是犯上，即便君王后能饶了他们，宫保也不会轻易放过他们。这趟浑水，还是不要蹚的好。何况他们已经设法帮过吕旌，日后齐王知道，也不会怪罪他们。

田楚是个典型的正人君子，他不想与君王后和宫保对抗，更不想吕旌被宫保这种人抓住，就再次派王付子前往慈山，向吕罗康报信。

王付子乔装打扮，来到慈山后，找到吕罗康。这次王付子不是说完话就走，而是详细询问了吕罗康是如何找到吕旌的。

吕罗康对王付子毫无隐瞒，他告诉王付子，吕旌与他本来就是好友，此番他从鲁国回来后，直接就来到了慈山，隐居在山里。上次王付子来报信之后，他亲自进了山，找到吕旌的隐居之处，把宫保要抓他的事告诉了他。现在他大概已经躲起来了，别说是宫保，就是他吕罗康进山，也很难找到他。

王付子不肯草草了事，他要吕罗康带他进山，见一见吕旌。

吕罗康无奈，只得带了两名族中弟子，和王付子进了慈山。

他们先上阴主祠烧香，拜了女娲娘娘。阴主祠四周冈峦环抱，居南向阳，呈中轴对称布局。进入山门后，可见马殿、下殿、后殿等由南而北一线排开，中间有工字廊连接。石基砖墙木构梁架，硬山式小灰瓦顶。戏台建于院中，北向，方形高台基，南侧设戏房。台设四石柱，歇山式卷棚顶，翘角飞檐，整个建筑庄严端正，浑然大气。

王付子和吕罗康烧香磕头之后走出院子。经过山门的时候，王付子发现山门的墙上好像有人用石头画了一行字。他走过去细看，上面写着"宫大总管，吕旌隐居山中，请勿费力，尔等找不到"。

吕罗康看了看，说这是吕旌的字，错不了。他既然留了字，肯定躲起来了，他们不会找到他的。

王付子不肯相信，让吕罗康带他在山里转了三天，人影子都没找到一个。王付子慨叹："这个吕旌，真是个人才！"

03. 宫保的算盘

宫保带人在慈山搜寻月余，只搜到十多块吕荇留下的激怒宫保的留言。这些留言有的刻在石头上，有的刻在剥了树皮的树干上。

宫保越找越气，最终，以宫保病倒而草草收兵。

宫保回到王宫的时候，发现王宫的气氛仿佛陡然之间变了。

年近六十的君王后病倒了，君王后身边的人，有的暗中向齐王示好，有的等待宫保回来，以图另谋。

齐王那边，以相国周子为首，开始了暗中布局。君王后这边，以高太傅为首，惶惶不安，一边观察君王后状况，一边等待权势人物宫保回来。

他们没有想到，回来后的宫保却也是一副病恹恹的样子。宫保回到临淄，勉强支撑着拜见了君王后之后，便回家休养去了。好在宫保只是一时急火攻心，休养了几天后，身体便渐渐恢复。

高太傅等人每日来打探情况，宫保有了些精神后，便起床来到正厅，与高太傅等人商量当前局势。

与宫保不同，高太傅虽然位高，却无权势。宫保利用接近君王后的优势，玩弄权术，架空相国周子，是朝中除了君王后唯一的实力派，是真正的一人之下，万人之上。

然而，无论是宫保还是高太傅，都把君王后当作他们的大靠山。这个强势的女人一向是倔强冷傲，虽然年近六十，却腰板挺直，一点毛病都没有，比常年吃药的高太傅强多了，谁知道这一病就躺下了呢？最让众人感到糟心的是，君王后在几天前秘密召见了齐王，两人谈了很长时间，没人知道他们谈了些什么。这个消息，对于宫保和高太傅等人来说，简直要命。

很显然，这对一直暗中处于敌对状态的母子，开始商讨君王后之后的齐国局势了。一朝天子一朝臣，君王后亡故之后，齐王肯定要收拾一些老家伙，这是毋庸置疑的。

高太傅等人慌乱成了热锅上的蚂蚁。宫保显然比他们更沉稳一些，他首先单独见了临淄大夫和负责守城的将军，让临淄大夫安定军民情绪，注意观察齐王那边的行动，让负责守城的将军约束将士，日夜巡逻，有情况迅速上报，不得有误，然后请高太傅、王御史等人议事。

宫保告诉神色慌张的两人："两位请坐，勿要慌张。太后身体不适，精神尚好，并不是致命之症。何况现在局势尚安稳，我等更不可乱了阵脚，给齐王以可乘之机。"

高太傅说："太后单独约见大王，两人谈了很长时间，大总管可知道所谈内容？"

宫保摇头，说："不知。太后有病，朝中之事向大王做一个交代，太傅不必过于担心。"

王御史拱手说："如是朝中之事，下官自然不必担忧。就怕太后自觉寿命不长，向大王交代后事。大总管，太后杀伐决断，可是不容情面。我等虽然是太后心腹，但是终究比不过人家母子，此事如果放在我等身上，我等也会为了儿子基业，痛下杀心，除掉昔日跟着太后与大王作对之人！太后归天之后，大王必然会排除异己，重组朝廷，到那时，我们几个就是首要排除之人啊！"

王御史一语中的，宫保现在担心的也是这个。

但是宫保明白，这几个孬种已经害怕了，他们把自己视为主心骨，自己不可露出一丝惧意，否则，就会人心大乱，局面失控，他们只能是死路一条。

因此，他只能强装镇定，对他们说："此事本总管早有安排，诸位不必惊慌。何况太后近日身体好转，现在谈此事未免过早。本总管一会儿进宫，看望太后，诸位暂且请回，待本总管从宫中回来，再做商量。"

宫保的镇定，让众人略略安心。高太傅等人走后，宫保洗漱更衣，便进了宫。

让他没有想到的是，君王后竟然从床上起来了，坐在凤仪亭静候宫保。

宫保见到一脸憔悴、又老了一圈的太后，心里一动，竟然有一种见到亲人的感觉。

他走到君王后面前，跪下，声音都有些哽咽了："老奴见过太后！"

君王后轻轻点头，问："宫保，听你说话，怎么声调都变了？"

宫保磕头："老奴这些日子日夜担忧太后凤体，今日见太后好转，高兴坏了。"

君王后也有些动容："唉，我们都老了。辛辛苦苦大半辈子，命不久矣。此番一场大病，让老身如天雷轰顶，唉，此前竟然没有细想，竟然离死亡如此之近。人啊，争名夺利，最终也不过一堆黄土掩埋，可悲之至也。"

宫保泪流满面："太后，你是千金之躯，长命百岁……不，不，老奴这张臭嘴……是千岁，长命千岁！"

君王后呵呵一笑，说："这些好听的词儿，都是哄人的，守着外人可如此说，老身可没拿你当外人。宫保，这些天我想通了很多事，我们这些人都要死的，都要死在大王之前，我们死了后，大王还要亲政。算了，国家之事就交给他们吧。吕旌没抓住也好，他也没犯什么死罪，得饶人处且饶人，以后不管他了，放他一条生路。要是大王愿意起用他，就让他用，这个吕旌对大王，还是很忠心的。"

宫保听得目瞪口呆，眼泪尚在脸上，人张着嘴，呆住了。

君王后看到了宫保的样子，自然明白他的想法，继续说："当然，一朝天子一朝臣，你和高太傅等人的去处，老身也替你们想好了。老身跟大王说过，老身升天之后，大王会给你们一块封地，你们回家养老即可。大王虽然与老身有分歧，但是心地良善，不会为难你们的。"

宫保听君王后这么说，心里一片冰冷。他满以为君王后病好之后，还会像以前那样，给他无上荣光和权势，他还可以继续横行朝野。至于以后，他觉得来日方长呢。君王后还不到六十，以她的这种状况，活到七十应该没问题，他宫保在剩下的十多年里继续培植势力，机会一到，另立君王，不但可保他宫保无虞，而且可永享无边的富贵。

他没有想到，君王后真的要为儿子的顺利掌权，解除他们的权力了。

齐王掌权之后，是不会让自己和高太傅等人善终的。这一点，不但高太傅等人看得明白，宫保看得更明白。这些年来，他们的势力遍布朝廷内外，无论是军中还是四都——即墨除外，只要他们活着，随时可以启动这些势力，危及朝廷安全。只有把他们砍掉，这些势力才会群龙无首，难以组织起来，齐王慢慢收拾即可。

君王后显然是想先把他们砍掉了。伴君如伴虎，宫保现在切身体会到了这种滋味。

君王后说完之后，以要歇息为由，起身进了寝宫。

宫保躬身目送君王后走进寝宫后，转身走了出来。走出凤仪亭，下了台阶，上了自己的马车。在马车上坐下，宫保便瘫软下来。

马车颠簸在回家的路上，宫保闭着眼，把局势前后想了一遍，觉得自己也不是没有机会。君王后还好好的，看这架势，还能撑几年。君王后说过，等她升天后，才会让他们回家养老，这就说明，只要君王后活着，他们还是各司其职，谁知道君王后能活多少年呢？说不定活个三年五年，他宫保抓紧时间扩张势力，不是照样可以实现他的计划吗？

马车到了家门口，宫保也恢复了精神。

马车停下，他从马车上下来，伸了伸懒腰，精神抖擞地回了家。

04. 密谋

　　城府颇深的宫保没有把君王后对他说的一番话告诉高太傅，他要先观察一番，看君王后会有何具体行动。

　　此后的一年多时间里，君王后身体一直很好，她也照旧处理国事，照旧一月去一次稷下学宫，甚至还下令艺人坊进宫演出，她带着齐王等人兴致勃勃地看了一场大型歌舞《韶》。高太傅和王御史等人都慢慢放松了对此事的戒备。唯有宫保感到了其中的变化。

　　比如原本对宫保忠心耿耿的大司田赵钧，在归化粮仓起火事故中被撤职查办，此事从明面上看合情合理，毫无不妥之处，即便是赵钧本人，也是毫无怨言，只是恨自己时运不济。宫保也没有觉得有什么问题，只是安慰赵钧，他会找机会，禀明君王后，再给他安排一个职务的。

　　然而，时隔不久，谏官又以上卿李素谷涉嫌贪污为名，参了李素谷一本，李素谷因此被革职。李素谷也是宫保的人。此后，宫保的心腹中，有七八个人陆续因为各种事件被撤职，虽然有的后来又有了新的职位，但是被安排的都是闲职，不像以前，都是各部门中的掌权者。

　　这些事儿看起来很正常，但是宫保明显觉察出来了，君王后开始逐一铲除他的那些党羽了。君王后还提高了宫保的俸禄，扩大了他的封地，并明确告诉他，这是为他回去养老做准备。

　　宫保不想养老，不到四十岁的他还准备大展宏图呢。

　　宫保一番思虑后，决定去找高太傅商量对策。除此，他还存了另一番意思。这高太傅虽然也算是君王后的人，却没有暗中跟齐王作对，齐王对他还很尊敬。宫保是齐王的死敌，此事在齐国无人不知无人不晓。君王后需要有人帮她压制齐王的时候，他宫保是顶梁柱，现在君王后要为儿子当政清理障碍了，他宫保就是首当其冲的一个。他需要拉高太傅和更多的人下水，让君王后知难而退，给他们留一条生路。如果他们的力量足够大，那就直接废了齐王，另立新主。

这是宫保唯一的出路。

高太傅也是老奸巨猾之人，宫保以言语试探，老家伙都是哼哼哈哈，不露真章。宫保无奈，只得单刀直入："高太傅，太后已做让权之准备，我等皆为太后麾下忠臣，若大王当权，我与太傅绝不会有好下场，高太傅不知有何安排？"

很显然高太傅想跟宫保拉开距离，因此说："老夫对太后和大王皆一片忠心，大王当政，若嫌老夫老了，老夫可辞官回乡。大王聪慧，不会不辨忠奸。"

宫保冷笑："太傅此话在大王面前可曾讲过？大王聪慧，太傅莫非已经老糊涂了？宫保在大王眼中是首位逆臣，太傅如若排不上第二，便是第三，太傅莫非忘了我俩给太后出主意，杀了大王身边的上大夫胡良？大王后来得知内幕，曾让人传话太傅，让我俩日后小心做事，太傅莫非真的以为，我们小心些大王就会饶了我们？"

高太傅挣扎着说："老夫与大总管不同，大总管替太后募集杀手，杀人无数。老夫不过一介文官，替太后分忧而已，大王年轻有为，即便追责，也不会对一个三朝老臣治以重罪吧。"

宫保大笑两声，站起身，对着高太傅拱手："人皆说宫保奸猾，宫保怎么能赶得上太傅？当年太傅在太后面前争功，可是寸步不让。现在太后式微，太傅开始转向了，可惜啊，大王受太后压制这么多年，怎么会轻易饶过我等？罢，罢，既然太傅不肯接受宫保好意，宫保告辞了！"

宫保转身就走，高太傅低头想了一想，对着宫保的背影拱手："不知大总管有何见教？"

宫保要的就是高太傅这句话。他站住，转过身："高太傅是真心想听？"

高太傅拱手："真心。"

宫保回来坐下，伸手示意高太傅也坐下。

高太傅说："不瞒大总管，老夫这些天夜里睡觉都睡不好，睡了也都是噩梦不断。老夫伤心啊，大总管与老夫为了太后，不惜昧着良心，做了很多愧对大王、愧对齐国百姓之事。现在太后为了将大权转到大王手中，竟然要对我们这些老臣下手了，真是寒心至极。"

宫保笑了笑说："此事在情理之中。太后与大王是母子，太傅与老奴不过是太后的臣子，在太后眼里，我等不过是一枚枚小小的棋子，可用时自然要用一用，不用时，弃之于河沟，甚至身首异处，也不奇怪。当然，老臣们也不会束手就擒，到了那时，宫廷必然大乱，甚至权臣谋反。当年田齐代姜，不正是如此吗？"

高太傅目瞪口呆："莫非大总管想……"

宫保目露凶光："事已至此，不是大王杀了我等，就是我等杀了大王！难道太傅大人还有别的办法？"

高太傅摇头："老夫毫无办法。"

宫保说："老奴孤家寡人一个，生死由命。太傅大人有儿有女，还有孙辈若干，太傅如今之搏，是为了他们，不止是为太傅一人。"

高太傅有些忧虑："事若不成，岂不害了他们？"

宫保冷冷一笑，说："历来君王最为狠毒，即便我等听太后安排，告老还乡，太傅大人觉得大王就会放过他们？！"

高太傅听了这话，头上冒汗了。

宫保瞥了高太傅一眼，说："为今之计，只有我等同心同德，暗中培植势力，等太后一死，我等便起兵攻进宫殿，杀了大王，另立新主。此事老奴有九成把握，太傅也是见过世面之人，何必如此胆怯？"

高太傅拱手，说："大总管是大才，老夫垂垂老矣，日后仰望大总管多多关照。"

宫保说："高太傅的侄子在王城卫队里吧？"

高太傅点头，说："是。在上将军屠洪步麾下，任职都尉。"

宫保沉吟着："屠洪步是大王的人，此番从鲁国回来，太后安排他做了上将军，负责王城守卫，其意不言自明。可惜贵侄职位太低，这样，我让大司马王英把你侄儿提上一级，这样与屠洪步只差一级，很多事儿就好办了。"

高太傅拱手："多谢大总管，只是，你说的'就好办了'……是什么意思呢？"

宫保面无表情："当然是为我所用，也为你所用。"

05. 吕旌与仲连先生

宫中变故传到了守护慈山的吕罗康的耳朵里。吕罗康虽然是齐康公后人，却深知百姓不可无国，君王后的"事谨秦"策略，让齐国多年免于战争，却也使得齐国从昔日强国，变成了二流国家。如今秦越来越强大，楚国也在避免与秦交战的同时，不断蚕食周围弱国。齐国在君王后的统治下，已经耽误了几十年，此番朝廷政权更迭，如果齐王被权臣排挤，那齐国真就危险了。

吕旌出兵鲁国时，吕罗康曾经派族中子弟百余人参战，率队的是族中占卜师姜从。姜从与吕旌有深交，吕旌来到慈山隐居后，姜从见吕旌一个人在山中生活有些恓惶，就把自己的女儿姜止嫁给了吕旌。姜从为人豪爽，行侠仗义，曾奉吕罗康之命，去过赵、秦各国，对当前局势很是了解，对齐国朝廷争端也颇有见地，因此吕罗康让人把姜从找来，与他商量如何辅助齐王。

姜从先算了一卦，才来到吕罗康家中。

吕罗康把王城里的变故告诉了姜从，姜从说："王宫变故，我已经占卜到了。不知头领有何打算。"

吕罗康说："太后身体有恙，大王有望掌权，太后的那些心腹肯定不会善罢甘休，我让人找大哥前来，就是商量如何帮助大王。齐国虽不是姜氏之齐国，却是齐国百姓之齐国，国兴，则百姓兴，国亡，则百姓亡。何况朝廷对吕氏尚算厚道，齐之百姓安居乐业。救国如救民，如果齐国不兴，亡于秦，齐之百姓如秦之百姓，百姓苦矣！"

姜从拱手说："头领所言极是。姜从早早占卜一卦，卦象显示，朝廷这两年必有大变故，头领有此雄心，当早做打算。"

吕罗康说："我等虽有想法，却无法直达朝廷。能助大王一臂之力的，唯有贵婿。"

姜从有些犹豫。几年前，君王后还派宫保到慈山追杀吕旌，现在君王后虽然年老，但是宦官宫保却依然活蹦乱跳，吕旌如果出山，谁知道是否会有灾难？吕旌是自己的女婿，是自己的外孙的父亲，如果他有个三长两短，女儿和孩子以后怎么办？

吕罗康看出了姜从的顾虑，他笑了笑说："姜兄不要有顾虑，吕旌是否出山，尚且未定。即便他出山，以其智慧，宫保也抓不住他。何况咱吕氏还有那么多的英雄，肯定能保证贵婿周全。"

姜从答应。吕罗康和姜从进山，找到住在山中茅屋中的吕旌。姜从带着外孙去山里玩了，吕旌和吕罗康坐在院子里闲谈。吕罗康把君王后病重，现在朝廷的局势告诉了吕旌。

吕旌在山里生活多年，已经喜欢上了这种与世无争的生活，加上出兵鲁国的失败，使得他心灰意冷，不想再管世间之事。

因此他对吕罗康说："吕兄啊，世间之事，我等无能为力。如今大王性格羸弱，即便太后退位或者去世，以大王性格，也难以与秦国抗衡。世人称秦为虎狼之国，其实何止如此。秦用商鞅之策，以军功奖励百姓，让普通百姓陷入困苦，有军功的百姓却富甲一方，秦国百姓因此不惧生死，只怕无功。一个村子，如果有人上战场没有杀人，回来会受到全村人的鄙视，生不如死，如果让这样的人再上战场，他能不奋力杀人吗？秦人口三百万，凡十四至四十岁，皆以杀人为荣，如此虎狼之国，齐国怎么能是秦之对手？"

吕罗康点头，想了想，说："秦能如此，齐何不如此呢？"

吕旌苦笑着摇头，说："商鞅之法，视百姓为猪狗，灭绝人伦，残酷无道，齐是礼仪之邦，怎能如此？秦以法家治国，背离王道，实行告密制，村里有人说朝廷坏话，若被官府得知，全村人同罪，告密者则可得被告者财产。因此秦告密成风，夫妻互告、父子互告屡见不鲜，百姓相见，不敢言语。齐若如此，稷下学宫该马上解散了。"

吕罗康目瞪口呆："如此说来，秦若真的一统天下，天下岂不恶人遍地，好人如何生存?!"

吕旌缓缓点头："秦若统一天下，必然道德沦丧，百姓沦为猪狗而不自知。吕旌在山里推算此事多年，无法破解，故此心灰意冷。或者此乃上天对世人之惩罚，天命难违，吕旌更是无能为力。"

吕罗康说："当年六国合纵抗秦，曾经多次击溃秦军，现在为何就不行了呢？太后专政这些年，齐国兵戈不修，诸事畏缩，大王早就不满，可惜无法做主，现在大王即将亲政，齐国必然景象大变，先生再鼓动大王振臂一呼，赵王与魏王等必然加入合纵，届时合纵抗秦，或许能挡住秦军之步伐。"

吕旌冷冷一笑："头领以为大王真有如此气概吗？"

吕罗康愣了一下："不是吗？"

吕旌长出一口气："大王虽不赞同太后做法，却并无雄才大略。朝廷之中，有高太傅、宫保之流为太后心腹，其实愿意辅佐大王的人也不少，比方宰相周子、大谏黄苏子，但是因为大王性格软弱，即便有这些人效力，大王也没有压过君王后。如此软弱之君王，怎么敢去与秦王作对？"

吕罗康想了想，说："如果赵王或者楚王带头合纵呢？齐王派兵即可。"

吕旌摇头，说："合纵抗秦，须各国同心勠力，不得有些微私心。多年前，西周公号令各国合纵抗秦，七国只去了两国兵力，西周公因为势力太弱，没有率部攻秦，此事被秦王得知，秦王反而派兵攻进西周国，灭了西周国。自此以后，再也没有人敢提合纵之事。"

吕罗康拍了一下大腿："不是还有平原君赵胜、信陵君魏无忌、春申君黄歇吗？他们怎么也不管了？"

吕旌苦笑："这三人之中，以平原君赵胜最为侠义，当年邯郸之战，挡住秦军的是平原君赵胜和廉颇，后来搬来楚魏联军的，也是平原君赵胜。当年魏无忌为了率领魏军救赵，窃兵符，杀大将晋鄙，邯郸解围后，魏无忌不敢回魏，住在了平原君赵胜家中。可惜啊，平原君身亡，魏无忌有家不能回，有国不能报，好友亡故，他都不知该往何处去，怎么顾得上这个？至于黄歇，是四君子中的小人，为了讨好楚王，他刚灭了鲁国，正享受无上富贵，怎么还顾得上合纵之事？"

吕罗康大惊："什么?！平原君死了？你一直在山里，怎么知道的?！"

吕旌笑了笑，说："吕旌虽然住在山里，对外面的事还是知道的。"

吕罗康泄气了："如此说来，这天下还真的要亡了。"

吕旌安慰他说："头领也不必泄气，天无绝人之路，鲁国亡了，百姓还不是照常生活吗？齐之前，此处为莱子国；齐灭莱子国，百姓成了齐国之百姓；秦一统天下，天下归秦，老百姓照样种地吃粮。"

吕罗康不高兴了："秦王如此对待百姓，秦若一统天下，齐国百姓岂不遭殃了？"

吕旌说："事急则变，当年纣王鱼肉百姓，周王趁机起兵，得了天下。君王如舟民若水，没有永远的王朝，只有永远的百姓。事已至此，我等百姓只能顺应其变了。"

吕罗康满腔热血而来，遭遇吕旌兜头一瓢冷水，心里憋闷，叫上姜从，两人悻悻而归。

两人走后，吕旌抱着儿子亲昵了一会儿，鲁仲连从阴主祠方向走进篱笆围成的小院子。吕旌让儿子跟妈妈玩去，他给鲁仲连倒了一杯水，说："仲连先生可有收获？"

鲁仲连呵呵一笑，说："来慈山半年，每日都有收获。仲连刚刚过来，老远看到先生挂在篱笆上的灯笼，就回去了，莫非有客来访？"

吕旌说："是吕罗康头领。吕旌遵照先生嘱咐，有人来访就在篱笆上挂上灯笼，以免泄露仲连先生行踪。吕旌不解，吕旌被太后派人追杀，所以隐居山中。仲连先生备受世人尊崇，即便是太后和齐王都想拜见先生，先生何必如此小心？"

鲁仲连在刚才吕罗康坐的地方坐下，说："仲连不想见外人，是仲连知道，当今之天下，已非仲连所能有所作为之天下，仲连何必出山，打扰天下局势？"

吕旌笑了笑，说："此话吕旌可说，仲连先生不可。了解仲连先生者，莫非吕旌。先生有何打算，还是说出来吧。齐国已经面临抉择，先生也该出手了。"

鲁仲连呵呵一笑，说："果然瞒不过博士慧眼。仲连准备派后胜进入齐王宫中。当年太后派后胜伺候仲连，仲连知道，太后这是另有算计，因此收了后胜为徒，这些年悉心教导。后胜还算不错，能吃苦，也聪明。先生也看到了，五年了，一个白胖胖的小子，变得又黑又瘦。到时候了，他该出山了。"

鲁仲连说到这儿，穿着一身粗布衣服、皮肤黝黑却变得强壮了很多的后胜扛着一头野猪走进院子。

后胜放下野猪，朝着鲁仲连和吕旌拱手："弟子后胜见过师父，见过吕先生。"

吕旌起身，走到后胜面前，看了他几眼，又低头看躺在地上的野猪："后胜，你是怎么逮到这家伙的?! 这家伙在这附近转悠很长时间了，我下了陷阱，都被它识破了，它会绕着陷阱走! 这野猪都快成精了!"

后胜拱手："其实简单，是师父教给徒儿的办法。这头野猪，徒儿也观察它好多天了，陷阱它不走，寻常弓箭伤不了它。但是它馋，徒儿就每日用粟米窝头喂它，一直喂了它一个月，它放松了对徒儿的警惕，徒儿就引诱它走进了先生往日布置的陷阱。师父说过，耐心和引诱是最好的陷阱。人如此，万物皆如此。"

吕旌竖起了大拇指："仲连先生真是后继有人啊!"

06. 后胜见君王后

后胜赶着马车，从广门进入临淄城，穿过半个城市，来到王室居住的内城。内城守门军士不认识他，但是认识有着王室标识的马车。军士不敢怠慢，迅速上报。

负责内城守卫的是高太傅的侄子，刚升为从四品校尉的高几书。后胜认识高几书，看到他带着两名护卫从宫里跑出来，忙躬身施礼："后胜见过高将军。"

高几书走过来，仔细打量了几眼，终于认出来了："后胜！真的是你啊！这么多年，你这是去哪儿了?！"

后胜笑了笑，说："后胜出去替太后办一件事，请将军放后胜进宫。"

高几书虽然官职小了点，但是也是君王后的人，知道君王后的规矩，忙让人放行。后胜先把马车送到后院马厩，又到自己住处换了一套衣服，便进入内宫，求见君王后。

君王后听说后胜回来了，忙让人宣他进殿。

后胜虽然换了旧时的衣服，但是五年的风霜雨雪，让他的相貌有了很大的变化。原先胖嘟嘟的脸变得有了棱角，黑了，瘦了，看起来却也壮实了很多。

君王后对后胜很是疼爱，看到后胜变化如此之大，不由得落下了眼泪："孩子啊，让你受苦了。"

后胜磕头不迭："只要太后凤体安康，就是后胜之福，是齐国百姓之福。后胜年轻，受这点苦没什么。"

君王后让周围的人退下，详细询问了后胜去见鲁仲连的经过，不由得赞叹："仲连先生果然是天下奇才，可惜不能为我所用，实在可惜。后胜，你实话实说，仲连先生对老身有什么评价?"

后胜想了想，还没来得及回话，君王后说："你不敢说，我来说吧。鲁仲连是不是说过老身谨小慎微，楚攻鲁，齐没有发兵，当年邯郸之战，齐也没有援助粮食，齐如此，是老身之错？"

后胜低着头跪着，不敢说话。

君王后叹了一口气，说："老身不发兵救鲁，是老身之错。可是假如发兵救鲁，如果楚赵联军，齐国大败，到了那时候，会有更多的人怪罪老身。老身无论怎么做，都是错的。邯郸之战更是如此，假如秦打下邯郸，可以直接发兵齐国，齐怎么能是秦的对手？"

后胜还是低着头，不说话。

君王后说："当年先王好战，曾经破秦、燕，制楚灭宋，与秦王东西称帝，威风一时，可是后来怎么样？燕、秦、赵、韩、魏五国联合攻齐，齐战败，先王逃亡莒地，后来被楚将所杀，齐国后来只剩下即墨一城，要不是田单在即墨大破燕军，齐国早就瓦砾无存了。老身慎交各国，非是自私，是为齐国计，为齐国四百万百姓计。"

后胜还是低着头，不说话。

君王后有些恼："后胜，怎么了？你哑巴了？"

后胜说："回太后，仲连先生说，不经过太后允许，不可随意说话。"

君王后说："我允许了，你有什么要说的，可以说了。"

后胜又说："仲连先生还说过，让我要太后给个允诺，后胜说话如果得罪了太后，太后要给后胜留一条小命。"

君王后点头，说："没想到仲连先生如此啰唆。说吧，老身就是要听一听真话，听一听仲连先生怎么说老身的。"

后胜拱手说："太后，那后胜可就说了。"

君王后闭着眼，摆了摆手。

后胜说："仲连先生评价先王过于好战，导致民生凋敝，军士厌战，惹恼了诸国，才导致齐国差点灭国。"

君王后好像疲惫了，闭着眼点了点头。

后胜偷看了一眼君王后，继续说："仲连先生评价太后过于谨慎，虽百姓富裕，然秦、楚、赵等国皆以善战立名立国，国若无战功，他国不会尊重，兵若不战，便会懈怠，将若不战，无法服众。如此，若他国入侵，齐国如何抵抗？"

君王后闭着眼，一动不动，好像睡着了。

后胜试探着叫了一声："太后。"

君王后说："听着呢，继续说。"

后胜说："故此，仲连先生说，不可好战，也不可不战。好战不义，不战不利。邯郸之战和楚鲁之战，齐因没有参战，已经是不义不利，此后若有战事，齐须挺身而出，历经几番战争，或许能重振昔日威风。"

君王后问："还有呢？"

后胜拱手磕头："回太后，没有了。"

君王后问："对秦当如何？"

后胜一愣，想了想，说："这个……仲连先生说，对秦不必惧怕，只要齐国敢战，山东六国合纵，就可以对抗秦国。否则，山东六国……必被秦一一灭掉。"

君王后闭着眼不出声，后胜跪着，也不敢抬头看。

等了一会儿之后，君王后突然说："后胜，你告诉老身，这些话是仲连先生说的，还是你说的？"

后胜抬头，看了看君王后。君王后虽然面容憔悴，脸上皱纹迭起，却眼神尖锐。后胜低下头，不敢搭话了。

君王后盯着后胜看了一会儿，哈哈大笑："后胜，好！老身要的就是你这几句话！齐国沉默了几十年，也该抬头了！老身死后，大王就靠你辅佐了。"

君王后这几句话，可把后胜给吓着了，他忙磕头："太后千岁，后胜不敢担此重任！"

君王后厉声说："后胜！抬起头来！"

后胜抬起头，看着君王后。君王后表情肃穆："老身当年让你去找仲连先生，是想让你跟仲连先生学些本事，锻炼体魄和胆量，你如此怯弱，如何对得起老身的一片苦心？日后怎么辅佐大王？！"

君王后因为气愤，脸都红了，连连咳嗽。

后胜被君王后的一番慷慨激昂所感动，不由得抱拳，大声说："后胜必不辜负太后厚望！辅助大王，死而后已！"

君王后努力止住咳嗽，点了点头，说："生老病死，乃人之常情。老身大限将至，也该安排后事了。"

此后的一个月里，君王后几次召见齐王。人之将死，其言也善，君王后一改昔日的咄咄逼人，所说的都是如何管理国家之要事。

齐王与母亲尽弃前嫌，朝堂之上，有人高兴，有人惶恐不安。

当然，最为惶恐的就是大总管宫保。宫保虽然表面上对君王后一心一意，尽心伺候，暗地却一直在谋划造反。

宫保多次去找高太傅商量，高太傅却还是心软，建议宫保等君王后去世，办完丧事之后，再以君王后有密旨的名义举事。否则名不正言不顺，勉强起事，不但百姓不服，朝廷百官也不会服从。如果百官不服，那日后怎么另立新主？

宫保是个狠人，按他的意思，早下手为强，管他什么名正言顺，夜长梦多，万一君王后和齐王两人合伙收拾他们，那他们可就是瓮中之鳖了。

无奈，高太傅对此事丝毫不肯让步，宫保气得牙痒痒，却无可奈何。因为他一个宦官，即便暗中网罗的爪牙再多，势力再厉害，但是如果没有高太傅的加入，也显得有些荒唐，那些支持高太傅的人，也很难支持他。

在朝廷做事，百密一疏，出现一点纰漏，都会要命。高太傅虽然懦弱，却行事谨慎，考虑周全，缺了他万万不可。

君王后临终之前，连下懿旨，拜后胜为上卿，封屠洪步为上将军，还让人执旨到慈山，为吕旌官复原职，加太子太傅。

君王后派后胜带着宦官去慈山下旨。后胜有心计，到了慈山后，先找到吕罗康，让吕罗康帮忙找吕旌。吕罗康看后胜眼神，知道他的意思，就对后胜和宦官说自己不知道吕旌在哪里，但是他可以去山里找。

后胜就让吕罗康替吕旌接旨，让他设法把懿旨送给吕旌。

07. 君王后之死

君王后本来想下旨让宫保回乡养老。

宫保整日守着君王后，他又是个极会揣摩君王后心思的人，对君王后的想法自然了如指掌。

宫保一边侍奉君王后，一边让心腹暗中联络各方人马，包括他一手创建的黑衣卫。三年前，君王后就下令宫保解散黑衣卫，并停止了对黑衣卫的俸禄支出。宫保假意解散，却只是给黑衣卫换了地方，俸禄和各种费用，由他自己支付。

为了应付局势突变，这两年宫保还加大对黑衣卫的支出，大肆招揽杀手。宫保了解王宫内卫的武力，他要保证黑衣卫杀手的势力超出内卫。内卫卫队长宫胥五非常勇猛，宫保设法与他拉近关系，在宫胥五遭到大司马的训斥后，宫保趁机鼓动他离开内卫，加入了他的黑衣卫。

人马多了之后，宫保把黑衣卫分成"日""月""山"三队，其中最精锐的二十人编入"日"队，这二十人全副武装，随时等候宫保的命令。宫保还有最得力的一支人马，便是驻扎在城外、离临淄只有八十里路的八万卫戍大军。这八万大军的首领，是将军王通。三年前，王通因为奸杀妇女，被人告到了君王后面前。君王后最恨官员们欺侮妇女，非常愤怒，命令大司理严查。

这大司理是个乖巧人物，临去查案前，向宫保辞行，查案回来后，又来向宫保报告情况。宫保要了大司理的卷宗，说他会把卷宗亲自送到君王后手里。大司理知道宫保是君王后面前的红人，此举虽然不合规矩，却有很多官员都是通过宫保向君王后递奏折，大司理就同意了。

宫保马上找人改了卷宗，把王通奸杀妇女一事，写成了此女乃楚国细作，企图暗杀王通。君王后看了卷宗，不但没有惩罚王通，还奖励他一百户食邑。宫保又让人暗中把其中曲折告诉了王通，王通从此对宫保死心塌地。此事宫保办得很利索，除他和王通之外没人知道。高太傅只知道宫保手眼通天，相信他可以调动军队，却不知道他与王通之间的关系。

屠洪步所率保护王城的军队只有两万多人，而且这两万军士多年不曾训练，王通八万士兵若突袭王城，屠洪步再勇猛，也挡不住这八万生力军。

宫保与高太傅谋划，如果君王后对他们核心几个人的任何一个人下手，那么他们就马上起兵，进攻王宫。

然而，君王后仿佛知道宫保的心思，只是一步步削弱宫保外围的势力，对核心的几个人一直未动。

宫保是个急脾气，忍受不了君王后的这种缓慢蚕食，他来了个主动出击，在上朝的时候，主动提出要"告老还乡"。

宫保刚刚四十岁出头，算不上"老"，他这么提出来，其实就是明着告诉君王后以及朝中大臣，君王后如果准了他的奏请，那就是以荒诞的"老"的名义，把他撵回了家。

此时，正是朝中大部分官员惶恐不安的时候。然而，君王后和齐王都明白，他们不可对百官有太大的变动，变动太大，朝中如果出现变数，那将是一桩大麻烦。

昔日田齐代姜，就是先祖给他们留下的鲜活经验。

宫保当着君王后和百官的面提出此事，如果君王后和齐王答应，那很显然，会使得朝中官员惶恐加剧。而宫保在朝中根基太深，如果他趁机蛊惑众官员跟他一起造反，那是齐王所难以承受的。

君王后因此对他说："此事不可。朝廷正值用人之际，日后老身归西，还需要尔等辅佐大王，何况你年龄不老，怎可归乡？"

宫保再次请辞，君王后再次不准。如此三次，宫保明白，君王后还暂时不想动自己。

他有些放心了。

但是后胜突然回到朝中，且被封为正三品侍中，宫保觉得有些蹊跷。

以前后胜在宫中的时候，是个见了任何人都小心翼翼的小跟班，宫保都不正眼看他一眼。

当年后胜突然从君王后身边离开，宫保就觉得有些奇怪。现在他回来了，而且越级封官，更让宫保觉得有些奇怪。

后胜原先是君王后的小跟班，住在宫里，封了三品后有了官邸，就从宫里搬了出来。宫保前思后想，决定找个理由，去后胜府中拜望，顺便打探一些消息，却一直找不到合适的理由。

两人在宫中遇到，后胜依然是很客气，老远就拱手，满脸笑容，这让宫保更是忧心忡忡。多年的宫廷争斗让宫保知道，最不怕的对手就是喜怒哀乐都写在脸上的那种，比如昌旌。最让人害怕的对手，就是一直对你笑的。他心里藏了刀子，你都看不出来。

宫保正一门心思在研究后胜，君王后突然病重。宫保是半夜得到的消息，忙让下人准备马车，进入宫中。

此时宫中已经戒备森严，屠洪步亲率卫队在王宫侧门检查进出行人。王宫大门关着，开了侧门，不少人被挡在门外。

宫保下了马车，让下人在旁边等着，他朝宫门走去。

高太傅也被挡在了门外。看到宫保过来，高太傅把他拉到一边，小声说："现在不让人进去了，我等都在这儿等了一个时辰，大总管怎么才来?!"

宫保说："宫里也没人给我送信，我刚刚听到消息就赶过来了。里面有什么消息没有?"

高太傅摇头，说："这么长时间，宫里没人出来，也没人进去，一点消息也没透出来。屠洪步亲自把守大门，当年襄王升天，也没有如此严格，大总管，我觉得此事不妙啊!"

宫保想了想，说："我先进去看看。"

宫保走到众官前面，对屠洪步鞠躬说："屠将军，能否让老奴进宫? 老奴负责后宫诸事，大王或许有事需要老奴。"

屠洪步略一抱拳，说："大总管，君上有令，不许一个人进宫，请大总管谅解。"

宫保心里不爽，嘴上客气说："谅解，谅解，屠将军辛苦。"

外面等着的这些大臣，大都是君王后这边的人，大家都在小声议论当前的局势。宫保是宦官，虽然总管后宫事务，却并非官员，没有爵位，因此不可参与众官的议论，只能站在一边，悄悄偷听。

大家知道的不多，宫保只听到了一点，那就是有部分官员已经在亥时被召进了宫中，其中包括刚刚高升的后胜。

宫保听了，心中五味杂陈。很显然，即便是君王后没有答应自己"告老还乡"，日后自己在朝廷中的地位也会一落千丈。而屠洪步、后胜这些人，将迅速替代原先那些对他唯命是从的文武大臣。一朝天子一朝臣，自己虽然没有被齐王杀掉，也会被打入冷宫，从此唯唯诺诺，被一众文武所不齿。

宫保看向高太傅。高太傅抱着袖子闭着眼，站在一侧，一副脱离世事的样子。宫保气得牙痒痒。这个老东西虽然表面唯唯诺诺，其实比他宫保还谋高一筹。高太傅的儿子在宫中任职，小心勤恳，深得同僚好评。后来君王后让其子负责稷下学宫的学术，齐王扮成普通士子到学宫去，竟然对这个小小的学官大加赞赏。他因此飞黄腾达，直接升为太史。而且他这个太史，比高太傅更深得齐王看中，经常陪伴齐王读书论道，俨然宫中红人，前程无量。

这无疑是高太傅的一着好棋。利用儿子接近齐王，日后如若齐王想收拾那帮老臣，以齐王的心性，必然会看在其子的面上，放高太傅一马。

这是宫保最不愿意看到的，也是高太傅跟他总是留一手的原因。

宫保看着高太傅的背影，心中打定主意，他必须抓住高太傅，让他跟自己成为一条绳子上的蚂蚱。要做到这一点，那就必须打掉连接高太傅和齐王的链子，这个链子不是别的，正是高太傅的儿子。

宫内，曾经号令天下的君王后，已经进入弥留状态。

齐王与太医以及宫女宦官等围跪在君王后床前。君王后半躺在床上，呼呼出气，两个宫女在身后扶着她。

喘了一会儿，君王后缓缓地抬起手，喉咙里咕咕有声，似乎有话要讲。齐王赶紧爬起来，躬身到君王后身边，问："母后想说什么？儿臣在听着呢。"

君王后嘴里咕噜了几句，齐王没有听清。

齐王说："母后，你再说一遍吧。"

君王后迟疑了一会儿，轻轻摇了摇头。她的手轻轻放下，盯着齐王看了一会儿，眼里涌出两滴浊泪，缓缓地闭上了眼睛。

齐王大恸。两个太医过来，一个切脉，一个扒着眼皮看了看，摇了摇头。

负责伺候君王后的宦官大喊："太后凤仪归天了！"

外面的宦官一个接一个把噩耗传出去，闻声之人皆跪地号哭。

声音传到宫门外，屠洪步率众军士皆转身朝着王宫方向跪下。高太傅等人年龄大，行动迟缓，跪得慢一些。有的熬了半宿，累坏了，干脆趴在了地上。众人皆呜呜有声，有的是真哭，有的是假号。

过了一会儿，有个小宦官从宫里跑出来，宣齐王口谕，让高太傅、宫保等几个人进宫，布置发丧事宜，其他人回家等候旨意。

两人熬得筋疲力尽，但是齐王口谕下来，也只得硬着头皮进宫。

08. 恍如隔世

君王后的丧礼，一直持续了一个多月。

一个月后，丧礼仪式完成，各国派来吊唁的使团也都走了，齐王正式亲政。

按照惯例，齐王大赦天下，并对朝中官员进行提拔任用。齐王趁机提拔了一批正直清廉的官员，宫保在朝中势力进一步被削弱。

宫保找到高太傅商量对策，高太傅又变卦了。他原先说等太后归西后，他们就动手，但是此番升职的官员中，有他的儿子，这让高太傅为难了。经过这些日子的观察，高太傅已经看出来了，齐王并不想对他们这班老臣赶尽杀绝，只是想削弱他们的权力，所以，他完全失去了跟宫保一起搞什么"另立新王"的兴趣。

宫保极力要拖高太傅下水，他说："太傅大人啊，大王这是要先削弱我等的权力，最后才会收拾我们。太傅不要忘了，你我二人，可是太后最为器重的，大王亲政，必然要杀几个人立威，我们两个人肯定是逃不掉的！"

高太傅此番是下定了决心，无论宫保怎么说，就是一句话"大王对我等不薄，不可轻易动手"。

宫保对高太傅很恼火。但是他又明白，要想镇住朝廷百官，离了高太傅还真不行。朝廷百官表面看起来对他宫保是毕恭毕敬，其实骨子里是瞧不起他这个阉人的。

宫保正谋划如何逼迫高太傅就范，王通突然派人送来拜帖，要见宫保。

宫保大喜，忙让人把王通请进屋内。

王通行色匆匆，他告诉宫保，朝廷大司马李尧把他最为得力的两名手下调到了齐楚边境，他通过大司马身边的人得到消息，齐王暗令大司马对他下手，大司马正在寻找时机。王通督促宫保赶紧动手，再晚了就来不及了。

宫保大惊。王通是外军，属于大司马直接领导，与朝廷很少来往。君王后和齐王冲突最厉害的那段时间，大司马李尧不参与两者之间的争斗，也严令属下军士皆不得站队，否则一律革职。王通是李尧手下不多的猛将之一，深受李尧器重。当年宫保救王通，也是觉得此人有李尧帮助，属于可救且能救之人。

齐王要收拾王通，那只有一个可能，就是齐王得知了自己与王通之间的勾当。

一向自诩有主见的宫保也愣住了，额头冷汗直冒。

他知道，齐王没有动他，主要原因是齐王没有他与军方勾结的证据。如果齐王得知他暗中与军方有勾结，那齐王绝对不会饶了自己。宦官干政，齐国有惨痛的教训。四百年前的齐桓公时期，宦官竖刁为了表示对齐桓公的忠心，自行阉割，成了天下第一个阉割的宦官。齐桓公因此宠信竖刁，对其言听计从。竖刁见机把持朝政，并让齐桓公宠信的厨师易牙控制了军队，一手遮天。桓公病危时，竖刁令众人不得接近桓公，不许太医医治，不许任何人给桓公送饭。桓公的一个妃子，偷偷给桓公送了一个煎饼，被竖刁吊死。桓公得知后，用衣袖蒙脸，七天汤水不进，活活饿死。桓公有六子，其子无亏继位后，却因竖刁把持而毫无权力，连朝廷正殿都进不去。无亏带着公子昭等兄弟争夺朝廷正殿，竖刁带军士与齐桓公诸子对峙，宫中成了剑拔弩张的战场。桓公死了两个月，寝室蛆虫遍地，尸臭熏天，方才在一众大臣的要求下安葬。齐国朝廷被竖刁把持，新王无亏时刻都有生命之危。后来公子昭在一位大臣的协助下逃到宋国，央求宋襄公出兵。宋襄公一番权衡下，派出十万大军，公子昭率宋兵压齐都，易牙带兵迎敌，高傒等老臣守城。老臣高傒设计，趁易牙统兵出城之时，请竖刁进宫议事，宫内埋伏军士，将其杀死。之后，高傒又派心腹以出城慰军之名杀死易牙，竖刁之乱才算终结。

竖刁之乱，一直是齐国朝廷的锥心之痛。宦官不干政，更不许勾结军队，是齐国铁律。即便君王后宠信宫保，宫保可以利用自己的势力干预朝政，但是对于军队却一直不敢染指。与王通有勾当，也是机缘巧合，宫保又万分小心，此事除了他与王通本人没人知道。

宫保在细想是哪里出了问题，王通却等不及，让他赶紧拿主意。他要趁天黑之前出城，待在军中。如果大司马要拿下他，他只能带着军士造反了。宫保想了想，让王通先回去，等他信儿。他会设法摸清状况，再做安排。

王通走后，宫保在屋子里走来走去，坐立不安。齐王是个轻易不出手的人，既然已经出手了，那就说明他已经掌握了充分的证据。王通在一帮将领之中，行事比较谨慎，那次奸杀妇女，是酒后行凶，此事之后，王通已经把酒戒了，夹着尾巴做人。齐王如果掌握了什么证据，肯定是与他宫保有关。

思来想去，宫保决定掌握主动，先去齐王那儿探探口风。

宫保以退为进，以向齐王请罪的名义，到雪宫求见齐王。雪宫位于王城东门外，齐王亲政后，经常住在雪宫，而且让工匠另砌了一间寝室，把原先诸先王住过的寝室封了起来。

百官们对齐王的举动纷纷猜测，却没人能说明白齐王的真正用意。

宫保没带随从，让车夫驾车出城，一阵疾驰后，停在雪宫门口。

雪宫周围风景秀丽。车夫停下马车，放下马凳。宫保掀开轿帘，从马车里出来，先打量了一下四周。

雪宫的周围都被树林挡住，苍翠之间，露出灰墙红瓦，令人赏心悦目。

宫保心中有事，无意欣赏美景，下了马车，朝着雪宫大门匆匆走去。

刚走了没几步，突然从树林中走出两名全副武装的卫士。两名卫士手放在腰间刀柄上，齐声喝道："来者何人?!"

两人的喝问吓了宫保一跳，也让他感到很是恼怒。

他曾经陪着君王后无数次来过这里。那时候，除了君王后，每个人看到他都是毕恭毕敬，他要是心情不好，随时可以挥手打人一巴掌。

现在虽然君王后死了，但是他宫保还是后宫大总管啊，人还没走呢，怎么这茶就凉了？

宫保一脸愠怒："我是后宫大总管！你……你们的卫队长是谁?！让他来见我！"

士兵不卑不亢："请大总管稍等！这里是王宫禁地，未经允许，任何人不得擅入！"

一个卫士继续手按刀柄，挡在宫保面前，另一个则跑进宫去禀告。一会儿，一个校尉跟在卫士后面跑过来。这个校尉认识宫保，老远就拱手："大总管，你别生气，守卫雪宫的卫士都换了，幸亏今日在下值班，要是别的校尉，也都不认识你呢。"

宫保悻悻，跟着这个校尉走到大门口。刚上两步台阶，后胜便从宫内走出来。后胜老远便拱手："不知大总管来到，后胜迎接来迟，请大总管恕罪。"

宫保哼了一声，说："大人如今位高权重，深受君上器重，老身不过是后宫杂役，不敢承受大人如此大礼。"

后胜呵呵一笑，扶着宫保上了台阶，说："大总管，我刚看到你就跑出来迎接，还没禀告君上呢。你先稍等，在下这就去禀告君上。"

这是老规矩，宫保明白。

后胜进入宫门，宫保站在台阶上，转头四顾，看着戒备森严的四周和前面不远的一处人造湖泊，有一种恍如隔世的感觉。

09. 宫保试探齐王

齐王在他的书房里接见了宫保。宫保早就做好了准备，刚进书房门口，就扑通跪下，膝行到齐王面前，大喊："君上，奴才有罪！奴才罪该万死！"

齐王一愣，挥手让旁边的后胜等人出去，说："大总管，请起来说话。"

宫保拼命挤出几滴眼泪，昂起头，说："不，君上让奴才把话说完。奴才自知罪孽深重，君上就让人处死奴才吧。奴才从小进宫，在宫里快三十年了，家里也没人了，把奴才处死，好歹找个地方埋了，也省劲儿。"

齐王脸变得严肃起来，说："寡人不知为何要处大总管极刑，请大总管说个明白。"

宫保俯首在地，说："君上明鉴，昔日太后当政，奴才一心服侍太后，怠慢了君上，也在一些事情上得罪了君上。奴才前思后想，自知罪恶不轻，君上是个温厚圣主，奴才怕君上心软不肯杀奴才，因此特意在君上不在王宫时，自来请罪。请君上杀了奴才以立威，肃正朝纲！以警后人！"

宫保说完，没有听到齐王的声音，他偷偷抬头，观察齐王脸色。

齐王闭着眼，仰着头。很显然，宫保的这一招，打破了齐王的计划，给他出了一个大难题。

宫保没说错，齐王是一个性格温厚之人。他知道宫保的所有劣行，但是齐王是一个不愿意当着对方的面撕破脸皮的人。而宫保把自己的杀人越货恶行，说成"一心服侍太后，怠慢了君上"，这显然是想利用齐王温厚的性格，蒙混过关。

齐王闭着眼，沉默了一会儿，说："大总管，寡人不需要杀大总管立威，君王之威，在于以德服人，而不是以杀人为威。秦王喜欢杀人，被世人称为暴秦，寡人不喜欢杀人，讨厌杀人。"

宫保磕头："奴才多谢君上开恩！"

齐王说："母后刚刚归天，国家如何管理，老臣如何安置，寡人还没有想好。请大总管回去，安心做事。母后病重时，跟寡人说过大总管，大总管对齐国和母后一片忠心，寡人不会亏待大总管的。"

宫保是个聪明人，知道这齐王话里有话，再次磕头："君上不必宽待奴才，奴才这种下贱之人，还是杀了好。请君上赐奴才一死！"

齐王有些不耐烦，说："大总管是朝廷老人，应该知道朝廷规矩！威逼君上是大不敬！请大总管自重！"

宫保心情灰暗，齐王能这么说，那就说明他已经很愤怒了。也同时说明，自己以示弱来求取齐王的原宥是失败的，齐王没有原宥自己的想法。

宫保的试探达到了目的，告罪而退。后胜一直把宫保送到了外面的马车上，看着宫保上了马车，马车扬起尘土，直驰而去，才转身进宫。

齐王坐在桌几旁边，正在捧着一捆竹简发愣。看到后胜进来，齐王放下竹简，轻轻叹了一口气，说："寡人想念吕旌先生了。"

后胜拱手说："君上是想起吕博士被大总管追杀之事了吧？"

齐王轻轻点头，说："寡人与吕博士情同手足，宫保当年要杀博士，就是因为博士是寡人的左膀右臂。吕博士正直慷慨，我与母后的多次争端，都是吕博士仗义执言，正因为此，母后才将吕博士降职为民，发至齐东驿。"

后胜说："吕先生现在山中逍遥自在，有妻有子，君上不必挂念。"

齐王嗯了一声，说："你让人给先生送食用之物了吗？"

后胜拱手说："前些日子即墨司马王付子奉即墨大夫之命来王城，臣已将此事告诉王付子。他下次来王城，会把送先生的物品记录一同送来。"

齐王说："这个吕旌，这么多年没有见寡人，也不知道回来看寡人一眼。这个吕先生是不是怪罪寡人啊？"

后胜笑了笑，说："君上想多了。当年君上待先生不薄，先生怎么能怪罪君上？先生怪罪的应该是宫保。"

齐王点头，说："对！母后只是罢了吕旌的官职，要杀吕旌的是宫保，不是寡人。后胜大人，你觉得宫保今日来雪宫，所为何事？"

后胜想了想，说："大总管应该是来探听口风的。"

齐王说："看来母后怀疑得对，这个宫保跟王通关系不一般啊！爱卿略施小计，他就上钩了。"

后胜说："君上，臣已经派人严密监视王通，他稍有造反之举，就会死于非命。如果王通再与大总管见面，臣所派之人会在路上将其擒获。"

齐王点头，说："大司马已经被证实与宫保没有牵连。宫保能调动的军马，除了王通部，应该不会有别人了。王城卫队已经由屠洪步控制，除掉王通，下一步就可除掉宫保那一帮人了。"

后胜说："君上忘记黑衣卫了吗？当年黑衣卫杀人无数，吕旌先生也差点死在他们的手里。太后曾经告诉臣，以大总管的性格，他不会听太后的命令，解散黑衣卫，大总管应该把黑衣卫藏在王城之内了。"

齐王"噢"了一声，说："寡人已经让屠洪步查了半年，没有查到黑衣卫的踪迹。这黑衣卫如果真的还存在，藏得又这么厉害，那还真是寡人的心腹大患。"

后胜说："吕先生曾经告诉臣，当年莒城有一个叫黄苦子的司马带着几十名百姓来到王城告状。他们告莒城大夫强占他们的土地、强抢民女等罪状。这黄苦子是莒城司马，武功高强，正直清廉，屡遭莒城大夫欺压。他带着几个心腹保护这几十名百姓，怕被人追杀，他们还打扮成小商贩，住在小城东门外市场里。黄苦子悄悄找了一次吕先生，被莒城大夫派的人发现了，把此事告诉了大总管。大总管派了三个杀手，就把那几十个人全杀光了！三个杀手啊！被杀的几十人里面还有黄苦子和他的几个弟子！君上，这黑衣卫千万不可小看！"

齐王哀叹："寡人登基十五年，被母后限制权力，到如今，身边竟无可用之人！"

后胜说："君上不必着急，臣这些日子一直在找能对付黑衣卫之人，最迟三五天，能找到黑衣卫还能对付他们的人就到了！"

齐王大喜："真的？此人是谁?！"

后胜笑了笑，说："君上认识，此人是墨家巨子水希！"

10. 发现黑衣卫

水希当年与吕旌一起率众援兵鲁国，鲁顷公投降后，水希带着众弟子在鲁国潜伏下来，用一己之力，保护当地百姓。楚军下乡劫掠百姓，水希率众弟子四处奔走，数十次挺身而出，打退了楚军。

黄歇得知是墨家在跟他"捣乱"后，有些头疼。墨家以爱护百姓著称，颇有名声。如果他让军队进攻墨家，那会损害他春申君的名声。经过一番思虑，黄歇想出一个妙招。

他让几个人打扮成墨家弟子模样，在水希等人居住的地方劫掠杀人，并放出谣言，说当年楚军能够进入楚国境内，都是墨家弟子在暗中帮助。楚军攻城之时，墨家弟子表面上在帮助鲁公，其实暗中把鲁军布防派人送到楚国军营，因此楚国才能屡次打败鲁军。

老百姓最爱相信谣言，他们听了之后非常愤怒，组织起来驱赶墨家弟子，还把墨家行踪报告给楚军。

楚军接到黄歇的密令，不出兵而是看热闹。老百姓不敢驱赶侵入他们家乡的楚军，却对一直忍让的墨家赶尽杀绝。他们分成若干队，白天黑夜侵扰他们，甚至在他们取水的地方下毒。

水希一直跟他们解释，向他们说明黄歇的阴谋。奇怪的是，老百姓竟然愿意相信谣言，根本就不愿意相信一直在帮助他们的墨家。

黄歇让人把水希请到他面前，说："尊敬的巨子，墨家是世间最诚实的人，但是巨子啊，对付这些无知的百姓，诚实没有用。要让他们服从，让他们害怕，他们才会感激你。墨家的那一套，行不通啊！"

水希哼了一声，说："百姓不过是被你蒙骗而已。你们没有假扮墨家之前，百姓对墨家如同家人！"

黄歇哼了一声，说："如果真的是家人，他们能轻易被蒙骗？墨家有能工巧匠，个个皆是武功高手，能吃苦耐劳，也曾经弟子上万，如今却凋零如此，巨子就不想知道原因吗?"

水希说:"水希不用春申君教导，墨家不愿用手段蒙骗百姓，也不愿意为君王服务，百姓不喜，君王不爱，墨家自然会凋零。不过请春申君相信，天下之大，总有精诚之士，墨家之凋零，不过是精简盲从者。"

黄歇摇头，说:"巨子还没有看清形势，实在可叹。巨子知道秦为何越来越强大吗?"

水希刚要说话，黄歇伸手，制止了他，说:"秦之强大，是因为秦沿用商鞅之法，此事尽人皆知。可是大部分人不知道的是，商鞅之法之所以能强国，是因为商鞅发现了人之奇异之处，人可以杀可以侮，不可以宠不可以敬，此为治国之道，巨子不懂这个，难免被楚国百姓撵得到处跑。"

水希说:"他们是鲁国的百姓!"

黄歇呵呵一笑，说:"不管是哪国的百姓，巨子是无法在这里待下去了。黄歇随时欢迎巨子到楚国做客，不管怎么说，像巨子如此诚实的人，是越来越少了。"

水希虽然心有不甘，却也明白，这昔日鲁国的土地，他们是待不下去了。

西周已经灭亡，东周奄奄一息，对周王朝最为敬重的鲁国也灰飞烟灭，墨家虽然不惧生死，却也无法挡住日升日落，无法挡住局势变化、滚滚浊流。

水希含泪带着墨家弟子们离开了他们为之付出了鲜血和生命的鲁国故土。这几年中，水希带着弟子们去过魏国，去过秦、赵、燕等国，企图找一条复兴山东诸国之路。然而，每到一个国家，他就失望一次。

后胜派人去找水希的时候，水希也刚好来到了齐国，去慈山找仲连先生。仲连先生也对各国局势很是失望，劝水希隐居山林，传习教法，水希不肯。在他的心里，天下安稳，百姓乐业，君王不穷兵黩武，才是墨家该归隐山林之时。

水希接到后胜密信后，马上带着十名弟子，来到了王城，见到了后胜。

后胜要带水希去见齐王，被水希拒绝。

水希说:"墨家以天下百姓为己任，不愿结交君王。"

后胜无奈，只得把齐王面前的困境和黑衣卫之事告诉了水希。他了解墨家，直截了当地说："这黑衣卫曾经杀人无数，现在大总管宫保掌握着黑衣卫，肯定会利用他们对付当朝忠义之士，天下英雄敢对付黑衣卫的唯有巨子了。"

巨子二话不说，当即答应了后胜的要求，带着人开始监视宫保。

宫保很狡猾，他跟黑衣卫联系，都是派手下去。而且手下都不是直接去找黑衣卫，他们去办别的事，兜兜转转大半天，把跟踪他们的人兜麻痹了，才甩开跟踪者，去办黑衣卫的事。

巨子带着手下监视宫保一个多月，没有找到任何跟黑衣卫有关的线索。黑衣卫却在一个早晨，自己暴露了。

那天一大早，巨子在路边小摊吃饭，看到不远处有人打架，打得很凶，有人直接就被打倒在地上，遂让弟子子明过去查看一番，他自己依旧边啃着大饼，边看着打架的那些人。

子明显然是想把施暴的人拖开，过去就动了手。然而，让水希没有想到的是，打架的人朝着子明下手，子明招架，对方只用了三五招，就把他打倒在地上。

水希看到这里，愣了一下。他以为是子明的失误，就盯着子明看。子明很麻利爬了起来，冲向了正在施暴的男子。然而，那男子出手干脆利落，只用了两招，就把子明再次打倒在地。水希看呆了。子明是他最为得力的弟子，武功也不弱，这些年跟着他东奔西走，见过无数险恶，在鲁国战场带着墨家弟子冲锋陷阵，从未失手。然而，今天他却在齐国一个小小的市场上，连续被人打倒两次，水希知道，此人必然大有来头。

水希起身走过去，拉住了要再次冲上去的子明。打人的男子在围观众人的斥责下，悻悻走了，水希让子明救助被打的两人，他则跟着这个男子，穿街过巷，一直来到一处阔大的院子外。

男子很警惕，进院子前，在院门前转了两圈。很明显，他是在观察是否有人跟踪他。这更引起了水希的好奇。

这个大院位于大名鼎鼎的晏婴大院一侧，偏僻，行人稀少。水希躲在斜对大院的一条胡同里，隐身于一垛倒塌的院墙内，从中午一直待到晚上，大院里也没人进出。

怪异的是，这个院子里一直没有灯光，仿佛这是一个无人居住的院子。

子时后，水希从院墙东南侧翻墙进入院子。

院子很大，也很平整，整个院子没有一棵树，没有一棵花。水希能看到的正房有十二间，正房中间有通道，通道两侧各六间。有通道，那就说明还有后院，或者后面还有房子。院子西侧有厢房四间，厢房外面有水井，还有水桶，很显然，这厢房应该是厨房。

水希蹲在东南角观察了一会儿，见没有动静，就朝院子中间走去。然而，他刚走了没几步，就听到一阵轻微的咔咔的声音。水希知道不好，赶紧朝后跳开。几支冷箭随之射来，射在南面的墙壁上。

水希回到东南角，矮下身子观察。几乎就在同时，最东侧一间屋子突然打开，两名黑衣壮汉手持钢刀，风一般朝着水希就冲了过来。水希不敢怠慢，忙从墙角翻身而出，跑到刚刚藏身的倒塌的院墙后面，观察着前面的院子。

院门打开，在淡淡的月光下，水希看到几名黑衣人在院门口巡视了一会儿，便关门回到了院子。

水希不敢怠慢，连夜跑到后胜官邸，把此事告诉了他。后胜更是麻利，马上派人去找屠洪步，让屠洪步率精锐包围了这所院子。

此时，天已微微发亮。屠洪步让人上前敲门，敲了一会儿没人答应，屠洪步下令破门而入。

水希知道这院子里有机关，也不敢擅闯。等军士砸开门冲进去，屋子里已经空无一人。房间里的被窝还略有些温度，屋子里还有散乱的衣服、鞋子等物，很显然，里面的人刚走不久。

水希和屠洪步清点了一下床铺，三十张铺位，刚好是君王后当年让宫保成立的黑衣卫杀手的数量。

屠洪步让人把此事告知后胜，后胜过来看了看，让人查出了此屋子的主人，是一个做药材生意的小老板。

后胜让屠洪步派人把这个小老板带来，屠洪步亲自带人去了。一会儿，他便匆匆跑回院子，告诉后胜，小老板一家人全部被人杀死，老少三十多人，惨不忍睹。

11. 绝杀黑衣卫

屠洪步率手下以查找杀人犯为名，进行全城大搜查。水希则把弟子分为四组，两人一组，寻找黑衣卫踪迹。剩下两人在住处留守，负责与各处联络。

水希带着子明在晏婴故宅附近转悠。他有种预感，觉得这些人不会跑得很远，他们在附近肯定还有第二处藏身之地。

他们一直转悠到傍晚，看到一个骑马的男子从远处一闪而过。子明眼尖，说这个人他见过，是屠洪步的一个手下。

水希和子明赶紧蹑开步子跟着此人。一人一马来到一处胡同停下，敲了一户人家的门几下，那门打开，男子牵马走了进去。

然而，男子只是在里面待了一会儿，便匆匆走了出来。在胡同口转头四下看了看，迅速打马离去。

水希让子明赶紧去禀告屠洪步，他则在胡同外监视着那户人家的大门。幸运的是，子明出去不久，就遇到了屠洪步率领的巡逻队。子明把他们看到的情况向屠洪步说了，屠洪步掉转马头，跟着子明来到了小胡同外。

屠洪步先观察了一下房屋周围情况，分出十几个人在屋后守着，又让水希和子明分别带一队人进入两侧院子。屠洪步随之带人猛然闯了进去。

对方显然也是早有准备，十多个黑衣人几乎是同时涌出，与屠洪步所率军士杀在一处。

这十多人皆是顶级高手，身形凌厉，刀法刁钻迅猛。屠洪步所率军士是军中猛士，却根本不是这些人的对手。鲜血飞溅，惨叫不断，一会儿工夫，院子里便躺满了尸体。然而，军士们越来越多，周围的院子里、房顶上，皆是守城的军士。

水希和子明指挥在房顶上的军士们皆张弓搭箭，防止这些杀手翻墙逃跑。

屠洪步手中大刀比杀手们的刀长一些，加上他身材高大，大刀挥舞起来，排山倒海，然而，即便是屠洪步这样的齐王身边第一武士，竟然也无法杀掉一个黑衣人。他们互相配合，攻如狼入羊群，守如铜墙铁壁。外面的军士潮水般涌入，院子里到处是挥舞刀枪的军士，然而，他们就是无法伤到这十多个顶级杀手。

屠洪步看着面前的阵势，惊愕无比。他对着军士们喊道："我等为王城守卫，决不能放这些凶徒离开！"

屠洪步指挥众人围成一个圈子，把这十多人围住。被围住的黑衣人逡巡了一会儿，突然挥舞手中大刀，一起朝着外围杀了过去。围着他们的包围圈被冲得七零八落，十多人分成几部分，朝着房顶和两侧院墙冲上来。

水希和子明早就有了准备，让众人朝着冲上来的这十多人一起射箭。

这十多人实在厉害，他们冒着这密集的箭雨，竟然只有两人受伤，另外十三个分别冲上了屋顶和两侧的院子。

水希和子明指挥众人朝后撤，继续射箭拦截他们。

十三人有的身上连中几箭，依然挥刀猛冲，有的被射中要害，从屋顶滚下去，被一拥而上的军士们剁成了肉泥。

最终，仍有九人冲上了屋顶，就在他们正要一跃而下的时候，突然从附近的胡同里，潮水一般冲出了无数的弓箭手，他们张弓搭箭，朝着这九个人就射。

九人忙转头返回这边屋坡，与屋顶上的军士们杀在一处。屠洪步率领几个功夫好的军士也爬上了屋顶，与水希和子明合兵一处，死命挡住了企图朝前逃跑的这九名亡命之徒。

这九人分成两帮，互相配合，几个回合，就把屠洪步和水希他们杀得无立足之地了。

然而，屠洪步的手下已经爬上了对面的房屋，有个军士喊了一声，屠洪步率领军士们从屋顶跳下，对面屋顶的军士朝着这九人搭弓射箭，九人中又有两人中箭，从屋顶滚落下去。剩下的七人从屋顶跳下，屠洪步和水希等人一拥而上，杀了两人，此时剩下的五人身上也都有伤，蜷缩在墙角，已经有了怯意。

屠洪步用刀指着他们，喊："你们已经不可能逃出去了！放下刀投降吧！只要你们肯说出背后指使你们的人，我屠洪步可以保证饶你们一命！"

五人不搭话。

屠洪步说："别指望你们的内应了。"

屠洪步转身，朝后面喊了一声："把人带上来！"

后面的军士，押着一个穿着长衫和两个穿着守城军军服的人走进来。三人都被反绑着，穿着长衫的那个，正是水希看到的来屋子里报信的人。

那五个人看到穿长衫的人，愣了一会儿，放下了刀。

屠洪步正要让军士上前捆绑，这五人突然抽出短刀，没等众人反应过来，他们皆用短刀抹了自己的脖子。

看着这五个人缓缓躺在地上，屠洪步也不由得后退好几步，赞叹说："好汉子，可惜啊，找错了主子！"

十五个人，战死十个，五个自刎，竟然没有留住一个活口，屠洪步有些遗憾。他转身对旁边的军士说："把这三人押下去，严加看守，不得逃脱一人！"

军士押着三人下去，屠洪步问："巨子，你是否认识这位穿长衫的？"

水希说："认识啊。刚才正是他跑到这屋子里，给他们送信。"

屠洪步面色冷峻："我说的不是这个。此人是高太傅的侄子，名高环。"

水希惊讶："高太傅的侄子?！"

屠洪步说："此人多次行刺我，被我手下发现。因此我一直派人跟着他，今天他甩了跟踪他的人，跑到了这里报信，幸亏巨子发现，否则今日我等又会跑空了！"

水希拱手："原来将军早有安排，水希敬佩！"

屠洪步茫然四顾说："黑衣卫三十人，这里有十五个，剩下的十五个人去了哪里呢？"

水希说："将军放心，只要他们还在城里，我们就能找到他们。"

12. 宫保被抓

黑衣卫被屠洪步率部追杀，宫保得知消息后，派人暗中打探，得知十五人无一活命，长出了一口气。

他正在考虑如何让剩下的众人躲过屠洪步的追杀，高太傅突然匆匆跑了进来。因为跑得急，加之年龄大，脚步不利索，还差点被门槛绊倒。

宫保忙扶住高太傅："太傅大人，你这么大年纪了，走路可要小心点儿。"

高太傅气急败坏："我倒愿意一跤摔死！大总管，我侄子被抓了！你可要赶紧想办法！"

宫保摇头，说："事已至此，我能有什么办法？抓他的人是屠洪步，屠洪步上面是君上，现在君上对我这个大总管不理不睬，我有什么办法？"

高太傅大概是因为跑得急了，气喘不上来。听宫保这么一说，急了，气儿直接上不来了。他捂着胸脯靠在墙上，瞪着眼，嘴一张一闭，像在池塘边仰头濒死的鲫鱼。

宫保扶着高太傅坐下，说："太傅大人，我们两个现在是一条绳子上的蚂蚱，贵侄子被屠洪步抓走，最先供出的是我，然后才是你。我都没着急，你着什么急呢？本大总管这些年经过无数风浪，现在还不是好好的？"

高太傅有了点儿精神："大总管，那你打算怎么办？"

宫保说："我刚刚说了，我们两个是一条绳子上的两只蚂蚱，现在不是我打算怎么办，高太傅如何打算，才为首要。"

高太傅呃了一声："我……我有什么办法？大总管不是不知道，老夫所擅长的，不过是为君王后做一个参谋，处理此事，还得靠大总管啊！"

宫保点头，说："既然如此，高太傅就要与老奴同心合力，否则前功尽弃，老奴与太傅大人一家皆性命不保也！"

高太傅拱手："老夫走投无路，全仰大总管解救！"

宫保想了想，说："事到如今，老奴也不瞒太傅大人了。老奴手里还有一支生力军，可以掌控局势，不过需要太傅大人跑一趟腿。"

高太傅惊喜："真的?！老夫谨遵大总管吩咐。"

宫保拿出一根封了口的铜管，说："这里面有一封信，麻烦太傅大人出城，送给在城外驻扎的王通将军，记住，一定要送给王通本人。剩下的事儿，就不用太傅大人管了。"

高太傅惊讶："大总管原来跟王通将军……"

宫保示意高太傅不要再说下去，说："太傅大人的侄儿虽然被抓，但是按照程序，须两日后才能移交到大司理，大司理审理此案，怎么也要三五天。以我对贵侄和对大司理刑罚的了解，贵侄把你我招出来，得在大司理审问三四天、动了大刑之后。所以，留给我们的时间，还有六到八天。最起码五六天应该还没有问题。所以，只要王通将军在五天内发兵攻城，屠洪步军士只顾得上抵御王通，我等率家丁还有黑衣卫一起攻进宫内……"

高太傅更加惊讶了："大总管还有黑衣卫?"

宫保哼了一声，说："太后让老奴豢养黑衣卫三十名，其实老奴养了五十名。今日被杀十五名，是黑衣卫中最弱的一支，即便如此，他们也可以以一当百。剩下的三十五名，皆是天下少见之高手，大王的那些护卫在他们眼里，与病猫无异。"

高太傅兴奋了："老夫终于放心了。以前老夫对大总管多有得罪，请大总管多多原谅。"

宫保笑了笑，说："请太傅大人放心，老奴从来就没有怪罪太傅大人。"

高太傅起身朝外走了两步，又转回身，拱手对宫保说："大总管，君上要对大总管和老夫不利，不过是因为当年我等辅佐太后。若说起来，君上为人温厚，并无害人之心，请大总管让手下不要伤了君上，我等也对齐国百姓有个交代。"

宫保点头："太傅大人所虑太多，老奴知道了！"

宫保把高太傅送出门，等在门外的仆从赶紧扶着高太傅，把高太傅扶上马车，高太傅朝着宫保拱了拱手，对车夫说："出城!"

宫保目送高太傅马车走远，转身进了屋。他心中明白，现在自己的家四周，布满了齐王派来的眼线。高太傅的行踪，很可能已被监视。

但是他已经没有别的选择了。十五名黑衣卫被杀，齐王和后胜必然会怀疑自己，他如果派人去找王通，肯定出不了城。至于高太傅是否能出去，他不知道，只能赌一把了。

他还有一步棋，就是剩下的三十五名黑衣卫。为了保险起见，他把这三十五人，也分成两部分，一部分二十人，一部分十五人，都躲在离他们的老窝不远处。十多年前，他趁着势力鼎盛之时，在附近连买十多所屋子，并找人顶替房主，以备不时之需。现在看来，幸亏自己早做了准备，否则现在更加被动了。

宫保在家里忐忑不安地度过了一个下午，一个晚上。第二天是上朝的日子，宫保来到后宫，一边在后宫装模作样地转悠，一边支着耳朵听周围人的动静。

到了众大臣上朝的时辰，他老远瞅了几眼，看到了慢悠悠走着的高太傅，他心里长出一口气。

一整天平平安安过去。傍晚，宫保回到家，看到高太傅竟然坐在客房里等着他。

宫保急得直跺脚："太傅大人，你真是老奴的冤家啊！这种时候，怎可如此堂皇地来？有事让下人来送信则可！"

高太傅说："此事甚大，不得不来！大总管，老夫觉得要出事！"

宫保只得说："那你就赶紧说吧。"

高太傅拱了拱手，说："昨日老夫按照大总管吩咐，前往城外军营，在半路上遇到一个女子，女子背着包袱，崴了脚，说她要到军营去，我一时心善，就……就把她捎到了军营。"

宫保大怒："太傅大人，你这是想把我们两条小命送给阎王爷啊！你怎么能让人知道，你是去军营！你的精明劲儿哪去了?!"

高太傅喃喃自语："老夫看那女子可怜，又是一个弱女子，就大意了。"

宫保问："既如此，太傅大人为何说要出事？"

高太傅擦了擦脑袋上的汗，说："我今日突然想起来，那女子昨日到了军营后，并没有进去。她让我们把她在军营门口放下，说她男人会出来接她，然而……"

宫保闭着眼，不说话。听到这里他就知道，王通危险了。

高太傅迟疑一会儿，继续说："今天一早上朝的时候，我刚离开门口不远，就看到了一个男子。这男子也看到了老夫，赶紧转身，但是老夫还是看清楚了，觉得这个男子很面熟，想了半天，终于想了起来，他就是昨天那个'女子'！他昨天是男扮女装！"

宫保听到这里，无力地摆了摆手，说："我知道了，太傅大人，你回家歇着去吧。"

高太傅一愣，缓缓站起来，问："大总管，此事对王通将军不会有什么影响吧?"

宫保拱手，说："太傅大人，此事由老奴处理，你还是赶紧走吧。"

高太傅看到宫保脸色铁青，不敢耽搁，朝他拱了拱手，走了出去。

宫保一肚子火气，也没有出去送他。他知道，王通这次肯定暴露了。现在他没别的办法，只能让人给他送信，让王通早日起兵。自己在信里，让王通四日后发兵，以便留出时间做一些准备。现在看来，发兵日子是越早越好，最晚明天晚上，再迟就麻烦了。

虽然知道有人监视着自己的住处，宫保还是想办法让人出去送信了。他让人牵着一条瘦马，装作要出去找郎中给马看病，让这个人出去另找他人给王通送信，让王通尽快起兵，并与王通定下起兵的时间。

第二天一早，城门开了以后，宫保等着来人给自己回信。然而，他一直等到日上三竿，也没有等到人回来。

他知道，这是出事了。

他只剩下最后一个棋子了，那就是黑衣卫。

他决定装作进宫的样子，让车夫甩开跟踪者，把自己送到黑衣卫那儿躲起来。等到了晚上，就可以跟自己在宫里安排好的人里应外合，杀进宫去，控制齐王。只要齐王在自己手里，那就好办了。先杀了后胜和周子、屠洪步等人，齐王的臣子没有了，齐国还是自己的天下。

为了以防万一，宫保先杀了知道自己所有机密的心腹侍从，然后让家仆准备好马车，他穿上官服，从家里走了出来。

然而，他刚上马车，马车跑了没有几步，便被一队突然冲出的人马挡住了。为首之人正是屠洪步。他走到宫保的马车一侧，下马，朝着轿厢内的宫保拱手："大总管，君上有命，请你到雪宫走一趟。"

第五章　天下局势

01. 后胜说宫保

宫保的马车被屠洪步亲自押着出了城，来到了戒备森严的雪宫。

但是他没有见到齐王。后胜在雪宫里等着他，与他做了一番长谈。

后胜先是很善意地告诉他，王通和高太傅、王御史等人已经被抓起来了，关在大司理的监狱里。唯有他宫保，还坐在雪宫与他后胜侃侃而谈。

"大总管，现在能救你的人，唯有我后胜。我只问一个问题，如果你能告诉我，我就可以让君上饶你不死。"后胜说。

到了这时候，宫保已经无路可走。但是他更明白，自己的生死不在于是否把自己知道的都告诉后胜，而是在于他是否需要自己。

在这个时候，后胜还能让人把自己带到雪宫，此人显然很不简单。

宫保点了点头，说："请大人明示。"

后胜说："当年太后让大总管成立黑衣卫，这黑衣卫三十人，人人皆是以一敌百之高手。太后病重后，命令大总管解散黑衣卫，大总管并没有解散他们，而是把他们送到晏婴老院子附近藏了起来。后来屠将军找到了十五个人，这十五个人，杀了屠将军三百多人，最后屠将军用弓箭，才杀了他们。唉，可惜啊，这么多的大齐勇士，最后死于非命。不过还有十五人，这十五人为大总管立下过汗马功劳，可不能让他们死得如此之惨。大总管把他们的住处告诉后胜，后胜定会好好安置他们，让这些人成为齐国的栋梁。"

宫保想了想，问："大人，此事君上知道否？"

后胜笑了笑，说："大总管，你觉得如果君上知道这些人曾经杀了他的无数大臣，他会饶了他们吗？"

宫保是什么人，他马上猜到了后胜的用意："真是没想到，大人竟然也有此高招。君上真是苦命之人啊，前有太后和老奴，现在有大人！"

后胜有些恼怒："宫保！你再胡言乱语，本官马上把你送进死牢！"

宫保是什么人，当年曾经无数次面对齐王手下大臣的威胁，他从来没有害怕过，何况现在他面临绝境，已无丝毫活命之希望。他冷冷地说："老奴既已落入大人手里，要杀要剐，大人随意。至于黑衣卫，当年确有其事，是老奴奉太后之命所建，君王后病重后，停了对黑衣卫的俸禄，命老奴解散黑衣卫，老奴不敢耽搁，迅速将其解散了，请大人明察。"

后胜冷笑一声："宫保，你以为后胜就这么好糊弄吗？屠将军他们在晏婴老院旁屋子里发现刚好有三十人的床铺是怎么回事？杀了屠将军三百名手下的十五名壮士是谁的人？"

宫保装傻充愣："他们是谁，老奴怎么会知道？"

后胜冷笑一声："这么说，大总管是不想跟后胜合作了？"

宫保闭上眼，说："宫保大不了一死，无儿无女，无牵无挂，黑衣卫为老奴杀了不少人，老奴不想让他们再祸害人了。请大人速赐老奴一死，人终有一死，有何惧哉?!"

后胜无奈，只得让人把宫保送进大牢。

高太傅和王通等人经过大司理审问后，迅速被抄家问斩。高太傅及其侄子两家五十多人，王通一家三十多人，加上王御史以及宫保其他党羽，总计三百多人被问斩。

只有宫保，被后胜关押在大牢里，长达三年之久。

后胜帮助齐王铲除了宫保等人，取得了齐王的信任，被齐王升为大谏加太子太傅，凡大臣上奏折，都要先在后胜这儿经过。自此后胜大权独揽，一人之下万人之上，在朝廷无人敢惹。齐王高枕无忧，大小国事，皆由后胜处理。

宰相周子是一位老臣，当年虽然听命于君王后，对齐王也算是忠心耿耿，他多次提醒齐王，不要如此信任后胜，齐王不肯采信。

此时，天下局势比较稳定。

公元前 251 年，秦昭王病逝，太子安国君即位，是为秦孝文王。可惜的是，孝文王在位只有三天，便突然暴毙。孝文王之子即位，是为秦庄襄王。

庄襄王在位期间，灭东周国，进攻魏国，夺取了魏国大片土地，魏国危急。此时信陵君还躲在赵国，不敢回魏。

魏王派人去请信陵君魏无忌回国，信陵君不肯回去。

其门客毛公和薛公皆为魏国人，早就得知魏国之危，两人找到信陵君，向其陈说利害："公子在赵国备受敬重，名扬诸侯，是因为有魏国的存在，你是魏国的信陵君啊！如今秦国进攻魏国，魏国危急而公子毫不顾念，假使秦国攻破大梁，把公子先祖的宗庙夷平，公子还有什么脸面活在世上呢？公子成了无本之木，世上谁还能看得起公子呢？"

魏无忌听了两人的话，大悟，马上向赵王辞行，带着一众门客回到了魏国。魏无忌和安釐王兄弟两人十年未见，重逢时不禁相对落泪。安釐王任命魏无忌为上将军，统率魏军抗秦。

秦军勇猛，魏军抵挡不住，魏无忌派使者向燕、楚、赵、韩等国求援。各国得知魏无忌担任了上将军，都纷纷派兵救魏。

正在此时，秦庄襄王重病。秦军军心不稳，魏无忌趁机率领五国联军大败秦军，秦国将领蒙骜战败而逃。联军乘胜攻至函谷关，秦军紧闭关门，不敢再出关。

魏无忌与五国联军首领合计，要趁机攻占函谷关，锁住秦之咽喉。

联军气势如虹，庄襄王无奈之下，派姚贾和顿弱带着一车黄金到魏国行使离间之计。

两人到了魏国后，见到了魏国的廷尉李巍同，奉上大量黄金，让李巍同上奏魏王，告魏无忌有取而代之之心。这个李巍同原为大将军晋鄙门客，亲眼见到了魏无忌命令朱亥砸死晋鄙，对魏无忌恨之入骨。但是李巍同也明白，魏国离不开魏无忌，因此拒绝了姚贾的要求。姚贾不泄气，每天都派人给李巍同送金子，大量的金子终于击溃了李巍同的良知，李巍同求见魏王，诬告魏无忌，说信陵君现在担任魏国的大将，诸侯国的将领都归他指挥，诸侯们只知道魏国有个信陵君，不知道还有个魏王。信陵君趁这个时候决定称王，诸侯们害怕信陵君的权势声威，正打算共同出面拥立他为王呢。

魏王虽然不肯相信，但是李巍同发动当年晋鄙的门客，一起游说魏王，魏王听得多了，就不由得有些怀疑起来。

魏王在咸阳的魏国商社里，派了不少细作。这些细作表面身份是商社的掌柜或者学徒，其实暗地里给魏王搜集情报，再通过商社来回运送货物将情报送回魏国。姚贾又派人接触这些细作，向这些细作打听魏无忌什么时候登基。说秦国很多人都知道了，魏无忌准备自立为王了。

细作把这些消息返回魏国，魏王虽不敢全信，却也不得不有些警惕，遂以"信陵君年事已高，不适宜在外作战"为由，解除了信陵君的上将军之职。楚、赵等国军队见信陵君被撤，新任上将军毫无威信，纷纷撤兵回国。

此事对魏无忌打击极大。

事后，李巍同等人跑到了秦国，魏王也意识到自己中了秦之离间之计，非常懊悔，企图恢复信陵君的职务。但是信陵君已经万念俱灰。经过上次五国抗秦草草收场后，各国已经对合纵失去了最后的信心，他明白，以自己的年龄和当前局势，想要再次联军击败秦军，已经没有机会了。

自此以后，信陵君彻底放纵了自己。他以身体有病为由，不上朝，不参与朝政，每日在家里与宾客们通宵达旦地饮酒作乐，沉溺于酒色之中。仅仅四年，信陵君就因酒色无度，掏空了身体，患病而亡。

宫保是在大牢里，得知信陵君死亡的消息的。告诉他这个消息的，正是刚被封为宰相的后胜。

后胜在齐国一手遮天，即便是当年最得势时的宫保，也无法与他相比。但是后胜很聪明，他行事低调，不事张扬，经常一人步行上朝，不带随从，很得百姓爱戴。

后胜到大牢里看望他，宫保对他说："宰相大人果然是个高人啊！可惜仲连先生，英明一世，却选错了关门弟子。"

后胜一脸胜利者的宽容："大总管此话差矣，人都是会变的。"

宫保冷冷地说："宰相大人的话，是说的那些无脑白痴。有的人天生聪慧，从小就知道自己要的是什么，为了这个目的，这种人可以吃得别人吃不了的苦，受得别人受不了的气，待达到目的后，才会露出本来面目。宰相比这种人还要阴狠，论才学，大人堪比晏婴，论做人，大人堪比竖刁。"

后胜还是不生气，他乐呵呵地围着宫保转了一圈，说："大总管的命，现在就在本宰相手里，大总管真的就不想活了？"

宫保哼了一声，说："自从进入地牢，宫保就一心求死。人活百岁，都难免一死，宫保不会为一条贱命哀求宰相。"

后胜叹了口气，说："大总管是个聪明人，又不是三岁小孩，何必如此置气？人虽有一死，但是活着多好，活着可以看到日升日落，可以知道天下兴衰，可以品尝天下美味，可以游山玩水，光阴如金啊，后胜不相信，当年如此贪恋权势的大总管，会不想活了！"

后胜的一席话，击中了宫保的心事。人都是怕死的，在牢狱中关了四年，他每天想到的，就是死亡的可怕、活着的幸福。

但是他也明白，他要是想活着，就只能装傻充愣。现在他手里唯一的底牌，就是后胜找了多年，一直没有找到的黑衣卫。后胜留自己一条命，就是为了得到黑衣卫的线索。而这，也正是宫保得以活到现在的唯一原因。后胜向宫保保证，他如果说出黑衣卫的下落，就会放他出来。宫保明白，他如果把这个说出来，后胜不会让自己多活一天。

宫保不说话了，闭目养神。

后胜在宫保面前坐下，说："大总管是个聪明人，没错，即便大总管把黑衣卫的下落告诉后胜，后胜也不敢保证大总管会活着从这里出去。但是大总管，黑衣卫的这些兄弟，可都是跟着你出生入死多年的人，现在你人在这里，他们怎么办？后胜早就跟你说过，我想找到他们，不过是想妥善安置他们，绝对不会为难他们。"

宫保说："宫保不怕宰相大人为难他们，宫保怕的是宰相大人像宫保一样，将他们豢养起来，威胁大王！"

后胜冷笑一声："大总管什么时候学会为大王着想了？当年大总管花重金养着这些顶级杀手，难道是为了保护大王吗？"

宫保闭上眼，说："当年老奴养着他们，不过是为了保护老奴。老奴在这太牢里蹲了四年，想了太多的事。大王是个敦厚之人，要不是老奴自恃有王通和黑衣卫，也不会在太后亡故之后，与大王作对，老奴与高太傅也不会落到如此下场。宰相大人，权势可以助人，却也会害人，请大人不要做非分之想，还是好好辅佐大王吧。"

后胜道："大总管，本宰相今天就跟你说几句实话吧。大总管当年辅佐君王后，可谓一心一意，黑衣卫也是在太后授权之下建立的，大总管其实没有意识到，正是因为对太后的一心一意，才导致了大总管如此下场。在大总管之前，秦有商鞅，魏有魏无忌，商鞅为了秦之强盛，不惜将民众驯化成猪狗，却最终死无葬身之地。魏无忌比商鞅好多了，可惜壮志难酬，被魏王削掉了兵权，最终窝囊而死。本宰相跟你们不同，进入王宫后，看到了王宫里那么多的互相杀戮，就下定决心，不效忠任何一个人。辅佐大王灭了尔等，也是为了本宰相自己。本宰相做事目光长远，即便日后掌握了黑衣卫，也绝不会像大总管一样，落得如此下场。"

宫保猛然睁开眼："人人都说宫保是齐国奸臣，其实你后胜才是！"

后胜阴阴一笑，说："从古至今，哪儿有什么忠臣？所谓忠臣，不是为利，便是为名！"

02. 水希辞别鲁仲连

宫保被抓后，吕旌受到齐康公另一后人所邀，从慈山搬了出来，来到海边居住。

鲁仲连早就在海边山上盖房子住了下来。吕旌与其比邻而居，此处开门见海，背靠大山，两人耕田访友，吕旌还负责教附近的孩子读书，书声琅琅，山清水秀，小日子过得很是舒坦。

鲁仲连喜欢吃一种长嘴鱼，绿色鱼刺，须新鲜，每当傍晚，捉鱼人回来，鲁仲连必定叫着吕旌，两人一起到海边买鱼。吕旌则喜欢贝类鲜物，经常带着学子们到海边捡识贝类。

在中原之地奔波了几十年的鲁仲连非常迷恋海边生活，对吕旌说他哪儿也不想去了，就准备老死在此地了。

离他们住处不远，便是齐康公后人守护的另一处圣地——阳主庙。传说这阳主庙为姜太公所建，供奉"阳主神"。这阳主神掌管人间水旱瘟疫，能兴云致雨，捍灾御患。阳主庙香火兴旺，每日去庙里上香的人络绎不绝。即墨大夫田楚，每个月的月头月尾，都要带着家人来到阳主庙，为百姓祈福。田楚趁此机会，来给吕旌送一些日常所用之物，因此也经常来到吕旌和鲁仲连处畅谈一番。有时天色晚了，田楚就在吕旌处住下，三人彻夜长谈。

吕旌和鲁仲连，从田楚口中得知后胜的所作所为，两人本来就下定决心隐退山林，因此对后胜的所作所为虽有遗憾，却并不多加评论。

田楚走后，吕旌和鲁仲连说起后胜，不禁感慨万千。这个昔日看起来敦厚良善的后生，得势后竟然比当年的宫保还要跋扈，实在是出乎他们意料。

水希离开齐国之际，来向鲁仲连辞行。鲁仲连做了鱼和各种鲜物招待水希等一行人。水希却吃不下，他告诉了鲁仲连一件让他觉得匪夷所思的事儿。

宫保被抓后，他们奉后胜之命，一直在查找剩下的黑衣卫的线索。水希觉得这些黑衣卫肯定就在王城里，而且不会离他们原先的住处很远，就一直在那附近暗地监查。按照水希推测，这些黑衣卫没有了宫保的照顾，会山穷水尽，会出来弄钱。他们武功高强，但是被宫保豢养了这么多年，不会做生意，也不可能去给人做工，因此他们弄钱的手段很可能是抢劫。

水希就召集了一百多名弟子，把他们分散于王城各处，寻找这些劫掠者，并跟踪他们。

经过两年多的跟踪寻找，水希终于掌握了一些线索。这些线索都指向离晏婴大院不远的一处老房子。这老房子的主人是齐国的一位破落贵族，与齐王同族同宗，因此水希不敢轻举妄动，先去向后胜请示。

奇怪的是，后胜一直过了很多天，才派人来告诉水希，他已经禀明齐王，并获得齐王同意，让水希跟守城的军士一起去那所老房子搜查。

水希没有多想，带着几名弟子与军士一起进入院子搜查。带头的校尉让水希等人待在院子里，不许他们进屋。水希虽然心里不爽，却只得照办。军士们在屋子里什么都没有搜到，才让水希等人进去。

如此好多次后，水希向后胜述说此事，后胜告诉他们，军士进屋是规矩，他们是墨家弟子，擅闯民宅对墨家影响不好。

水希知道，后胜说的不是真心话。他不让墨家弟子先进，肯定有他的目的。

后来屠洪步拜访水希，水希才知道，后胜在得到他的报告后，都是马上令屠洪步先派人以抓贼名义，进入被怀疑院子搜查，之后，才让水希和军士们一起进屋进行第二次搜查。

也就是说，后胜在排除了院子里有黑衣卫的人之后，才让墨家参与搜查，其目的不过是给墨家一个交代而已。后胜这么做，很显然是想让水希觉察出其中滋味，自行退出。水希要带着弟子去魏国，帮助被秦国打得处于崩溃边缘的魏王。

鲁仲连和吕旌都知道魏国的情况。自魏无忌亡故后，秦国局势安稳下来，秦国新任相国吕不韦拜蒙骜为大将军，率秦军攻打魏国。秦军士如狼似虎，魏军不敌，魏国酸枣、燕邑、虚邑、长平、雍丘、山阳城等二十座城池落入秦军手里，百姓死伤无数，尸骸遍野，魏军节节败退，情况异常危急。

听说水希要去帮助魏国，鲁仲连站起身，对着水希深鞠一躬，说："巨子如此高义，请受仲连一拜！仲连老矣，心气羸弱，否则定与巨子同行，以救苍生！"

水希忙起身还礼，说："救百姓于水火，阻强敌换太平，本就是墨家之宗旨，仲连先生言过了！"

鲁仲连说："能敌秦军者，唯有赵之李牧，可惜现在燕、赵两国正在交战，赵恐怕也无力援魏。"

水希说："燕赵之战，赵王已派庞煖增援，剧辛不是庞煖对手，将很快结束。天下大患还在于秦，秦王嬴政已近二十，即将亲政，此人之勇猛狠毒，胜过其父，更胜过丞相吕不韦。山东五国要想自保，必须合纵抗秦，魏国之墨家弟子曾有书给水希，说魏王盼望水希去大梁，协助其抗秦。水希此番去，定要说服魏王联合赵、楚等国抗秦。"

吕旌说："齐国已非太后之时，巨子为何不联合齐国呢？"

巨子无奈地笑了笑，说："后胜之狭隘算计，强于太后。齐之宰相周子，原是齐王心腹，屡次主张合纵抗秦。后胜得志后，夺其宰相之位，将之降为庶人。还有原大司田郭其、上卿封子阳等，皆是齐之栋梁，后胜任宰相后，将这十多人或降职，或逐出王城，现在王城之内朝廷上下，完全是后胜一人之天下。齐王想找人说话，都很难了。屠洪步将军想找齐王，让齐王下令修缮王城外墙，都被后胜挡在了门外，如此之齐国，还能出兵吗？"

巨子率众弟子走后，鲁仲连与吕旌讨论当前局势，都很悲观。

鲁仲连本来对后胜寄予厚望，他没有想到，这后胜竟然是一个如此自私狠毒之人。

鲁仲连喝多了酒，躺在木床上喃喃自语："我鲁仲连真是有眼无珠之徒！有眼无珠！竟然把一个阴毒小人当成了君子！实在是可悲至极！"

吕旌坐在一边，叹息不已，好长时间不说话。

鲁仲连躺了一会儿，酒劲儿上来，跌跌撞撞跑到外面一番呕吐，回来又躺了一会儿，突然翻身爬起来，对吕旌说："吕先生，我等不可躲在这里享清闲！后胜是仲连之弟子，先生也曾是大齐朝廷之博士，齐国如此，我等怎么可以等闲视之?!"

吕旌冷冷地说："齐国百姓遭难，原因不在你我，而在齐王。当年太后专权，很多大臣是支持齐王的，但是齐王优柔寡断，且不敢为支持他的臣子撑腰，后来支持他的人就越来越少。太后为了握住权力，曾经指使高太傅罗织罪名，以'谋反'之罪杀了众多文武大臣，吕旌与周子侥幸逃过，不过是因为齐国离不开我这个占卜博士，而周子以敦厚忠诚闻名天下，高太傅没有找到可以下手之处。后来秋祭，高太傅想让太后站在齐王之前，真是千古未闻之怪事！我主持祭祀时，按照以往规矩，让齐王在先，太后次之，太后恼怒，才抓住狌鱼之事，将我贬往即东驿所。如果齐王真是有为之王，怎么能连我一个博士都保不住？因此吕旌对齐王非常失望，所谓烂泥扶不上墙，齐王便是明证。"

鲁仲连点头说："话虽如此，齐王却也并非无可取之处。齐王善待百姓，减轻徭役，齐国百姓安居乐业，这便是齐王之德。我等协助齐王，并不是为齐王一人，而是为齐之百姓，为天下百姓啊！"

吕旌想了想，问："既如此，仲连先生有何妙计？"

鲁仲连拍了拍脑袋，说："只是有此想法，暂且并无妙计。"

03. 鲁仲连要见齐王

就在鲁仲连和吕旌商量如何帮助齐王之时，消失了多年的顿弱突然来到了山上。

多年未见，顿弱虽然穿着素朴，却显得稳重干练，与当年鲁仲连派去秦国之时判若两人。

顿弱给两人带了绸缎、点心等大礼，还给吕旌的妻子和孩子都带了布匹，很显然，他在来之前，下足了功夫，了解到了两人的生活状况。

顿弱依然对两人毕恭毕敬，称呼鲁仲连为"师父"。鲁仲连和吕旌是什么人啊，一看就知道，这个顿弱是来者不善。

顿弱倒也不隐瞒，坐下后，就说明了来意："师父、吕先生，顿弱此番从秦国来，是有大喜之事告诉两位的。"

鲁仲连生性素淡，最烦这种噱头，因此说："我与吕先生不过是草木之人，哪里会有什么大喜之事？"

顿弱拱手说："秦王英明决断，求贤若渴，特派顿弱来求两位入秦。秦王说，若两位肯入秦，必将高官厚禄，主政一方。"

吕旌假意高兴："喔，秦王倒是挺大方，还没见面就答应封我们大官？"

顿弱说："吕先生和师父大名，天下无人不知，秦王广招天下英才，对两位大名早就熟稔于胸。"

看到鲁仲连不说话，一脸的不高兴，顿弱说："师父，你曾经说过，良禽择木而栖，秦王英明贤达，秦军所向无敌，假以时日，天下必然是大秦的，顿弱选择大秦栖身，难道错了吗？"

鲁仲连冷冷地说："顿弱大人，你觉得何为贤良之君？何为不贤？"

顿弱脱口而出："能招纳人才，且厚待之，便是贤良之君。当然，贤良之君还须有雄才大略，能开疆拓土，能让跟随者有信心，让百姓和军士有希望。"

鲁仲连说："顿弱大人，请解释一下这'贤'字和'良'字的意义吧。"

鲁仲连步步紧逼，顿弱感觉到师父的不满，头上渗出了汗珠："'贤'者，财富聚集之意，当然，也是有德才者……"

鲁仲连伸手，示意顿弱不要说下去了，他说："在仲连看来，'贤'者跟财富毫无关系，而是有德之士、贤良之君。贤良之君须秉性善良，心怀天下百姓，而不是将百姓驯化成吃人恶狼！秦王少年凶猛，善于杀戮，仲连从来没听说过，用酷法强制百姓、用金钱土地引诱百姓奋力杀人者，为贤良之君！"

顿弱拱手说："师父言之有理，不过师父只知秦王善战一面，却没有真正了解秦王。天下自三家分晋以来，各国之间征伐不断，死伤无数，民不聊生，秦王立志统一天下，不过是为了平息战乱，让百姓安居乐业。"

鲁仲连摆手，说："天下诸王，皆有统一天下之野心。说是为了百姓，不过是谎言而已！如果真的是为了百姓，何必要用百姓的性命来争霸天下?！此种说法，实在是荒唐可笑！"

顿弱无话可说了，求救一般看着吕旌。吕旌说："人各有志，顿弱大人愿为秦王效劳，我等无话可说，仲连先生和吕旌老而无能，也不想攀附权贵，顿弱大人就请回吧。"

顿弱见无法说服两人，只得向两人告辞。

鲁仲连终究是个有情义的人，他看着顿弱表情可怜，就留他吃了一顿饭。饭后，顿弱向两人告辞。临走时，他还不死心，给两人留下了地址，如果两人想到秦国了，可去找他。

顿弱走后，鲁仲连与吕旌谈论顿弱与后胜，叹息不断。人心之不测，实在出乎两人意料之外。

两人一番商量后，吕旌给学子放了半月假，把家中事宜安排好，便和鲁仲连打扮成商人，进入了王城。

王城内倒是人声鼎沸、百业兴隆。两人四处转着看了一会儿，打听着去了将军府找屠洪步。屠洪步见到鲁仲连和吕旌，非常兴奋，让人做了一大桌子好菜招待两人。三人边吃喝，边谈起当前局势。

屠洪步告诉两人，他这个上将军权力也比以前小了很多，比方原先他们也负责保护王宫外内城的巡逻和安全，甚至在危急情况下，他可以直接率军进入王宫，保卫大王。现在不行了，后胜当了宰相后，从王城卫队中分出一支，名巡卫署，负责内城的巡逻和保卫。最怪异的是，守卫内城的校尉不归他这个守城大将军管辖，直接听命于后胜。

"宰相管军事，千古未闻之奇事。仲连先生，你的这个弟子可比当年的君王后厉害多了。"屠洪步很无奈地摇头，"说到底，还是大王不行。弱君出佞臣，自古如此啊！"

吕旌还是关心黑衣卫的事，他问："屠将军，黑衣卫找到了没有？"

屠洪步摇头，说："具体不知，应该还没有找到。墨家走了，宰相也没有让王城守卫军参与查找黑衣卫，现在查找黑衣卫的事也是由宰相一手负责，宰相的巡卫署有宰相府签发的标牌，任何人见了他们，都得礼让三分，即便我这个上将军，见了巡卫署的军士，也不得有任何阻挠，相反，巡卫署的人可以查所有的王城守卫军，包括本将军。唉，我都不知道，我这个上将军什么时候能被后胜拿下来。仲连先生啊，你这个弟子，可真是害人不浅啊！"

鲁仲连有些尴尬，咳嗽了一声，说："这个……仲连实在是没有想到。后胜跟仲连一起的时候，仲连曾经多次测试他，觉得此人厚诚良善，为人有度，没想到，手中有了权之后，他会变成这样。"

屠洪步摇头，说："也罢，齐国或许只能如此了。宰相帮助大王除掉了宫保等人，现在大王对宰相言听计从，很多事儿宰相都可以代替大王决断。有如此宰相，大齐没有希望了。"

两人在屠洪步的将军府第住了两天，把王城的局势大体了解了一下，就让屠洪步设法让他们见到齐王。

屠洪步现在见齐王，都要经过后胜同意。但是作为王城守将，他还是有办法让两人见到齐王的。前提是两人见到齐王后，不要泄露是他屠洪步想法让两人见到齐王的。

04. 顿弱进城

屠洪步打听到齐王这些日子一直住在雪宫，就把此事告知了两人，准备这一两天摸清雪宫那边的情况，设法把两人送进去。

因为屠洪步公事繁忙，两人在屠洪步的府第又住了几天。因为两人打算见到齐王，把想说的话说完后，直接打道回府，屠洪步就置办了几个好菜，三人一起喝酒，也算是饯行。

喝酒的时候，屠洪步说到今天发生的一件奇怪的事。东城门值日校尉发现一帮进城的魏国商人所持进城批文符印不清晰，怀疑是伪造，就让他们把他们的照身帖和魏国官府的通行文书拿出来，他们鉴定一下。如果没有问题，就给他们重办进城批文。

这几个魏国商人却不肯，说他们的进城批文没有问题，如果校尉怀疑批文不对，那他们就不进城了。

校尉也没把此事当回事，就让军士把他们的批文还给了他们，这些商人就没进城。但是他们也没走远，就在离城门不远处待着。

屠洪步闲着没事，闲逛到东城门，看到几辆马车在门口停着，就过去问是怎么回事。让他没有想到的是，那几个人本来是站在马车一侧聊天，看到他走过来后，其中一人似乎说了句什么，几个人分别上了马车，匆匆而去。

等他们走远了，屠洪步突然想起来，其中有一个人有些面熟，但是在哪儿见过，他实在是想不起来。他问东门校尉，得知了其中内情，更加觉得此事有些蹊跷。商人进城，都是有生意要做的，如果批文出了问题，他们巴不得让城门官赶紧给他们解决，他们这些人却不愿解决，实在是让人费解。

吕旌听屠洪步说到这里，忙问他看到的那个面熟的人是什么样子。

屠洪步说："中等个，不胖不瘦，穿得比较朴素，但是看起来像是有钱人的样子。"

吕旌惊讶："这不是顿弱吗?!"

鲁仲连也点头，说："刚才屠将军说到这些人，我就想到可能是顿弱。秦王重用姚贾和顿弱，用重金行离间之计，顿弱千里迢迢来到齐国，绝不会放过这个机会。"

屠洪步大惊："顿弱？行离间之计?! 离间谁?"

吕旌摇头，说："具体离间谁，现在不好说。不过既然他们来了，肯定是已经有了目标。屠将军，此是大事！当年信陵君率五国联军攻秦，秦败走函谷关，五国联军紧攻函谷关，要不是秦行离间计，让魏王撤了信陵君大将军一职，五国联军必然会趁机拿下函谷关，秦军再出兵山东，便没有那么顺利了！"

屠洪步点头，说："在下想起来了！仲连先生、吕先生，在下应该怎么做?"

鲁仲连想了想，说："吕先生会画画像，让先生画下画像，发给十三门城门官，让他们见到此人，找个理由把他控制起来，迅速上报。如何处置他，我们再仔细研究。"

屠洪步答应。当下，吕旌让屠洪步找来了十三张羊皮纸，连夜画了十三张顿弱的画像。第二天屠洪步把画像发了下去，鲁仲连和吕旌闲着没事，也跟着屠洪步到他的将军府听消息。

然而，十多天过去，顿弱再也没有出现。

鲁仲连和吕旌觉得奇怪，以他们对顿弱的了解，他不可能在外面躲这些天。他们为了躲避守城军士的盘查，很可能分开进城，但不会在外面等这么长时间。两人分析了半天，吕旌又重新画了一张画像。他端详着画像，看了一会儿，又在画像的下面加了一撮小胡子。这个无心的举动，让旁边看着的鲁仲连恍然大悟。吕旌愣了一会儿，也有些明白了。他又画了一些在顿弱的画像上添了小胡子、络腮胡子的画像，让屠洪步给守门的军士们。果然，一个守门的军士看着加了络腮胡子的画像说，五六天前，他那边进去了这么一个人，穿着绫罗绸缎，坐着红色轿厢的马车，各种手续齐全，是魏国商人。因此人太出众，所以士兵记得他。

鲁仲连和吕旌后悔不已。他们的失误，竟然就把这个祸害给放进城了！

顿弱对王城很熟悉，他进城后，那就是如鱼得水啊，恐怕很难找到他了。

两人把此事告诉了屠洪步，屠洪步也是吃了一惊。他问吕旌顿弱会找谁，吕旌想了一会儿，给他列出了十几个人名。这些人都在朝中重要部门任职，屠洪步也在其内，当然，列在最前面的，便是当朝宰相后胜。

屠洪步与吕旌商量，又减掉了几个，剩下八个最为关键的，他安排了一众心腹，日夜监视着这八人住处。后胜作为重中之重，屠洪步在其门口附近安排了两个人，在两边胡同口安排了四个。这八人皆是高手，屠洪步让他们手持顿弱有胡子和没胡子的各种画像，给他们下令，如果顿弱出现，一定将他拿下。

当然，也有一种可能，顿弱他们已经办完了事，准备出城或者已经出城了，果真如此，那只能认命了。

派出这些人马后，屠洪步又派出了几个人，他们骑着快马，分别在各处藏身，负责与埋伏的人和屠洪步之间联络。

把这些人派出去之后，屠洪步就没睡过安稳觉。他最怕得罪了后胜这个疯子，如果让他知道自己派人在其门口附近监视，肯定不会饶了自己。

人马派出去三天后的晚上，屠洪步正要躺下睡觉，突然外面有人砰砰拍门。侍从出去开门，一个负责联络的军士跌跌撞撞冲进来，因为过于紧张，话都说不利索了："禀……禀告将军，死了……都死了，他们……他们太厉害！"

屠洪步正坐在案桌旁喝茶，听完军士的话，猛然站了起来："谁死了?!说清楚！"

军士说："守在胡同口的人！都被人杀了！"

05. 局势危险

屠洪步大惊，忙喊了鲁仲连和吕旌，率将军府卫队直奔出事的地方。

果然，在一处胡同口，躺着四条精壮汉子。四人有两人喉咙被割开，有两人被豁开了肚子，皆已死于非命。幸亏是晚上，屠洪步一直实行宵禁，没人出来。屠洪步让人赶紧把死者抬走，让人通知其余监视者回家。

鲁仲连和吕旌在附近转悠了一会儿，也回到了将军府。

屠洪步正与几位心腹在讨论此案，安排人搜查凶手，吕旌示意屠洪步让众人离开。屠洪步虽然不解，却还是让大家回去歇息，有事明早再议。

众人走后，屠洪步问吕旌："先生有何话，请讲。"

吕旌看了看鲁仲连，鲁仲连问："将军觉得这四名勇士是被谁杀的？"

屠洪步义愤填膺："当然是被顿弱的人杀的！在下早就听说，秦国派出的这些人，除了带着大量的黄金之外，还有绝顶高手！能收买的就收买，不能收买的就杀掉！"

鲁仲连摇头，说："将军此言差矣！秦国的这些绝顶高手，轻易不会杀人，且他们所杀之人，皆是各国柱石大臣，将军想想，以顿弱之狡猾，会有各种办法躲过军士的眼睛，他会轻易让手下杀这些军士，暴露自己吗？"

屠洪步呃了一声，拱手说："请仲连先生指教！"

鲁仲连长出一口气，说："杀这些军士之人，应该是不怕屠将军的人，仲连甚至觉得，此人是故意杀人，给屠将军设置了一个套子。顿弱入齐，必然是尽量不暴露行踪，此事跟他没有干系。"

屠洪步想了想，瞪大了眼珠子："仲连先生的意思是……"

鲁仲连不点头，也不摇头，而是继续说："我怀疑此事是黑衣卫所为！"

屠洪步不敢相信："难道宰相找到了黑衣卫？！"

吕旌说："很有可能啊！黑衣卫这些人，没有是非，不管对错，谁给他们钱他们就给谁杀人。当年他们是宫保的利刃，现在宫保在后胜手里，宫保为了活命，很可能把黑衣卫的下落告诉后胜了。"

屠洪步喃喃自语："如此说来，这后胜之祸要远超宫保了。宫保当年不过是个宦官，却横行朝廷，后胜是大齐宰相，一人之下万人之上。不，大王现在都要听后胜的了，大齐王朝啊，这是后胜的王朝了啊！是奸佞之臣的王朝了啊！这可如何是好?！"

吕旌说："如此看来，顿弱应该已经见过后胜了。以后胜的能力，把顿弱送出王城，不费吹灰之力。顿弱就别找了，还是想办法查一查黑衣卫吧。"

屠洪步不愿意："就这样把这些祸害放走了?！"

吕旌说："大齐的祸害已经不是顿弱了，而是后胜。何况现在有后胜的保护，我们很难找到顿弱。不如设法找到黑衣卫，消灭了黑衣卫，后胜就少了一把撒手锏。"

屠洪步说："本将军如果能抓到顿弱，拼死也要把他送到大王那儿，让大王判后胜叛国之罪！"

鲁仲连摇头，叹气："屠将军，你还是想得简单了。你想一想，后胜如果真掌握了黑衣卫，他能允许你抓到顿弱吗？即便抓到了，他会让你把他送到大王那儿去?！恐怕将军性命也难保！"

屠洪步气愤地在屋里转圈，转了一会儿，他突然走到鲁仲连面前，朝他跪下："仲连先生，如何才能救齐国，请先生教我！"

鲁仲连说："将军先安排仲连和吕先生见一下大王，见过大王之后，我等再商量对策。"

屠洪步说："先生放心，在下明日就让人送两位先生面见大王！"

第二天一早，屠洪步先去将军府处理了一会儿公务，便直接带着卫队，护送鲁仲连和吕旌奔赴雪宫。

在离雪宫还有十多里路的一个土坡上，一行人便被一队军士拦住。这队军士看到带头的是屠洪步，赶紧跪下："小的拜见将军，请将军留步！"

屠洪步知道，这帮人应该是后胜的手下，他现在还不能得罪后胜，因此他压住火气装傻说："本将军送仲连先生和吕旌博士去见君上，你们是什么人？为何要挡住本将军的路？"

为首的拱手说："小的是巡卫署辖下，在此保护君上的。将军要见君上，待小的禀告宰相，何时可见君上，宰相大人会派人告知将军。"

屠洪步冷冷一笑："这么说，本将军要见君上，还得经过你们同意?! 本将军可是王城守将，有随时见君之权力。念你们是宰相所派保护君上的，更念你们不懂规矩，暂且放过你们一次。给本将军退下，否则本将军可就要杀胆敢阻挡本将军的人了!"

屠洪步本来是压着火气的，可是越说越来气。这也不完全怪他，堂堂一个王城大将军，官居二品，竟然被这几个小子拦住了，不让他见以前随时可见的君上，他怎么能不恶从胆边生?

他给挡他路的军士扣了"阻挡本将军"的帽子，其实就是准备杀人了。没错，杀人，就杀给后胜这个宰相看。他后胜算什么东西啊，抓王通和宫保等人，他屠洪步不如后胜功劳大，付出的辛苦和危险可比他后胜大多了。人抓完了，齐王坐稳了天下，他后胜一步登天，权倾天下，自己不但没升职，反而被后胜控制了起来，这不是明摆着欺负人吗?!

挡在屠洪步面前的军士，看到屠洪步脸色狰狞起来，手也攥住了腰刀的刀把，知道不能再强挡了，忙挥手让众人退后。

屠洪步哼了一声，打马先过去。后面拉着鲁仲连和吕旌的马车以及卫队也纷纷过去。

带头的看着马队的背影，忙吩咐人向后胜报告。

06. 后胜得到了黑衣卫

后胜经过一番努力，确实从宫保的嘴里抠出了黑衣卫的下落。

宫保在大牢里关了八年，因为受过无数次大刑折磨，身上多处长疮，大腿根的疮烂到了骨头，一走路腐肉就顺着裤腿掉出来。宫保在监牢里日夜哀号不已，后胜不愿意闻到监牢里的腥臭味道，就派人告诉宫保，如果他把黑衣卫的下落告诉他，后胜就找郎中给他治病。

宫保本来是咬紧牙关，打算死也不说出这黑衣卫的下落，但是真的面临死亡时，这个老东西害怕了。他当然明白，即便他说出黑衣卫的下落，后胜也很难给自己一条活络，但是现在他真的无路可走了，只能把后胜当成唯一的希望。

他要求见后胜，他只能把黑衣卫的下落，亲自告诉后胜。

后胜派郎中给宫保收拾了伤口，换了衣服，还给他换了监牢和铺盖，收拾停当后，后胜来到监牢，最后一次见宫保。

看到后胜一脸志得意满的样子，宫保就知道，自己输了，输得很彻底。这个昔日横行跋扈的老宦官躺在地上，仰头看着后胜说："宰相大人，我宫保输了，活了五十年，我终于遇到了比我宫保还狠的人，服了，我是彻底服了。宫保现在落到你手里，是杀还是剐，宰相随意吧。"

后胜笑了笑，说："大总管是什么人，后胜心里很清楚。今天大总管把黑衣卫的下落告诉本宰相，是不是觉得他们已经离开原地了？呵呵，不过大总管放心，大总管只要说出当年他们的落脚之处，后胜派人查明之后，必然会给大总管一个交代。"

宫保苦笑一声，说："多谢宰相大人。当年我买下了晏婴老院东第三栋、西第四栋和第七、第八栋，南第二、第四栋院子，这些院子有的有地道相连，有的没有。黑衣卫如果还在，他们就应该在这些房子里。住在这些院子里的人，都是我花钱雇的看门人。"

后胜拿出早就准备好的羊皮纸，让宫保把这些房子的位置具体写下来。宫保拿着笔，犹豫了一会儿，还是一狠心，把这些院子的具体位置，都写了下来，递给了后胜。

后胜折好羊皮纸，转身就要朝外走。

宫保大喊："宰相大人，宫保求你了，你就把宫保放出去吧。老奴现在这个样子，就是废人一个，老奴只想出去治一下病，过几年安稳日子，老奴求宰相大人了！"

后胜没有转头，背对宫保说："大总管放心，本宰相会每天派郎中给大总管治病，等大总管病好后，我再和君上商量，放大总管出去。此事不宜操之过急，须本相找机会禀告君上。"

宫保还要说话，后胜却不给他机会了，走出了牢房，狱卒关上了牢门。

宫保看着后胜的背影，突然哈哈大笑。后胜愣了一下，只管走了出去。

后胜让人打扮成普通老百姓，进入这几所屋子仔细搜查，果然找到了地道，也找到了黑衣卫们留下的一些线索，却没有找到人。

让后胜迷惑的是，根据他们查到的线索，这剩下的黑衣卫应该还有三十多个人，而黑衣卫的编制，当初是三十个人，死了十五个了，怎么还会有这么多呢？后胜让人去问宫保，宫保让来人捎话给后胜，要想知道这个，得先把他放出去，他不想在这个地方待着了。

后胜不可能放宫保。跟吕旌和鲁仲连不同，他太了解自己了，也了解跟自己同类的宫保。这家伙浑身上下都是毒啊，而且极为顽强。很多人在这种环境最为恶劣的地牢里关两年就会疯，有的干脆自己朝着墙上撞，想把自己撞死，很少有能在这种地方活过五年的。这老宦官，在这里活了八年，而且还有精神跟自己斗，要不是他身上长了疮，实在受不了，他根本不可能把黑衣卫藏身的地方告诉自己。这种人就是打不死的毒蛇，要是把他放出去，他必然会迅速恢复毒性，转头咬自己。

只要知道了他们的藏身之地，具体有多少人，那就不重要了，他早晚都能知道。

后胜让人把看守这几处房子的人关押起来，挨个儿审问，很快得到了有用的信息。原来，这些黑衣卫虽然暂时离开了这里，却并没有离开王城。他们在王城里谋生，有的给有钱人当保镖，有的给人做工，还有的靠着打家劫舍过日子，但是他们过一段时间之后，都会回来看看。他们盼望宫保出来，继续给他们发着优厚的薪金，让他们继续为他卖命。

黑衣卫的人不与看门人来往，看门人不知道他们的姓名，但是记得他们的长相。宫保把这些看门人放了，让他们继续回去看门，并派人监视他们。

过了几日，黑衣卫头目果然回来了。看门人告诉头目，说他帮他们找了个大生意，主顾在这里等很长时间了。后胜派的人出来，拿出一个金元宝，头目就跟着来人乖乖来到了后胜的府第。

出乎后胜意料，当后胜告诉这个一脸冷漠的黑衣卫头目，宫保已经回不来了，他作为当朝宰相，愿意收留他们，并且所发俸禄远超宫保的时候，黑衣卫头目马上跪下，拜见新主人。

后胜嘴上呵呵笑，心里却感到发冷。不管怎么说，宫保养了他们这么多年，这个黑衣卫头目竟然一点感情都没有的样子，也不问问宫保怎么样了，像一条被喂了骨头的狗一样，直接就拜了新主人。

这些人果真是与常人不一样。

当然，有一点后胜是清楚的，最顶级的杀手就得这样。认钱不认人，钱就是他们的主人，只要钱到手，杀谁都不是问题，哪怕是他们的亲生父母。

而这，正是后胜最想要的。

头目把人召集齐了，拜见新主人。后胜这才知道，宫保果然是养了五十名黑衣卫，被杀死十五人之后，还剩三十五名。这真是喜出望外之事，后胜知道，他想保住自己的位置，需要大量的后备力量，不怕人多，就怕人少。齐国这么富有，养一千名黑衣卫也没有问题。

找到了黑衣卫，宫保就没有什么作用了。后胜让郎中给宫保的草药中下了毒药，宫保，这个强悍的老宦官，无声无息地死在了地牢里。

他留下的，只有这三十五名顶级杀手，继续祸害齐国。

处死了宫保，得到了他的黑衣卫，后胜觉得自己有了强大的后卫，暗自得意。正在此时，手下来报，说屠洪步冲破了他在雪宫外的护卫，带着鲁仲连和吕旌进了雪宫。

后胜大惊。他不在乎屠洪步，他现在最为在乎的，就是师父鲁仲连和吕旌两人了。这两人一直不出山，老死在山里，是他最期望的事。如果出了山，要干涉朝廷之事，那就是他后胜的麻烦。因为他知道，齐王最为器重这两人。他们说的话，齐王是要慎重考虑的。

让他感到麻烦的是，这两人来到王城，竟然不找他后胜，却去找了屠洪步。很显然，他们就是冲着自己来的。

后胜沉吟了一会儿，让手下盯紧了这两人。他决定先去见一下齐王，看一看齐王的态度，实在不行，就只能让黑衣卫出手了。

没办法。你们来找我后胜的麻烦，我后胜岂能坐视不理！

07. 灾难降临

鲁仲连和吕旌来到雪宫。雪宫的守卫见是屠将军，自然不敢怠慢，忙禀告齐王田建。

田建听说仲连先生和吕旌来了，非常高兴，忙让人把他们请了进来。

三人行过大礼，田建赐座，然后对后胜大加赞赏，感谢鲁仲连给齐国培养了一个好宰相。

这反而让鲁仲连不好开口说话了。

吕旌不管，他拱手问田建："君上就没觉得这个后胜有什么问题吗？"

田建摇头，说："没有啊。宰相为人谦恭，做事周到，朝廷上下，无人不夸。"

吕旌指着屠洪步说："君上，宰相阻塞言路，连屠将军来见君上，都要宰相同意。我们来的路上，在外面遭到了宰相所派军士的阻拦，如果不是屠将军发怒，要杀他们，我们是无法见到君上的。"

田建摇头："吕先生应该是误会宰相了。宰相忧虑寡人的安危，在雪宫原先的防护之外，又加派了一支人马，保护寡人的安全，此事寡人知道，三位不要误会。"

屠洪步忍不住了，躬身来到齐王面前跪下，说："君上！屠洪步有话说！"

齐王点头，说："屠将军，有话尽管说。"

屠洪步说："君上明鉴！自宰相上任后，打压异己，拉帮结派，横行朝廷，朝廷已经无人敢有异见，故此君上听到的都是对宰相的溢美之词。别人末将不知，末将曾经多次要见君上，都被宰相所派之人拦住。今天如果不是鲁先生和吕博士要来，末将也不敢冲撞宰相之巡卫署人马！君上，宰相今日之威，甚于宫保！末将怀疑，宰相与秦国细作顿弱暗中会面，而且已经掌握了当年宫保所建之黑衣卫！君上……"

田建突然大喝："屠将军！参奏当朝宰相，要有证据！与他国细作暗中见面，可是大罪，将军可有证据?！"

屠洪步迟疑了一下，说："证据尚且没有。但是末将派人监视秦国细作，所派之人在宰相所居胡同口被人杀死，杀人者手段毒辣，是当年黑衣卫最喜欢用的刀法。末将对君上忠心耿耿，所言无虚，望君上明察！"

田建皱着眉头，问："屠将军，寡人问你，你要实话实说，你的人被杀，你看到杀人的人是从宰相府里出来的吗?"

屠洪步一愣："没有。"

田建问："那有人看到吗?"

屠洪步摇头："回君上，没人看到。"

田建愤怒地拍了一下桌子："你这种做法，简直跟当年宫保污蔑吕旌博士毫无二致！没有证据，你怎么能证明是宰相的人杀了人?！还黑衣卫?！宰相说过，关着宫保是想让他交代出黑衣卫的下落，看看黑衣卫能否为大齐所用，但是这个宫保死不改悔，至死也没说出黑衣卫的下落。屠将军，你怎么就肯定杀人的是黑衣卫了?！"

屠洪步被齐王问得不敢说话了，低着头不出声。

吕旌拱手说："君上，后胜跋扈，草民吕旌和仲连先生都是亲眼所见。那些拦挡我们的军士很清楚地告诉屠将军，让屠将军先禀告宰相，等宰相禀告君上后，宰相再通知将军，什么时候拜见君上。"

田建"噢"了一声，还是替后胜分辩："这大概是他手下的人说错话了吧，宰相从来没有向寡人禀告，说有谁要见寡人啊！"

屠洪步说："君上，末将去年秋天想见君上，便被宰相的人挡下。宰相在王宫各处都安排了人，巡卫署名义上是保护皇宫安全，其实是监视朝廷百官，别说百官了，即便是我这个卫城将军，在朝廷的巡卫署军士面前，也只能听他们的，而他们却不必听末将的！"

田建有些惊讶了："还有这种事?"

屠洪步趁热打铁："君上明鉴，当年上卿封子阳被宰相参奏趁选拔官员之际敛财，其实封子阳很是冤枉，官员给他送礼，将金子放在装满了桃子的木箱里，封子阳根本不知。宰相参奏封子阳后，派人去封子阳家里搜查，却搜出了黄金，如果封子阳知道且收了礼，早就把黄金藏起来了，怎么会放在箱子里，等巡卫署的人去搜查？封子阳与宰相本来私交不错，宰相当年刚到王宫，在太后手下当差，封子阳就很关照宰相，即便如此，封子阳因为选拔官员之事没有禀告宰相，私自见了君上，就被宰相污蔑，革职为民，何况其他官员？"

田建坐不住了，站起来，背着手踱步。

吕旌说："君上，草民在齐东，也听说了宰相诸多不臣之事，因此与仲连先生特来见君上，望君上速速处理此事，以免像宫保一样，危害齐国。"

田建回到王位上坐下，问鲁仲连："仲连先生，寡人应该如何处理此事？"

鲁仲连拱手说："鲁仲连有此弟子，实在是惭愧！君上，依草民之见，宜免去后胜宰相之职，交大司理查办。此事不可耽误，越快越好。"

田建点头，说："此事寡人还要调查一下，如果宰相果真如此，寡人定不饶恕。"

因为后胜之事，田建心情明显不好，鲁仲连等三人知趣，也不多逗留，辞别了田建，又回到了屠洪步家中。他们改变了计划，打算在屠洪步家中再住些日子，看一看局势如何变化。

三人都有种感觉，田建虽然相信了他们，但是事情没有这么简单，要想免掉后胜的宰相之职，没有这么容易。

三人没有猜错，后胜在齐王身边也安排了内线。三人与齐王之间的谈话，很快被原话传到了后胜的耳朵里。

后胜早就料到，三人见齐王没有好事，只是没想到，他们竟然猜到自己已经接管了宫保的黑衣卫。后胜一番思虑后，决定倒打一耙。

他让人找到顿弱，两人一番商量后，顿弱当天晚上便派人来到了屠洪步的将军府。

屠洪步正与鲁仲连和吕旌畅谈天下局势，听说有客人来到，就让人把来人请了进来。

来人一身客商打扮。他见了屠洪步后，拱手说自己是鲁国人，这次来齐国做生意，受原鲁国曹将军所托，来给屠洪步送一封信。屠洪步接过来人递过来的一张羊皮纸，刚要细看，突然听到外面传来一阵慌乱的喊叫声。屠洪步放下信，让来人暂且坐下，他出去观看，看到几十个人从外面冲进院子，他的卫队想要阻拦，被砍倒了好几个。

屠洪步走过去，大声喝问："来者何人？竟敢擅闯将军府?!"

一个身穿将官服的头目走到屠洪步面前，拱手说："在下巡卫署司马张彦。屠将军，巡卫署跟踪这名秦国奸细多日，没想到，这人竟然进了卫城大将军的府第。屠将军，此事少不得要你跟在下走一趟，把此事说个清楚了。"

头目一挥手："把秦国细作给我揪出来！"

十多名军士冲进屋里，把刚刚进屋的"鲁国商人"抓了出来。这名商人大喊冤枉，说自己是鲁国人，到齐国做生意的，军士们也不管，用绳子将其捆了个结实。

屠洪步也帮商人说话，说他是鲁国人，是鲁国曹将军派他来给自己送信的。屠洪步还让人进屋，把信拿了出来。

那名头目接过信看了看，冷笑一声，说："真没想到啊，堂堂齐国的卫城大将，竟然与秦国细作串通，要出卖齐国！屠洪步将军，有此书信，我看你还怎么抵赖！来人，把屠洪步捆起来，押往大牢！"

屠洪步到这时候才明白，自己应该是被人设计了。他长叹一口气，对要跟对方拼命的将军府护卫说："诸位退下，不要枉送了性命。我走了后，大家协助副将军守好城池，要是本将军能活着回来，再与大家做兄弟！"

此时吕旌和鲁仲连已经走了出来，屠洪步对头目说："兄弟，这两位是君上的朋友仲连先生和吕旌博士，此事与他们无关，请不要叨扰他们！"

头目点头，说："这个请屠将军放心，只要将军老老实实跟在下走，在下保证不叨扰其他人。"

屠洪步朝鲁仲连和吕旌拱了拱手，和那个"鲁国商人"一起，被押着走出了将军府。

08. 后胜的反击

当天晚上，后胜便让人对"鲁国商人"动了刑，"鲁国商人"被打得浑身是血，承认了受顿弱指使、来给屠洪步送信的"事实"。

后胜亲自审问屠洪步，屠洪步当然不承认。

对于后胜来说，屠洪步是否承认，已经不重要了。他让人押着顿弱的这名手下，带着那封书信，来雪宫见田建。

田建正要准备召见后胜，听说后胜来了，还带着一个浑身是血的人，田建觉得有些奇怪，就让人把后胜带进来。

后胜让人押着顿弱的这名手下在外面等着，他自己进宫拜见齐王。三拜九叩之后，后胜说："臣一大早打扰君上，实在是因为发生了一件臣不敢处理之大事，不得已，只能来请君上定夺。"

田建心情糟透了，他闭着眼，问："说吧，发生了什么你不敢处理的大事？"

后胜说："回君上，秦派顿弱来大齐离间君臣，臣派人日夜监视，抓住了一名细作，也抓住了背叛君上之臣子，因为此人位高权重，臣不敢私自处理，故此来请君上定夺！"

"什么?!"后胜的这几句话，让田建感到迷惑了。吕旌说后胜跟秦国细作有来往，后胜却说他抓住了秦国细作，还抓住了跟细作联系的人，这到底是怎么回事？

田建皱了皱眉头，说："宰相说抓住了细作？细作在哪里？谁背叛了寡人？"

后胜拱手说："君上，细作就在宫殿之外，巡卫署的人审问他时，他不肯承认，被巡卫署上了刑，现在浑身是血，臣怕惊了君上，让人押着他在外面呢。"

田建噢了一声，显然还是不肯相信。他看了看后胜，问："宰相怎么知道此人是细作呢？"

后胜听田建的语气开始松弛了，心里长出一口气。很显然，田建已经由一开始的怀疑，变得有些相信了。后胜趁热打铁，把那封信拿出来，恭恭敬敬奉了上去。

田建接过，盯着信看了好长时间。边看，还边不时用目光扫过后胜的脸。后胜低着头，装作没有看到田建看自己。

把信看完，田建狠狠地拍了一下桌子："寡人待屠将军不薄，为何他要背叛寡人？！"

后胜还是低着头不说话。

田建说："屠将军刚和仲连先生还有吕旌来见过寡人，宰相知道否？"

后胜说："臣在来的路上，才听说此事。这两天臣一直在盯着秦国的细作，别的事情都耽搁了。臣听说师父和吕先生找了屠将军，已经派人去找他们了，这两人皆有经天纬地之才，臣有很多事情要向他们请教。"

田建说："三人皆说宰相横行朝廷，胡作非为，排除异己，宰相有何话说？"

后胜很惊讶："君上，仲连先生和吕先生应该是受屠洪步蛊惑，才乱说一气。这两人长年居住于海边山上，怎么能知道朝中之事？屠洪步与秦人勾结，必定陷害齐之忠良，君上万万不可上当啊！"

田建想了想，点头说："把秦国的细作带进来，寡人要看一看，他长的是什么样子。"

有人把细作带进来，逼着他跪下。

田建让细作抬起头来，细作抬头，田建看了看他满脸的血，问他："你是秦人？"

细作哼了一声，不回答。旁边的人要动手揍他，被齐王拦住。

齐王说："好，有些骨气。你来齐国作甚？"

细作突然跳起来，扑向齐王。后胜忙跳起来抓住了细作的衣服，旁边的人冲过来，抓住细作。齐王挥了挥手，几个人把细作拖了下去。

细作边被拖着走，边破口大骂。

后胜跪下，拱手："臣有罪，让君上受惊了。"

齐王问："宰相，假如屠将军真有通敌之罪，当如何处置？"

后胜低头："屠将军是有功之臣，当年宫保作乱，如果没有屠将军协助臣，臣与君上必然皆败于宫保之手。故此，臣请求君上对屠将军从轻发落。"

齐王挥手："寡人知道了，你且退下吧。"

后胜退出来，招呼人把细作押上马车，回到了王城。

后胜知道，齐王并没有完全相信他。而他，也没有更好的办法让齐王完全相信自己，现在最紧要的，是不要再让事情恶化下去。

他派人将鲁仲连和吕旌接到了相府，自己以弟子之礼，在相府门口跪迎鲁仲连。鲁仲连不好当街拂他的面子，把后胜扶了起来。

后胜拉着师父和吕旌的手进入相府，府内已经准备好了宴席。后胜从稷下学宫请了十多个认识鲁仲连和吕旌的"大夫"和学子作陪，两人与众人见礼，入座吃肉喝酒。

后胜兼任学宫大祭酒，学宫的这些"大夫"对其毕恭毕敬，鲁仲连和吕旌虽与他们相识，但是看到他们的样子，还是觉得别扭，但是当着众人无法发作，只能暂且忍耐。两人等着酒宴结束，他们与后胜单独相处，看看后胜会怎么应对他们。

让两人没有想到的是，酒宴还没结束，有人匆匆跑进来，说大王派人请宰相去一趟雪宫。后胜来向两人告辞，说他要去一趟雪宫，两人好不容易来一趟王城，就在这里好好住几天，吃住的事儿他都安排好了，他还有事向两位先生请教呢。话说完，后胜便匆匆走了。

事发突然，鲁仲连和吕旌还没反应过来，后胜已经没影了。

后胜走了，"大夫"们失去了吹捧的对象，气氛便有些尴尬。宴席匆匆收场，"大夫"们和学子告辞而去，鲁仲连和吕旌商量了一下，打算离开相府，另找地方安身，却有穿着官服的人过来，说宰相吩咐了，给他们在驿馆安排了地方，让两人暂且住在驿馆。

鲁仲连和吕旌觉得这个安排倒也不错，先去驿馆住着，可以打听屠洪步的境况，也比较自由。

两人就随着驿馆的官员上了马车，来到驿馆住下。

齐国有多处驿馆，梧台比较远，是齐国最早的驿馆，主要是接待外国使节。鲁仲连他们住的这处驿馆，是接待驻外的官员用的。驿馆很干净，让两人喜出望外的，是他们在这里遇到一名故人。这名故人叫王谷初，原是屠洪步手下的一名军士，曾经跟着屠洪步一起去过鲁国。王谷初当年虽是王宫卫士，却不擅长搏杀，而是擅长追踪，当年在鲁国的时候，他带人抓了很多楚国的细作。因此与鲁仲连和吕旌皆有交往。

王谷初见到两人，也是很高兴。他也听说了屠洪步的遭遇，因此忙向两人打听屠洪步的情况。然而，王谷初刚说了几句话，就被后胜所派的巡卫署的人给请了出去。

两人居住的房子外面，一天到晚有人守卫，鲁仲连和吕旌出门，都有人时刻跟随。最主要的是，两人可以从房子里出来，在驿馆院子里溜达，却不能出驿馆的大门。

两人这才知道，他们是被软禁了。

鲁仲连没有想到，后胜竟然如此翻脸无情。他让看守捎信给后胜，让他来见他们。看守们答应着，却一直以宰相忙碌为由回复他们。

最让两人感到可怕的是，自从他们住进驿馆之后，驿馆里就没有别人住进来，除了送饭的是驿馆的人，其他人都换成了巡卫署的军士。跟他们熟悉的王谷初自第一次见面，说了几句话之后，他们再没有看到他。很显然，后胜把驿馆变成了他们的牢房。

无可奈何之际，吕旌算了几卦，越算越不妙。没办法，两人就研究着驿馆的建筑，看是否能从哪儿逃出去。研究了很多天，发现他们能出去的地方都安排上了守卫，鲁仲连哀叹不已。

09. 顿弱见后胜

后胜抓了屠洪步，关了鲁仲连和吕旌，如何处置这三人，却让他大伤脑筋。顿弱提议把这三人都杀了，以绝后患。后胜贪财，却并不糊涂，他没有听顿弱的建议，而是决定先把三人关起来，找合适的机会先杀了屠洪步。至于鲁仲连和吕旌，没有了屠洪步，这两人就无足轻重了。

抓了屠洪步后，后胜向齐王启奏，提拔了自己的心腹当了卫城大将军，王城军政大权皆在自己手中，加上豢养的黑衣卫，后胜在齐国可谓是权倾朝野。

顿弱来齐国，还有一个原因，那就是赵国老将庞煖复出，并在水希的协助下，准备合纵攻秦。秦国得到消息，庞煖准备派人来请求齐王发兵，顿弱来齐国，就是阻止齐国发兵的。

后胜与顿弱是老相识。当年鲁仲连派顿弱去秦国探听消息，后来又带着后胜去秦国找顿弱，顿弱见了后胜一面，鲁仲连再派后胜找顿弱的时候，顿弱就不见了。

此番顿弱来找后胜，名义上是叙旧，后胜一眼就看出来，顿弱找自己实则另有图谋。寒暄过后，顿弱直奔主题，问齐国是否有意参与合纵抗秦。后胜含糊其词，说此事要由齐王决定，齐王英明决断，有复兴之志，极有可能合纵抗秦。顿弱没有多说话，拿出一对质量上乘的玉如意，说是给后胜的见面礼。后胜看了看，略微客气了一下，就把礼物收下了。

顿弱一看，就明白后胜的意思了。

隔了一天，顿弱第二次来的时候，他让人直接搬了两箱子黄金，放在后胜的面前。后胜更是不避讳，当着顿弱的面，就打开看了，然后笑着说："秦王真舍得下本钱，说吧，秦王派先生来齐，有何目的？"

顿弱拱手："宰相大人爽快，顿弱也就直言相告了。庞煖合纵抗秦，必然无功而返，齐自君王后至今，与秦一直交好，未曾有战事。如齐参与合纵，不但会损兵折将，且与秦国交恶，宰相大人也知道，以秦国之强大，天下无人能敌，与秦交好，若有他国攻齐，秦必然发兵相助，但是……"

后胜脸上一直不动声色，顿弱说到这里，后胜摆了摆手，说："先生这些话，或许君王后会听，大王却未必愿意听。本宰相虽然愚昧，天下大势却也了解一些。秦与齐是否交好，要看当时局势，齐日后强于秦，秦必然不敢攻齐，齐如果不如秦，早晚必为秦所灭。先生，本宰相说得对否？"

顿弱有些尴尬，说："宰相大人，秦王并非……并非无情无义之人。"

后胜呵呵一笑，说："即便秦王有情有义，那又如何？莫非秦王能把国家大事，当作儿女情长？呵呵，何况商鞅之法本就残虐无道，秦用商鞅治国，这种国家能讲情义吗？先生，明人不说暗话，后胜爱财，秦国需要后胜协助，如此而已。不过……"

后胜说到这里，指了指那两箱金子，说："大军一动，黄金万两，先生这点东西……"

顿弱忙拱手说："请宰相大人放心，在下那边还有四箱金子，不过今天不方便，明天在下安排人给宰相送过来。"

后胜笑了笑，说："别送这里了，人多眼杂，我给你个地址，你送到那边即可。"

顿弱记下了地址，挥手让属下出去侦察情况，自己也向后胜告辞。他还没走出大门口，属下就回来报告，说负责在外面侦察情况的探子回报，两侧胡同口有人监视，皆为四人，行动敏捷，看起来都是高手。

后胜得知后，心下恼怒。他知道，敢监视宰相府的，只有卫城大将军屠洪步了。这个屠洪步屡次与自己为敌，看来得教训他一下了。自己刚刚收了黑衣卫，刚好试一下他们的本事。后胜就派人去黑衣卫住处，调了一名高手，让他杀了胡同两侧的军士。

后胜派人监视。那名黑衣卫来到胡同口，也不废话，直接抽刀杀人。黑衣卫的刀是特制的，轻快，比一般刀略长，刀锋泛青。监视的人只看到几道青光，那四名壮汉便倒在了胡同中央。抬头找人，那名黑衣卫已经没影了。

监视者回来见到后胜，吓得话都说不利索了："鬼……鬼杀人……那不是人，是鬼！不，不，比鬼都可怕！"

后胜打了那人一巴掌，让他镇定下来，把他看到的说清楚。监视者说："回……回禀宰相，小的只看到了一个黑影，然后是几道青光，然后，那四个人就躺在胡同口了。太吓人了！简直不是人！"

后胜暗自得意，又略略有些后怕。如果当年宫保再心狠手辣一些，让黑衣卫出手，而不是让他们四处躲避，那自己的小命很可能就没了，齐国的天下就跟他后胜没什么关系了。先下手为强，万万不可当断不断，那会送了自己的小命的。

第二天晚上，顿弱派人又给后胜送来了四箱金子。后胜已经派人监视顿弱，得知他与其手下的住处。他本来打算收到金子后，就派黑衣卫的人将顿弱他们全部杀掉，以绝后患的。他没想到，顿弱早就掐准了他的脉，派人来送金子的同时，也给后胜送来一封写在羊皮纸上的信："宰相明鉴：顿弱愿为宰相效犬马之劳！"

后胜一看就知道，顿弱是在提醒他，不要对自己下手，他顿弱早有防备。后胜无奈，只得收回杀心，与顿弱共同对付屠洪步。

屠洪步被后胜关进大牢后，后胜多次到牢中，说服屠洪步归其门下。屠洪步至死不肯，大骂后胜。后胜前思后想，觉得此人不可留，就让人下毒，毒死了屠洪步，对外说是屠将军因为造反不成，心下恐惧，暴病而亡。

至于鲁仲连和吕旌，后胜一番琢磨，决定派人把他们居住的几间驿馆的房子用高墙围起来，让他们两人在高墙内颐养天年。

后胜是个想到便做的人。他马上给驿馆下令，让他们联系工匠，把鲁仲连和吕旌居住的房子周围砌上高墙。

驿馆不敢怠慢，迅速行动，一个多月时间，就把鲁仲连和吕旌居住的几间房子围了起来。墙高有两丈，鲁仲连和吕旌住的房子被围在里面，犹如监牢。

两人知道，后胜这是不想放他们出去了。

10. 最后一次合纵

赵国的使者很快来了。使者在驿馆住下后，先去拜见了负责外交事务的大行，大行又把国书送到了宰相后胜的官署。

使者是当年平原君赵胜的门客，叫吴彪。吴彪头脑活络，他花钱疏通了关系，经过大行引见，拜见了后胜。

吴彪利用自己的三寸不烂之舌，侃侃而谈。后胜不得不佩服赵胜的这些门客，他们深受赵胜影响，胸怀天下，也颇有远见。后胜答应他，将会马上把此事禀告齐王，等齐王裁决。

吴彪走后，后胜果然让人准备马车，出城直奔雪宫。

后胜见了齐王，把赵王派人来齐，请求齐国出兵，六国联合攻秦之事向齐王说了。田建有些兴奋，向后胜征求意见。

后胜说："君上，臣思虑多日，左右为难，不知出兵好还是不出兵好。"

齐王有些惊愕："合纵伐秦，是寡人多年之夙愿，秦暴虐无道，兵强马壮，且有灭山东诸国之意，如合纵能打败暴秦，山东诸国平安，有何不好？"

后胜拱手说："君上明鉴，成事要看天时地利。当年赵有平原君，魏有信陵君，楚有春申君，这三人有勇有谋，威信卓于天下。现在平原君和信陵君已经归天，春申君老而无用，带诸国联军的将士是赵国老将庞煖。庞煖虽然勇猛，却年事已高，且诸国皆无良将，仅凭庞煖一人之勇，怎么能是良将如林的秦之对手？如出兵不利，诸国损兵折将，且得罪了强秦，君上，此举非明智之举啊！"

齐王缓缓点头，说："如此说来，齐国就不出兵了，为何又左右为难呢？"

后胜摇头，说："赵国力主合纵出兵，如齐不出，有违道义，此是左右为难。"

齐王问："宰相，如此说来，齐国就永远不出兵了吗？母后当政这些年，邯郸之战，鲁国被灭，五国联军攻秦，齐国都没有出兵，大齐已经成了天下人的笑话，齐国何时才能重振雄风?!"

后胜拱手说："君上之意，臣心中明白。国家大事不可急躁，还是那句话，要等天时地利，还要有人才。齐国从此要养精蓄锐，选拔将才，等齐国兵强马壮、猛将迭出之时，其他诸国也有了少年将军，那时候齐可振臂一呼，做联军之首，杀向秦国，才是大齐重振雄风之际。草率出兵，伤了元气，反而遭人笑话。不过，臣只是列举优劣轻重，此事如何处置，请君上明示。"

齐王想了想，摆手说："罢了。宰相说得有道理，你就替寡人回复赵国使者，就说寡人有疾，不见他了。此番出兵，齐国就不参加了。让人给赵使多赏点银两，让他回去吧。"

后胜回到衙署，召见了吴彪，把齐王的话转告了他。吴彪虽然惊愕，却无可奈何，只得返回赵国。

庞煖刚刚在燕赵之战中大败燕军，风头正盛。听说齐王不肯出兵，庞煖也没有太在意，他联合了楚国、魏国、韩国以及卫国，五国出兵合计四十余万，在庞煖的率领下，浩浩荡荡，朝着函谷关进发。

大军先收服了赵国失地寿陵，五国联军在寿陵外扎营，休息三天。首脑们在寿陵开会，庞煖提出了绕过秦之屏障函谷关，大军兵分五路经过蒲阪，直取咸阳的策略，众人同意。

此时秦国丞相吕不韦当政，吕不韦与众将军分析当前局势，这五路大军虽然声势浩大，却军心不稳，各国军队貌合神离，都有自己的小算盘，皆盼望别国军队与秦军正面对垒，自己在一旁观战。因此除了庞煖所率赵国主力，其余各路军队皆行军缓慢，不肯冲在前面。而各国军队之中，赵军与楚军最强，但是赵军盼战，楚军畏战，且远道而来，军士疲惫。因此相比之下，楚军容易战胜，如果楚军战败，赵军形单影只，剩下的魏国、韩国等军队就更不敢动手了。

吕不韦因此让秦军以精锐之军突袭楚军。

幸运的是，楚军前方哨探观察到了秦军的调动，忙把此事汇报给大将军，楚军迅速东撤，毫无斗志的楚军竟然一路撤回了蒲阪以东，把赵军和魏、韩、卫等国军队扔在了前方。

秦军冲到楚军驻扎的山坳里，发现楚军只留下了前面一排帐篷，军旗还在，人却不见一个。秦军怕遭遇埋伏，急忙后撤，回到原先驻扎之处。

第二日派人侦察，才知道楚军已经撤走了。吕不韦让秦军以静待变，不要轻易出动，只是让军队经常调动，做出随时要对某国军队发起进攻的样子，扰乱剩下四国军队的军心。

楚军撤走，韩国和魏国、卫国将领慌了。几个国家的军队，分别驻扎在各处，皆怕秦军对自己发动进攻。如此过了一个月，军心开始动摇，韩、魏、卫军队皆不宣而退。庞煖无奈，也只得率赵军撤回国内。

由庞煖发起的这次合纵失败，庞煖很是窝火。回到赵国境内后，庞煖突然想起齐王不参加合纵之事，加上在秦国境内时，听到各国将领对齐王田建和后胜的议论，决定进攻齐国饶安。此举是为了解气，更是回去向赵王有所交代。

饶安位于齐赵两国交界处——临海。守军听说齐国大将庞煖率大军攻城，早就吓破了胆，稍一抵抗便弃城而逃。

庞煖进城，出告示安民，留下守城军队后，便率大军赶回邯郸。

五国联军失败，在后胜的意料之中，但是庞煖在回程中攻取饶安，却在后胜的意料之外，更是在齐王的意料之外。

齐王得到消息后，召后胜至雪宫，商量出兵夺回饶安。

后胜大惊，忙劝齐王少安毋躁，现在庞煖正在气头上，齐国无将能战胜庞煖，现在出兵，齐国就成了赵国的出气包。

齐王愤怒："宰相，庞煖要求齐国出兵合纵，你说不可；现在庞煖拿齐国出气，你还是说不可，宰相觉得齐国现在不可一战了吗？"

后胜说："君上，齐国已经近三十年未战了，军士不敢战，将军无战心，这样的一支军队，可以跟小国一战，庞煖是当下名将，齐国若跟他开战，必是自取其辱。燕国老将剧辛与乐毅齐名，在燕军中颇有威信，剧辛率燕国大军进攻赵国，庞煖率部反击，杀了剧辛，燕国大军全军覆灭，庞煖之厉害，可见一斑。齐国现在哪里有敢战之将？守饶安的武司马，在军中也算有些名气，此人崇尚李牧治军方略，处处效仿李牧，一把大刀耍得也好，在军中被称为'小李牧'，是齐军年轻将领中的翘楚。然而，这个'小李牧'别说与李牧相比了，庞煖仅仅派了一个部将攻城，三万饶安守军仅仅跟人家打了一个回合，就吓得弃城而逃了。君上，将士之胆，是在战场上练出来的，齐军几十年未战，如果想开战，只能选择小国，不可与常年和秦交战的赵国交战，与小国打出胆量之后，方可挑战赵、楚这样的强国。"

齐王愤怒地拍了一下桌子："如此说来，寡人只能咽下这口窝囊气了?!"

后胜拱手说："臣有一策，可为君上出一口气，不知君上意下如何？"

齐王有些高兴了："只要能出这口气，寡人就高兴。"

后胜说："庞煖敢欺负燕、齐，却不敢独自挑战秦国。秦当年夺取了赵之寿陵，庞煖在集合了五国联军之后，才敢收复寿陵。如今各国之中，秦势力最强，其次是赵和楚，赵、楚皆与齐国接壤，两国任何一国攻齐，齐现在都无法阻止，故此……"

齐王挥手，打断了后胜的话："你是让寡人依附于秦吗?! 宰相，你好大的胆子！小国如韩、卫，尚且没有依附于齐，何况我堂堂大齐！齐国的天下，是先祖辛辛苦苦打下来的，不是依附于他人而得！寡人虽然没有先王之勇，却也是一国之君，怎能依附于残暴无道之秦?!"

后胜说："君上此言差矣，臣并不是让君上依附于秦，而是与之交好即可。当年先王与秦东西称帝，便是与秦相交之典范。等齐国振兴，军事强盛之后，君上则可自由选择，不愿意与秦交往，则可以振臂一呼，合纵抗秦。"

齐王有了兴趣："宰相的意思，附秦只是权宜之计？等大齐军事强盛，寡人还可以像先王一样，率军伐秦?!"

后胜点头："正是如此。"

齐王想了一会儿，说："看来只能如此了。不过这与秦交好，派谁去合适呢？"

后胜想了想，说："与秦交好，又不失礼仪，只能臣去一趟了。别人去，臣不放心。"

齐王说："那就有劳宰相了。"

第六章 永别了临淄

01. 杀出牢笼

鲁仲连和吕旌被圈在驿馆小屋里，住了两年多。

跟负责看押他们的军士熟悉之后，他们才知道，屠洪步早就死了，暴毙于大牢里。两人知道，屠洪步之死，必然跟后胜有关。

后胜没有把事做绝，让人给他们送了好几车竹简书文。两人没有办法，只能翻阅竹简消遣，倒也长了不少学问。

第三年春天，有个军士进来送饭的时候，突然悄悄塞给鲁仲连一封羊皮纸。军士走后，鲁仲连打开，竟然是吕斌给他和吕旌写的信。吕斌告诉他们，这个军士是他的徒弟，以后他就是他们之间的联络人，吕斌告诉两人，他正在想办法，把他们两人从这里救出去。

吕斌的来信，让两人看到了希望。但是两人想到后胜的手段，又怕吕斌不是他的对手。

他们住的院子，虽然与驿馆被用高墙隔开，却依然有一个小门相通，方便从驿馆送饭过来。

小门附近里外皆有军士把守，外人不得进来。

接到吕斌书信后十多天，吕旌突然听到从小门处传来一阵熟悉的声音。他仔细听了听，听出来了，说话的是他曾经的好友、现在的丈人姜从。姜从也喜欢占卜，吕旌在齐国朝廷任博士时，姜从就经人引见，拜访过他。后来吕旌和鲁仲连率部援鲁，姜从是吕罗康所派子弟的首领。吕旌从鲁国回到慈山隐居后，姜从看吕旌孤苦伶仃，就将女儿许配给了他。

吕旌听到姜从的声音，心里很是激动。他和鲁仲连走到院子中，听到姜从跟卫兵在争吵。两人听得清楚，姜从奉即墨大夫田楚之命，来王城进贡，要在驿馆住两天，却因为第一次来驿馆，差点闯进鲁仲连他们住的院子，被卫兵推倒在地。姜从不依不饶，说是卫兵把他给打了，跟卫兵撕扯在了一起。

站在里面的卫兵也走出去看热闹。吕旌假装拉架，和鲁仲连跑了出去，帮助卫兵劝姜从松手。卫兵们跟吕旌和鲁仲连已经很熟，但是有一个原则，就是两人不能出这个院子。吕旌帮着拉架，卫兵们不好意思呵斥两人，忙劝两人回去。

两人一边假装指责姜从，一边回到院子。姜从亲眼看到了两人，也达到了目的，责备了卫兵几句后，便回到驿馆住下了。

吕旌和鲁仲连回到屋内，心下高兴。姜从出现，说明吕斌去找了吕罗康他们，他们联合起来，要救他们两个了。姜从做事稳当，有谋略，有他的加入，成功的概率就大了很多。

鲁仲连让吕旌赶紧卜一卦。吕旌笑着说："仲连先生不是不信这个吗？怎么让在下卜卦了？"

鲁仲连笑了笑，说："闲着无聊，看看天意。"

吕旌用随身带着的竹签，占了一卦。卦是中卦，显示最近诸事顺利，却要小心小人暗算。吕旌与鲁仲连讨论了半天，觉得能威胁到他们的小人只能是后胜。难道后胜要杀他们吗？

他们在忐忑中度过了一个月，天开始热了，院子里的老槐树将要开花了。两人预感到吕斌他们要动手了，心情忐忑，竹简也读不进去，每日坐在槐树下看着麻雀翻飞，数着上树的蚂蚁。

吕斌终于让在巡卫署的弟子给他们送来了口信，让他们做好准备，当天晚上他们要救人了。

两人吃了下午饭后，就开始准备。其实两人也没有什么好准备的，他们被后胜送到这里的时候，连换洗衣服都没有，后来后胜派人给他们送来了几件衣服，他们也都脱下洗了，整整齐齐叠好，放在了床头。

两人穿戴整齐，就坐在屋里，听着外面的动静。

一直到深夜，外面突然传来一阵拼杀之声，但是很快就消失了。两人跑到院子里，看到几个蒙面人已经打开门，冲了进来。

看到两人，有人轻声喊道："仲连先生，你们快点儿。"

让两人没有想到的是，喊仲连先生的竟然是他们以为死在了鲁国的高华子。两人也来不及多问，跟着高华子等人跑出了这个禁锢他们近四年的小院子，来到驿馆的大院。

驿馆的院子里站着几十名手持短刀的蒙面汉子，地上躺着几个巡卫署的军士。

吕斌招呼大家赶紧保护仲连先生走，他断后。姜从招呼了十几个壮汉在前面开路，保护着吕旌和鲁仲连跑出了院子。

鲁仲连觉得此事不可能这么简单，果然，他们刚出院门没多远，突然从两边的胡同里跑出两队人马，挡住了众人的去路。

姜从大喊一声，挥舞大刀就带着十几名壮汉朝前冲。然而，挡在他们面前的，是巡卫署的精锐，冲在前面的姜从和几名壮汉，只跟对方过了几招，便被他们砍倒在地。吕旌要冲过去跟他们拼命，被鲁仲连拉住。

吕斌带着几个弟子冲过来，想要冲开一条口子。让他没想到的是，巡卫署的这些人中，竟然有许多高手，加上对方人多势众，吕斌的几个弟子很快倒在了血泊中，吕斌本人也受了重伤，勉强站起来，摇摇晃晃，根本无法再参加战斗。高华子带着剩下的二十多人冲过来，救下了吕斌。两次冲锋失利，吕斌又受了重伤，大家有些害怕了，围在一起，开始后退。他们退了没有几步，突然后面又冲出一支人马，挡住了他们的退路。

吕斌重伤，姜从被杀，高华子暂时充当指挥，二十余人面朝外，围成一个大圈，把鲁仲连和吕旌、吕斌包围在里面，却不知如何是好。

正对峙间，突然前面包围他们的军士一阵喧哗，一队人马从他们的背后杀出。这支人马凶猛异常，皆用长枪大刀，他们冲到吕旌等人面前，高华子小声对鲁仲连说："是吕罗康，他们接应我们来了。"

两队人合在一处，冲出包围圈，朝前猛跑，巡卫署的人在后面猛追。吕罗康让众人分头跑，到提前准备好的人家躲避。高华子和吕罗康带着几个人保护着吕斌和鲁仲连、吕旌跑到一户门前，看到大门洞开，众人冲了进去，接应他们的户主关了门，众人进屋躲了起来。

那人点了蜡烛，鲁仲连看清了此人相貌，不由得大喜："姜先生！"

是姜英。

自从鲁国回来后，鲁仲连和吕旌是第一次看到姜英，却是在这种境况下，众人皆心情恓惶。

高华子和姜英皆懂医术，两人给吕斌上了药，做了包扎。对吕斌伤害最深的一刀在左肋下，伤口很深，不知是否伤及内脏。吕斌咬牙进了屋后，便躺在床上昏睡过去，任凭两人摆弄，一直没有醒过来。

众人守着吕旌聊天，从大家的聊天中，鲁仲连和吕旌知道了他们两人被后胜关起来后发生的事。

鲁仲连和吕旌被关进驿馆，姜英最先知道。当年从鲁国回来后，姜英被宫保以"妄议朝廷"罪名从稷下学宫逐出。姜英回到乡下老家住了几年。宫保被抓后，后胜上任学宫祭酒，姜英以为这位当年的"学弟"会叫他回去，就回到了王城。为了长期打算，他在城里买了这所院子，也把妻儿从乡下接了进来，为了生活，他暂时在家里设馆教学。他没有想到，后胜一直没有找他，他的学生却越来越多。甚至有王室子弟也把孩子送到他这儿读书，姜英因此活得也很滋润。

后胜请鲁仲连和吕旌吃饭，并请了稷下学宫的人作陪，后胜的目的是宣扬自己尊师重德。稷下学宫的几名学子在陪鲁仲连吃完饭后，到姜英家中闲坐，姜英因而得知鲁仲连和吕旌竟然来到了王城。

姜英四处打听鲁仲连和吕旌的住处，最后来到了驿馆，见到了屠洪步昔日的手下王谷初，这才知道鲁仲连和吕旌竟然被后胜关了起来。

姜英首先到城外找到了吕斌，又跑到慈山，找到了吕罗康，众人在充分了解情况后，便合计救人。

恰好吕斌的弟子吕子业在巡卫署，吕斌便让吕子业设法去驿馆执勤，一方面可以探知情况，另一方面也可以在危急之时，帮助鲁仲连和吕旌。

今天晚上的行动，吕斌带着他的弟子负责救人，吕罗康亲自带一部分族中子弟做接应。死亡的近二十人，大部分都是吕斌的弟子，有一部分是姜从带来的姜家子弟。

坐了一会儿之后，姜英害怕官兵搜查过来，让众人歇息，他出去观望一下。

吕旌睡不着，要跟姜英一起，被姜英拒绝。姜英叫了高华子，两人出去了，鲁仲连和吕旌、吕罗康睡不着，守着吕斌说话，一直到天亮，才眯了一会儿。

02. 一路东逃

天亮后，姜英回来，吕斌的弟子吕子业穿着巡卫署的衣服也来了。大家商量如何出城，姜英说："先把仲连先生和吕旌先生送出城，两位先生出了城，我等便没事，两位要是出不去，大家才会麻烦。"

吕旌摇头，说："大家还是赶紧都出去吧。即便逃出来的没被抓住，昨天晚上还有受伤的兄弟，酷刑之下，难保不出事。"

吕子业拱手说："吕先生放心，被抓的六人，在下来之前刚刚按照师父的嘱咐处理了！"

吕旌惊讶："什么?！你把他们杀了?！"

吕子业摇头，说："毒药。这是师父的命令，各位师兄弟也都同意。进了巡卫署没人能活着出来，对师兄弟们来说，这也是解脱。"

众人低下头，不说话了。

沉默了一会儿，姜英说："只能如此了。我们每人都准备了一份毒药，后胜之残酷，胜过宫保。如果此番救不出两位先生，我等被抓，只能赴死，以绝后患。"

鲁仲连和吕旌站起来，对着众人鞠躬："我们两人有何大德，值得诸位为我们出生入死?！实在是不敢当！"

姜英说："大齐如何，希望就在两位身上了。只要秦国铁蹄不踏入齐国土地，秦之虎狼不杀戮我齐国百姓，即便我等死了，又有何惧?！两位不要客气，还是想一想如何出城吧。原本是打算让吕斌设法把大家送出去，现在他成了这个样子，这……这该怎么办啊！"

吕子业拱手，说："诸位放心，在下有个办法，保证把两位先生送出去。我师父暂时没法出去，只能请姜先生多加照顾了。"

姜英大喜："能把两位先生送出去，就算大功告成了。吕斌暂时也不能移动，在我这里养伤正好。"

吕子业在众目睽睽下，连脱了两套巡卫署的衣服，里面竟然还有一套。他对大家说："巡卫署的衣服只有两套，我都穿上了，又找理由跟人借了一套，两位先生穿上，我们赶紧出城。城门军不敢拦挡巡卫署的人，不过巡卫署的人很快就要到城门检查了，我们要快一些。"

鲁仲连和吕旌不敢怠慢，赶紧换上衣服。

吕子业骑着马来的，他还带了一匹马，姜英院子里也有一匹，刚好三匹马。鲁仲连和吕旌打扮停当，两人朝着吕旌和众人拱手告别，便随着吕子业出去，上马，直奔西城门。

按照吕子业的说法，鲁仲连和吕旌是从齐东之地来的，他们出城，应该直奔东城门，因此守军必然加强东城门的检查。他们得从西城门出，会容易一些。

半路上，他们遇到了一帮全副武装的巡卫署马队，吕子业让两人别说话，他打马过去后，把这帮巡逻马队应付过去，三人打马，直奔西门。将要到达西门的时候，他们又遇到了一帮巡卫署军士，吕子业估计他们应该是去西门检查的，他朝后面两人一挥手，三人快马加鞭，越过了这些军士，直奔西门而去。

巡卫署的军士本来要跟三人打招呼，看到三人如此匆忙，知道应该是有问题，忙在后面打马追赶。

将到西门之前，吕子业拿出巡卫署铜牌，对着正在检查的西门军士大喊："巡卫署出城办事，快快让路！"

正在检查的军士们忙让众人让路，三人打马一路疾驰，出了城门。

后面的军士追了一会儿，看追不上了，只得转身回去。

三人不敢休息，又怕后胜派人出东门拦截，兜了个大圈，才直奔齐东而去。半路上，鲁仲连提议换下衣服，这身衣服太显眼。三人脱下外面的巡卫署衣服，穿上百姓服装，继续出发。

傍晚，三人来到即墨城附近，又累又乏。此时正值仲夏，三人顶着大太阳颠簸了一天，人马皆是一身臭汗。三人想找个小客栈歇息一下，明日再走。好不容易找到一个小村子，三人下马，正要找户人家打听一下哪里有住宿的地方，突然从后面冲出一队骑兵，这队骑兵行动异常敏捷，三人刚来得及上马，还没挪窝，就被这队人马团团围住了。

吕子业手按在了刀把上，刚要拔刀。黑暗中，一位看不清模样，却似乎是一位读书人打扮的人打马过来，朝着三人鞠躬："前方可是仲连先生？"

鲁仲连一愣，有些不相信自己的耳朵："王司马?!"

打招呼的人正是即墨司马王付子。王付子拱手："正是在下。此处不是说话之处，请仲连先生随在下进城，有人在城里等诸位先生。"

吕子业不知此人是什么人，但即墨城是齐国属地，即墨大夫世袭爵位，对王城忠心耿耿，他们进城，岂不是自投罗网？因此他扯了扯鲁仲连，示意不能进去。

鲁仲连呵呵一笑，说："田楚与仲连是好友，吕先生放心，随我进城便是。"

其实这鲁仲连心中也是有些忐忑。田楚与他虽然交好，且对后胜也很是不满，但是人心隔肚皮啊，现在后胜当权，没人敢得罪他，田楚敢冒天下之大不韪收留他们？但是鲁仲连明白，即便田楚不怀好意，疲惫不堪的三人也不是这帮军士的对手，还不如顺水推舟，先进去看看。

王付子带三人进城，又派一人出去，招呼半路暗哨回来。这时候，鲁仲连才知道，田楚还派出去多个暗哨，监视从王城过来的军士。

鲁仲连暗暗羞愧，自己真是以小人之心度君子之腹。

王付子带着三人直接进入即墨大夫田楚府第。田楚亲自在门口迎接三人进府，稍稍寒暄了几句，先让下人带三人洗漱更衣。三人跑得匆忙，也没带换洗衣服，田楚做事周到，让人给三人准备了衣服。三人洗了澡，换了衣服出来，饭已经上桌了。

大块的牛肉、牛肉汤、面饼，香味扑鼻。三人中午也没吃饭，早就饿惨了。吕子业本来就是练武之人，大口吃肉，大口喝汤，吃得那叫一个痛快。鲁仲连和吕旌也顾不得读书人身份了，也端起碗先喝了一碗牛肉汤，肚子有了底了，才开始吃肉吃面饼。

待三人吃饱了，田楚才进来，跟三人说了一会儿话。

原来，吕罗康去王城救他们之前，田楚就已经通过姜从得知了救人之事。田楚深知后胜对齐国的危害，更恨他竟然关押了天下名士鲁仲连，虽不能亲自派兵参与救援，却在这些日子一直派人出去探听他们的消息。

三人出城不久，田楚派在王城的哨探就得知他们逃出王城的消息，便快马加鞭回来报告。田楚的哨探是出东门而来，因此回来得早一些，田楚怕有人追杀他们，就在即墨地界，派出了几支人马暗中寻找他们。

鲁仲连听田楚说完，感动不已，又怕田楚因此得罪了后胜，而于田楚不利。田楚是世袭即墨大夫，齐国五城，即墨为五都之一，尊荣无比。如果因此得罪了后胜，他鲁仲连可是罪莫大焉。

田楚慷慨激昂，说："齐国先有宫保败坏朝廷，诛杀忠良，后胜擒杀宫保，他却变得比宫保更严酷，竟然还关押自己的师父！这种祸害不除，大齐怎会安宁？！田楚不惜被抓被杀也要帮助仲连先生，是期望先生能够帮助大齐，让大齐渡过危机！"

鲁仲连叹气："如何帮助？齐王如此软弱，人心不可测，谁知道下一个宰相会不会比后胜更可恶？"

田楚拱手："如何帮助齐国，仲连先生必有想法，请先生赐教！"

鲁仲连还礼："田大夫，仲连折腾了一天一宿，实在是累了，此事是否可以暂时不谈，让仲连休息？"

田楚忙说："自然可以。房间已经给二位准备好了，请二位休息吧。"

鲁仲连和吕旌、吕子业拱手告别田楚，各自回到屋子休息。

被关在驿馆的这几年里，两人读竹简谈论国家兴亡之道，自然也谈到了齐国。不过，两人对齐国以后的兴旺之路，各有看法。吕旌的想法很简单，杀了后胜，找一个忠厚能干之臣。鲁仲连却觉得，齐国如果真要复兴，必须另选君王。从王室中，找一个有勇有谋者，扶持登基，齐王下台。现在的齐王，已经不是当年的齐王了。当年的齐王年轻气盛，曾经有宏图之志，然而，被君王后压制了十多年后，齐王于不知不觉中已经习惯了那种被人控制的无忧无虑的生活状态，已经失去了君王应该具有的霸气和能力。

田楚虽然痛恨后胜，却对齐王忠心耿耿，跟他说这些他能听吗？

三人安安稳稳地休息了一夜，第二天一早，三人吃了早饭，便辞别田楚，打马直奔慈山。

三人打马疾驰，足足跑了一天，傍晚终于来到慈山，进入吕罗康的地界。三人实在走不动了，就来到吕罗康家，想在他家住一晚，第二天再走。

不出三人所料，吕罗康以及他带走的吕家子弟，都还没有回来。吕罗康的父亲和妻子热情招待了三人，并向三人打听吕罗康等人的情况。

三人只知道他们从姜英家出来的时候，吕罗康还好好的，现在什么情况，他们一无所知。鲁仲连安慰吕罗康的家人，说吕罗康有姜英他们照顾，肯定会没事的，很快就能回来。

三人在吕罗康家吃了饭，休息了一夜，第二天一早，告辞了吕家人，朝东继续走。

中午时分，他们终于赶到了家。吕旌的妻儿看到吕旌回来，皆大喜过望，得知父亲与族中许多子弟被杀，又悲痛哭泣。吕旌不敢久留，让妻子草草收拾了一些东西，与鲁仲连和吕子业一起，逃到山里躲了起来。

03. 带着兄弟们回家

后胜派人到齐东之地追捕鲁仲连等人，其实是演戏。

巡卫署吕子业原本负责王城内城的巡逻，勇猛且谨慎，深受后胜器重。把鲁仲连等人关押在驿馆后，吕子业突然要求去守卫驿馆，理由是因为巡逻任务过重，患上了腰疾。机警过人的后胜觉得其中有些蹊跷，就让人细查吕子业，发现他是吕斌的徒弟。

吕斌与姜英和吕旌是过命好友，且与鲁仲连一起起兵援鲁，后胜对此一清二楚。后胜由此怀疑，吕子业去驿馆，应该是为了鲁仲连。

他派人日夜监视吕子业和吕斌，由此得知吕斌和姜英正在联系救人。后胜让手下加强对他们的监视，自己也在暗中做了充足的准备。

吕斌和吕罗康率一众人马入城，姜英接应，后胜都一清二楚。巡卫署截住吕斌等人，吕罗康将之救出，甚至第二天放鲁仲连和吕旌出城，都在后胜的掌握之中。

没有抓两人，其中原因就是他后胜不想杀鲁仲连，留下欺师灭祖的恶名。还有，跟师父一起的几年，鲁仲连对他很是照顾，传授学问，后胜虽然严酷，却也对师父有些感情，不想杀他。但是以鲁仲连的秉性，又很难在齐国老老实实待下去，后胜就让人随后追杀，并贴出告示，举报鲁仲连、吕旌、吕子业三人行踪者，分别赏金一百两、五十两、二十两。

后胜明白，以鲁仲连和吕旌的本事，巡卫署的军士根本抓不住他们，他的目的就是把两人逼进山里，永远不要出来，直至老死。

对困在王城里的姜英、吕罗康、高华子以及他们所率壮士，后胜则严令巡卫署和王城守军配合，挨家挨户搜查。吕旌和鲁仲连出城后，王城大门关闭，开始了为期三天的全城大搜捕。

姜英觉得自己家有危险，在鲁仲连他们走后，让吕罗康和高华子另找地方躲避，他让家人帮忙，把吕斌抬上马车，打算与吕斌一起，到朋友处躲避一下。然而，他刚驾着马车走出胡同，就被巡卫署的军士围住了。

姜英装作没事的样子，勒住马车，想下车申辩，被巡卫署的军士当场摁倒，绑了起来。姜英知道，到这种时候，说话也没用了，他只期望他们抓住自己便走，放过躺在马车轿厢里的吕斌。因此他佯装冤枉，大喊大叫，军士用刀将他打晕，掀开马车轿厢，拖出了吕斌，也不管吕斌一身的血水，拖着他就走。

到了大牢，姜英被扔在光秃秃的地上，大牢的地面冰冷，姜英被冻醒。打听外面的狱卒，得知吕斌就在旁边的牢里，姜英大喊吕斌，吕斌却一声不吭。

姜英泪如雨下，他知道，他的好兄弟吕斌应该是很难活过这几天了。

吕斌因为伤势过重，被抓进大牢的第一天晚上，就死在了牢中。狱卒们将其抬出，扔在了城外。

吕罗康所率的族中子弟和吕斌的弟子，按照事先的安排，各自找姜英和吕斌联系好的屋子躲了起来。然而，巡卫署的大搜捕，还是让大部分的子弟落入了巡卫署的魔爪中。

吕罗康和高华子从姜英家出来不久，就遇到了到处搜捕的巡卫署军士。两人赶紧躲在一处无人居住的破屋子里，过了一天一夜。第二日早晨，两人实在饿得受不住，把衣服撕烂，把头发和脸都用屋子里的灶灰弄得脏兮兮的，又在屋子里找了一个破碗，拄着棍子，完全是一副要饭的样子，上了街。

巡卫署看到两人这副脏样子，没人理睬他们。两人就在街上转悠了两三天，看着昔日的兄弟们被巡卫署抓走，却无能为力。

三天后，城门大开，吕罗康和高华子出了城，在城外的几个村子里转悠讨饭吃，也顺便查看情况。

姜英和被抓住的壮士们，在大牢里被关了三天，便被砍头于城外西北树林中，其头颅被挂在城门外示众十日，才被放下，扔在郊外。

因为天热，怕尸体臭了，吕罗康和高华子先是趁夜把众人的尸体埋了，免得被狼啃了。又躲在城外，一直到巡卫署把挂着的上百人的头颅放下，等吕斌的弟子家属把属于他们家人的头颅领走后，两人把剩下的脑袋用两块白布包了，雇了两辆马车，日夜兼程，朝家乡方向疾驰。

这八十多颗脑袋，在城墙外吊着的时候，就已经臭了，放在一起两天两夜，又正是一年中最热的时候，走到半路，恶臭的脓水就随着马车缝隙朝下淌，遮天蔽日的苍蝇疯狂地追逐着他们，甚至都挡住了马车的去路。

两人非常愤怒，从路边折了树枝抽打苍蝇。马车上因此落满了苍蝇的尸体，在脓水上泡胀了，大的比手指肚都大。两人走到有水的地方，就用饮马的木桶拎水，朝那两堆骷髅上泼。两人边泼水边哭，后胜派出抓人的军士们看到这两人，也不忍心抓他们，装作没看到，放他们回去了。

第三天，两人回到慈山，打开两个已经看不出颜色的大布包，却都惊呆了。里面的脑袋，因为腐烂严重，大部分都露出了白骨，骨头里面有浑浊的脓水。有的只剩下了一些皮肤，也都介于皮肤和脓水之间，一动就化成了脓水。大概是淋水的缘故，上层的脑袋基本已成白骨，下面的则是泡在脓血之中。家属们看到自己的家人变成了这样，皆忍不住流泪，号啕大哭。

这个模样，已经无法辨认是谁家的孩子了，吕罗康与族中长老商量，干脆挖一个大坑，把这八十多颗脑袋葬在一处。

吕罗康倾尽家财，给死去子弟的家属各分了一些金银之物，把族中事务交给族中长老，打算先到慈山躲一躲。

吕旄和鲁仲连听说吕罗康回来了，连夜赶到村里，祭拜为他们死去的族中子弟。两人邀请吕罗康到他们居住的海边小山上居住，吕罗康不肯。他想住到当年山里吕旄居住的地方，此处不但隐秘，而且离吕氏族人居住的村子近，方便与村里保持联系。

鲁仲连和吕旄住了一宿，第二天便告辞了心情沉重的吕罗康，回到了住处。

04. 楚国之变

处理了屠洪步，撵走了鲁仲连和吕旌，掌握了黑衣卫，后胜原本打算亲自去秦国，拜见秦王嬴政，但是想想秦国路途遥远，来回要三个月，万一齐国有变，他连消息都得不到，就打消了自己赴秦的打算，向齐王禀告后，派手下蒋连带着礼物和亲笔信，拜见秦王去了。

蒋连赴秦，先见顿弱，又在顿弱的引见下，拜见了秦国重臣。蒋连在齐国也算是饱学之士，曾在稷下学宫拜荀子为师。临走之时，后胜告诉他，到了秦国之后，不要丢了齐国使者之尊严，要不卑不亢，不得谈及齐国军事之事。到了秦国之后，顿弱殷勤招待蒋连，吃喝之后，先让他看了一番大秦俘获的犬戎少女的舞蹈。秦人的饮食一般，比较粗糙，与齐国饮食没法比，蒋连比较失望，但是粗犷妖媚的犬戎少女的舞蹈，却让蒋连看得如痴如醉，神魂颠倒。

顿弱看得明白，舞蹈结束后，就挑了两个漂亮的，把她们送到了蒋连住处。蒋连色胆包天，与两位美女颠鸾倒凤，一夜无眠。第二天早晨，顿弱带其见秦王，蒋连迷迷糊糊，脚下发软，秦王问什么，他就回答什么，把后胜的嘱咐忘得一干二净。

顿弱还陪着蒋连看了秦国将士操练，看了他们的刀枪格斗。蒋连看得心惊胆战，想到了齐国军士那种走过场的训练方式，他明白，齐国根本不是秦国的对手。

蒋连一行人在秦吃喝玩乐半月，回国时，秦王让人给他们每人皆安排了大量的金银珠宝。众人喜不自胜，一路上皆夸秦国之强大、秦王之大气，完全忘记了他们是堂堂齐国使者。

蒋连回到王城，向后胜复命，口口声声赞扬秦王的威风和对齐的友好，后胜纠正了一些说法后，带着蒋连见了齐王。齐王听说秦王对大齐很是尊崇，并答应与齐世代友好，大喜，重赏了蒋连等人。

此时后胜在齐国势力如日中天，齐国的文武百官皆换成了后胜的人，齐王田建因为庞煖攻取饶安之事，也对以赵国为首的其他各国失去了兴趣，每日躲在雪宫打猎玩耍，朝廷之事任由后胜处置。

就在此时，齐国的细作从楚国发来消息，楚王归天了。

后胜将此事禀告齐王，齐王让他相宜处理。

后胜正准备派人去楚国吊唁，细作又派人四百里加急送来消息，李园杀了春申君及其全家，现在楚国局势不稳，不宜派人过去。

后胜很是惊讶，又把此事禀告给了齐王。

齐王让后胜派人把此事打探清楚，后胜派蒋连混在齐国商社的队伍中，以商人的身份进入楚都寿春。

蒋连没有想到的是，他在楚国也遇到了"商人"顿弱。两人各代表本国商社参加春申君门客偷偷为其举行的吊唁，吊唁完毕，两人在街上小店吃饭喝酒。

顿弱也曾在春申君门下做过门客，对春申君也算有些感情，他对蒋连说："天下四君子，最后一个也走了。这李园也是作孽，楚国没了春申君，便没了柱石，离灭亡之日不远了。"

蒋连呵呵一笑，看看四周没人，小声说："先生是秦国臣属，也替楚国惋惜？"

顿弱举碗，示意蒋连喝酒，说："顿弱领受秦之俸禄，为秦做事，生存之道而已，却并未丧却恻隐之心。当年如果没有春申君，哪有今日之李园？春申君主政一方，兴修水利，善待百姓，深受百姓拥戴。李园是什么东西？利用春申君获取高位，今日却将之杀害，畜生未必如此！"

蒋连对春申君与李园之间的恩怨纠葛不甚了解，就向顿弱打听两人之间的故事。

外面小雨霏霏，正是仲秋时节，风微寒，正好喝酒。顿弱边喝酒，边向蒋连讲述春申君与李园之间的故事。

当年李园通过春申君，将怀孕的妹妹送给楚王，其妹妹产下一子，被楚王封为太子。妹妹成为王后以后，李园也跟着地位显赫起来，在朝廷当权主事，权势超过了春申君。而此时，因为参与五国合纵抗秦失败，楚王将此事怪罪于春申君，春申君逐渐受到冷落。李园与之相比，势力如日中天。此时的李园以小人之心度君子之腹，害怕春申君将他曾指使妹妹说过的话泄露出去，便暗地里收养武士，打算找机会杀春申君以灭口。

楚王卧病在床，眼看没有多少日子了，春申君日夜去看望他。其门客朱英便对春申君说："令尹大人，这世上有不期而遇的福气，也有不期而至的祸患。如今你处在变化不定的乱世之中，替喜怒无常的君王卖命，身边怎么能没有不期而至的人呢？"

春申君知道这朱英是话里有话，就问他："什么叫作'不期而遇的福气'呢？"

朱英说："令尹大人，你担任楚国的相国二十多年了，虽然名义上是相国，但是实际上却已经相当于国君了。现在楚王病危，随时都有死去的可能，一旦病故，你就可以辅佐幼主，从而执掌国家大权，等到幼主成年后再还政于他，或者干脆就面南而坐，自称为王。这就是所谓的'不期而遇的福气'了。"

春申君摇头，说："黄歇一心为国，毫无他念。此事不要再说了。你说说什么是'不期而至的祸患'呢？"

朱英说："令尹大人，你应该也听到一些消息吧？李园虽然不治理国事，但是却是你的仇敌。他不管理军务统领军队，却长期豢养一些勇武之人，他自称是为了保护自己，楚国比他有势力有钱的贵族多了去，谁豢养过这么多的杀手呢？令尹大人，李园这是别有用心啊！有了这么多的杀手，等到楚王一去世，李园必定会抢先进入宫廷篡权，并且杀你灭口。这就是'不期而至的祸患'。"

春申君笑了笑，摇头，问："那'不期而至的人'又是怎么回事呢？"

朱英说："此事容易，令尹事先将我安排在郎中的职位上，等到楚王去世，李园抢先入宫时，我就先杀了他除掉后患。这就是所谓的'不期而至的人'。"

春申君摇头说："朱英，本相相信你是个忠诚的勇士，但是你错了。李园是个生性软弱的人，对本相一直毕恭毕敬，本相对李园如同兄弟，你放心，我们之间什么话都可以说，不会像你说的这样。"

这个朱英是个很聪明的人，他看到昔日英明的春申君，现在变得如此迟钝，知道再跟着他不会有好下场，便逃到了秦国，现在成了顿弱的手下。

不久，楚王去世，李园果然抢先进宫，把他豢养的勇士设伏在棘门里面。等到春申君一进来，勇士们立即上前两面夹击，将他刺杀，并割下他的头颅扔到棘门外面；紧接着，李园又派出官吏诛杀了春申君的所有家人。

蒋连听顿弱说完这些，不由得长出一口气，说："真是没想到，这个李园竟然如此狠毒。"

顿弱摇头叹息："可怜四君子中最后的一位，竟然如此收场。想当年春申君与信陵君率大军援赵，与赵国平原君，三君子率三国军队，杀得秦军几十万大军丢盔卸甲，何其威风！那时候三君子以平原君为首，互相照应，谁敢怠慢其中一个？山东六国最好的时代，已经过去了。可惜啊可惜。"

蒋连看到顿弱酒喝得滋润，露出了真性情，端起酒碗，两人碰了一下碗，问："先生同情山东六国，却为何要效力秦国呢？"

顿弱笑了笑，说："何谈效力，不过有人收留而已。秦王暴虐，却有一个好处，只要你有些本事，秦王就可以委以重任。天下君王，皆有统一天下之野心，但是在顿弱看来，最终统一天下的，必然是秦王。所谓良禽择木而栖，秦王非好木，却可以封顿弱官职，顿弱非良禽，却可以为秦王做点事，人生一世，不过如此。"

两人喝了酒，又吃了几口菜，蒋连问："先生走遍天下，你觉得山东六国中，现在哪国君上最有才德？"

顿弱想了想，说："赵王偃虽有雄心，才能不行；魏王增刚登基，便丢失了二十座城池，连朝歌都被秦夺去了，是个庸才；卫君更不用说，先是附属于魏，现在附属于秦，封地都丢了，摆设而已；楚王完倒是能打，可惜没了，新王将要登基，不知手段如何；韩王安胆小如鼠，一肚子小心眼，无君王之才；至于齐王，蒋先生比在下更清楚，若论起来，还就是赵王略微好一些。不过赵王信任郭开这种佞臣，也是半个昏君。"

蒋连叹息："山东六国，竟无一个贤能之君！"

顿弱点头："六国如群羊，秦如西北之狼。秦现在唯一的阻碍是赵国李牧，不过秦已有对付李牧之法，当年山东六国四君子联手，都未曾击溃秦国，现在天时地利人和，秦灭山东诸国，指日可待了。"

蒋连在楚国住了些时日，一直到楚国新王登基，齐国派使者前来祝贺，蒋连才随使团一起回到了齐国。

05. 齐王要见秦王

秦国接连对赵国、魏国、楚国用兵，赵国和楚国皆派人向齐国求救，齐国却按兵不动，齐国部分大臣觉得此事蹊跷，在上朝时，向齐王提出要派兵参与抗秦，同时历练军队。

齐王田建征求后胜意见，后胜以齐秦交好，参与对秦参战，将遭到秦之报复为由，将此事否决。后胜同时启奏，建议齐王亲自去秦国拜见秦王，以修两国之好。当然，此举是权宜之计。等齐国强大之后，再与秦为敌不晚。

田建征求大臣们的意见，大臣们惧于后胜的淫威，没人敢出声。攀附后胜的大臣则纷纷出列奏本，从各方面举证齐王出使秦国的好处。

田建被众人说服，就让后胜准备，他要择日访秦。

田楚知道此事后，特意从即墨赶到临淄，要阻止齐王赴秦。田楚仗着自己是王室宗亲，没有去拜见后胜，而是直接驾车去雪宫，被巡卫署的人拦住。田楚没法，只得先去见后胜。

后胜对其他人可以飞扬跋扈，对田楚却不敢。田楚是齐五大夫之一，手里有军队，有封地，脾气倔强，且是王室宗亲，在齐国颇有威望，真把他惹急了，跟后胜闹起来，那就是鱼死网破，谁也难有好下场。

后胜忙让人把田楚请到相府，盛情接待。田楚也不驳他面子，对后胜笑脸相迎，说自己想见齐王，是因为家族之事，要向齐王禀告。

田楚这么说，后胜就没法拦挡人家了。人家可是王室贵族，人家家族的事儿，自己怎么敢说三道四呢？

后胜惯于见风使舵，见无法阻止田楚，赶紧说好话，对田楚百般奉承。特别是田楚继承先祖遗志，带着齐东之地百姓，继续疏通豨养泽之事，后胜向齐王说过无数次，并建议齐王拨付国库银两，支持田楚大夫率当地百姓开凿山体，将豨养泽之水疏通入海。

后胜不过是随口胡说，其实他对田楚继续开凿豨养泽，将其疏通入海之行为深恶痛绝，在齐王面前说了田楚很多坏话。

田楚是个老实人，以为后胜真的在齐王面前为其说过好话，很是激动。

豨养泽为齐东大泽，几十条大小河流汇聚于此，无法流出，遇到大雨，豨养泽便会溢出，危及周围村庄百姓的安全，淹没庄稼。先祖田仲首先率手下勘查地形，开山疏河。然而，因为经济局限，加上佞臣陷害，工程被迫半路停止。

前些年，豨养泽又因为大雨泛滥，淹没了周围的庄稼，田楚在完成救济工作后，便重启工程。但是此工程动用齐东百姓上万人，开支巨大，区区一个即墨城根本无法承担这笔开支。因此田楚听后胜说他说服齐王为其拨付资金，怎么能不激动？

田楚要给后胜下跪，后胜忙将其扶住。

田楚躬身说："宰相大人，如果齐王能为此事拨付银两，田楚定然率齐东百姓为宰相树碑立传，让宰相名垂千古！"

后胜有些尴尬，自己随便说说，这个傻子竟然当真了。他喔喔了几声，说："这个……本相会放在心上，择机启奏君上。不过田大夫，我等为君之臣，也应为君分忧啊，如今秦国日盛，赵、楚、魏等国日益衰微，齐国要征召训练军士，应对当前之局势，君上日夜操劳，没有十万火急之事，还是少麻烦君上为好。"

田楚听后胜这么说，觉得这个宰相倒不像别人所说的那么不堪，就问："宰相大人，在下听说君上要去拜见秦王，此事干系重大，不知是真是假？"

后胜笑了笑，说："君上之事，臣子不可妄加干涉。即便君上访秦，那又如何？赵为秦之敌国，赵攻秦失败，却在回兵之时，攻取齐之饶安，楚国在楚王完之时，春申君率兵进攻受齐之保护的鲁国，现在楚王悼即位，楚兵在楚、齐边界屡屡制造事端，楚、赵两国皆是齐之强敌，君上若出访秦国，以秦作为齐之后盾，对抗赵、楚，有何不好？"

田楚摇头，说："秦为虎狼之国，其进攻赵、楚等国，目的却不止赵、楚，而是山东诸国。对于齐国来说，赵、楚是疥癣之疾，而秦国才是齐之心腹大患！田楚虽偏安一隅，却也知道，当年庞煖攻取饶安，是因为庞煖合纵攻秦，派使者联合齐国，却被齐国拒绝，加上攻秦失败，庞煖因而怪罪齐国，率部夺取齐之饶安。自此之后，赵国进攻过齐国吗？没有，反而一直与秦国攻伐不断。君上访秦，无异于与虎狼为伍，还惹恼了本该联合的赵、楚等国，此举不妥！况且秦、齐两国皆为周室属国，地位相当，齐王访秦，是自降身份，日后山东诸国更会蔑视齐国，此举实在是不妥！"

后胜呵呵一笑，说："田大夫忘记了，齐与秦之间并非邻国。秦若攻齐，必先灭赵或者楚，故此齐何必与秦交恶呢？赵、楚强大，就让他们与秦为敌，互相攻伐，齐国只要观而不战，便可保自身无虞。齐王访秦，不过是为了让赵、楚两个强邻有所收敛，让他们知道，赵、楚可以联手，大齐也并非孤家寡人。"

田楚苦笑："宰相高论，田楚不敢苟同。等明日见了君上，田楚再向君上启奏此事。"

后胜仰头一笑："原来田大夫找君上是为了此事！本相已经替君上做好了准备，这两日就要出发赴秦了。君上这几天很辛苦，田大夫就不要去打扰君上了，有什么话，还是等君上回来再说吧。"

田楚来了脾气："宰相大人，田楚是王族，又是即墨大夫，肩负重任，有要事向君上禀告，如果宰相拦阻，耽误了大事，宰相能担得起责任吗？"

后胜收住笑，也变了脸色："田大夫既然如此说，那本相就告诉你，本相所作所为皆为了齐国，为了君上。要说责任，本相所担乃天下之责，田大夫那点事，本相顺便担了也无妨。"

田楚愤怒，起身离开了相府。

06. 田楚与周子之谋

田楚在驿馆住下，每日派人打听齐王动向。他不能硬闯后胜的巡卫署，准备在齐王离开雪宫时，在路上拜见齐王。

在驿馆住的两天里，田楚发现驿馆的人几乎都是后胜的眼线，他们每时每刻都在监视着田楚等人的行动。

田楚心情烦躁，就带人从驿馆里出来，在街上闲逛。逛了一会儿，他发现有一个形容枯槁、穿着破烂的中年人又跟上了他们。田楚有心戏弄他，带着此人穿街过巷，在拐弯处一路小跑。然而，此人却一步不肯放松，一直与他们保持着十丈远的距离。

这种盯梢也太嚣张了。田楚心里不爽，在一个十字胡同口，让手下分别隐蔽于胡同两侧，待来人走过来后，手下从两侧冲出，用刀架在了此人的脖子上。

田楚从隐身处走出来，那人却根本不在乎两把闪着寒光的大刀，朝田楚深深鞠了一躬，说："草民周子拜见田大夫。"

田楚一愣："呃？周子？你是前宰相周子大人？你……你怎么变成这番模样了?！"

此人抬起头，说："正是在下。不过现在周子是一名城门守军，早就不是什么宰相了。"

田楚仔细看了看此人，忙鞠躬："果然是……是周子先生！差点误会了，多年没见先生了，今日真是幸会。误会误会。"

手下听说是前宰相，忙把刀撤了。田楚拉着周子，找了个小酒馆，两人坐下叙旧。

周子告诉他，当年后胜担任宰相后，先将他贬为侍中。周子看出后胜在趁机排除异己，打压忠良，便向齐王禀告了此事。那时的后胜刚刚打败宫保，齐王对后胜无比倚重，竟然把他的话原原本本告诉了后胜。后胜愤怒，将他逐出朝廷，贬为守门军士。

看到昔日齐国忠心耿耿的宰相，现在如乡村老农，田楚感慨万千。

周子虽然已经不是齐国官员，却依然对齐国局势忧心忡忡。他对田楚说："田大夫，后胜现在接受秦国贿赂，已经成为齐国之大敌！田大夫，你是大齐王族之后，此事你不可不管啊！"

田楚摇头，说："宰相之事，田楚尽知。但是如今后胜专权，田楚想见君上，都须经他批准。田楚听说君上要入秦，赶紧赶到临淄，打算劝阻君上，只要挡下了君上，便有回旋余地。可惜啊，宰相不让田楚见君上，奈之若何？"

周子看了看周围，田楚示意手下出去观察情况。

手下走出屋子后，田楚小声说："有什么办法？你快说啊！"

周子说："在下听说，君上已经从雪宫回到了王宫，明日一早就要出发，去秦国拜见秦王了。田大夫如果想见君上，那就打扮成西门军士，跟着在下一起在西门值日，等君上经过时，我等出来拦阻君上，向其谏言。君上虽然优柔寡断，却善听人言，或许田大夫与在下能拦住君上。"

田楚拱手，说："周子先生，此事若被后胜知道，大人恐怕会有牢狱之灾啊！"

周子慨然："当年周子为相，空有报国之志，却无报国之才，宫保与君王后把持朝政，周子无所作为，已经是愧对君上了。此番若不能拦下君上，君上去了秦国，必然会成为天下人的笑话！周子哪怕是豁出这条老命，也要拦住君上车驾！何惧牢狱之灾？！"

田楚被周子感动，答应第二天也扮成军士，与他一起拦住齐王。

第二天一早，田楚早早梳洗完毕，带着几名随从，来到西门外。

临淄城因为过于庞大，建有十三座城门，西门两座，分别为申门和雍门。齐王要从雍门出去，雍门内外已经戒严，老百姓被疏导至申门进出。

周子虽为普通军士，但是军士们都知道他的身份，对其很是尊重。田楚来到雍门，看到周子带着几个军士，正站在外围阻挡要从此门出城的百姓。

田楚和手下都穿着普通百姓衣服，军士们看到他们，要过来阻拦。周子走过来，带着田楚来到他们在城门旁的小屋，拿出一套军士衣服和佩刀，让田楚换上。

田楚换上衣服，带上佩刀，跟着周子来到城门下，跟站在门口的士卒换岗。田楚站在周子的旁边，两人相视一笑，心里各有万般滋味。

过了大约一个时辰，齐王的前锋来到，示意田楚和周子到外面站着，周子不肯。田楚明白周子的意思，他们如果到了城门外，就得在城外拦截齐王，也就是说，在周子的心里，齐王去拜见秦王，已经出城，就意味着已经出行了。在城门里面拦住，那就是没有出城，没有成行。田楚虽然觉得不必如此计较，但是看周子如此认真，他就对这个耀武扬威的前锋说："你们不认识他吧？他可是齐国的前宰相周子！看守城门的军士，肯定要在城门里面，怎么能到城门外呢？！"

军士看了看周子，看到周子一脸凛然，就摆手，让他们到旁边站着，不要挡着城门。

两人站到城门一侧，周子小声说："君上车驾前面有卫队和旗手，我们要是挡在他们前面，没等看到君上，就被他们扔到一旁了。我们要放过那一百人的卫队，直接挡在车驾前面，才能见到君上。"

田楚有些害怕："车驾前还有执戟卫士，他们可是一等一的勇士，是君上的贴身护卫，万一他们以为我等是刺杀君上的，我们两个可是连说话的机会都没有。"

周子说："在下在前面，万一在下被卫士杀了，阻挡君上之责可就落在田大夫身上了。"

周子如此勇敢，田楚为自己的胆怯感到羞愧。他说："我们两人一起冲过去！谁活着谁便要挡住君上！"

马队很快来到。

最前面，是四个扛着节钺和旗帜的军士。这四名军士皆高大魁梧，一色的黑马，威风凛凛，颇有气势。后面便是一百名驾前护卫。

这一百名护卫皆由大将军精心挑选，勇武能战，全副武装，杀气腾腾。

一百名护卫后面，是随齐王出行御史的双马车驾，后面便是齐王的四挂大马车。四匹枣红色骏马如一片祥云缓缓而行，马车旁边各有四名执戟护卫，警惕地看着四周。君王出行之威仪让周子看得目瞪口呆，竟然顾不得冲上去谏言了。

田楚碰了一下周子，大喊了一声："即墨大夫田楚拜见君上！"

07. 城门拦驾

齐王车驾旁边的持戟护卫，看到田楚冲过来，大惊，挥舞长戟就朝着田楚刺来。关键时刻，周子冲上来了，他边冲边喊："君上，秦国去不得啊！君上……"

周子撞开了眼看就要被刺上的田楚，自己替田楚挨了一戟。长戟刺在他的前胸处，鲜血喷溅，他抓住长戟挺身而立，对着马车喊道："君上，草民是周子，秦国去不得啊！"

田楚趁持戟卫士们发愣的工夫，冲到马车前跪下，大喊："臣即墨大夫田楚叩见君上！"

车夫赶紧勒住马车，四匹枣红马在田楚的面前堪堪停住，扬起的尘土如一阵龙卷风，将田楚卷在了里面。

周子死死抓住持戟卫士的长戟，另一个持戟卫士冲过来，要杀田楚。周子大喊："你们前面之人是即墨大夫田楚！王室贵胄，谁敢杀他？！"

持戟卫士们愣住了。

田楚趁机大喊："即墨大夫田楚求见君上！即墨大夫田楚求见君上！"

前面马车上的御史跳下马车跑过来，一看下跪的真的是田楚，忙过去拉他："田大夫，赶紧起来，君上要出使秦国，有事等回来再说，拦截君上车驾可是死罪！"

田楚不肯起来，依然昂着头喊："即墨大夫田楚叩见君上！……"

御史大夫见田楚不肯起来，无奈，只得跑到齐王车前，向齐王禀告。

其实齐王早就听到了田楚的声音，他只是恼怒，觉得这个即墨大夫事出无端，在自己出访秦国之时拦车叫喊，实在不像话。

御史过来禀告，齐王不得不从马车上探出头，让人把田楚和周子带过来。

周子浑身是血，已经很虚弱了。他只朝齐王磕了一个头，就晕了过去。

齐王挥手让人把周子送去医治，守门军士抬着周子走了，齐王才皱着眉头问田楚："田楚，你身为即墨大夫，不好好待在即墨，为何跑到这里胡闹?!"

田楚拱手："君上，臣不是胡闹！秦国万万去不得啊！君上访秦，无异于与虎狼为伍，还惹恼了本该联合的赵、楚等国！秦之策略，是远交近攻，统一天下，齐应该马上联合山东五国，早订防御大计，而不应该与虎谋皮！君上，秦打下了赵、魏、楚的每一座城池，不是齐国之喜，而是齐国之忧！"

田建挥手："此事寡人自有计较，与秦交好，不过是权宜之计，等齐国军队强盛，寡人必然率齐国军队与诸国合纵，打败秦军。秦可远交近攻，齐为何不可？"

田楚苦笑："君上，先不说齐是否是赵、楚等国之对手，即便打败了赵、楚，齐最后能是秦之对手吗？臣刚才说过，楚、赵、韩、魏等国为齐之屏障，齐应该与诸国合作，保护山东诸国不被秦侵犯，如果齐能有所作为，山东五国哪个国家敢侵犯齐国呢？何况，齐为侯爵之国，秦不过是养马有功，而忝列诸侯，齐王以侯爵之王，去看一个养马之后，不觉得脸上无光吗？"

田楚最后几句话，让齐王有些犹豫了。

田楚继续说："君上是齐国之王，而非只是田家之王，君上作为一国之王，不应该轻易离开自己的国土，而去其他的地方，此举非但于国不利，且对君上不利。秦人唯利是图，什么事都能干出来，请君上三思！"

齐王犹豫了一会儿，问："如此说来，寡人不可轻易访秦?"

田楚拱手："齐王应该让齐国强大，让秦王访齐，才是君王之道！君上访秦，是弱者之道，堂堂大齐，物丰民富，地域辽阔，君上英明，怎可随意附庸他人！"

田建被田楚最后一顶高帽子压住了，下令回宫，不去秦国了。

御史等人目瞪口呆，却也无可奈何，忙派人将此事报告给后胜。

后胜率文武百官，早早就来到城外八里亭子，摆设酒水，给齐王饯行。等了半天，不见齐王一行出来，正纳闷，御史派的人匆匆来到，后胜这才知道，齐王车驾被周子和田楚拦住，齐王被田楚说服，转回王宫了。

后胜气急败坏，大骂田楚。

田建车驾回宫，田楚忙向守门军士打听周子下落，军士带着田楚找到为周子治病的郎中。

周子躺在床上，浑身是血，脸色蜡黄，已经气若游丝。听到田楚进屋，周子艰难地抬起头，问齐王是否出城。听田楚说齐王已经回宫，周子放下头，说："君上回宫，周子死而无憾。"

周子说完，长出一口气，闭上了眼睛。大齐一代相国，就此告别人世。

田楚忙让郎中救人，郎中过来，扒了扒眼皮，对田楚摇了摇头。田楚看着血葫芦一般的前宰相，想到要不是这个瘦弱的男子替自己挡了一戟，现在躺在床上的就是自己了，不由得悲从中来，号啕大哭。陪田楚来的军士，也陪着落泪。

城门司马带人来到。司马是奉命来捉拿拦截齐王车驾的周子的，看到周子死了，城门司马让人把周子的遗体抬走。田楚愤怒，拦住军士，怒斥城门司马。

城门司马知道田楚的身份，不敢得罪他，却也不肯放了周子，说周子拦截王驾，按罪当斩，即便死了，也要曝尸三日，以儆效尤。

田楚挡在周子面前，不让他们动手。城门司马不敢动田楚，就派人向卫城将军请示，新任卫城将军也不知该如何是好，就派人禀告宰相后胜。

后胜得知周子已死，就让卫城将军别管他了，让田楚来收拾这个烂摊子。

田楚亲自张罗，帮助周子的家人安葬周子，又拿出一些金银，给了周子的妻子，让其抚养周子的后人。

安排好周家事宜，田楚在临淄驿馆又住了五天，他还是想见齐王。然而，这五天中，齐王一点声息都没有。田楚以为齐王住在宫中，想方设法绕过后胜的巡卫署进宫，经过打探，得知齐王又去了雪宫，田楚失望至极。

这时，司马王付子派人来送信，说开凿豨养泽的民工因为打架死了人，让田楚赶紧回去。田楚无奈，只得带着随从出城，回到了即墨。

08. 仲连先生来到豨养泽

田楚来到开凿工地，发现鲁仲连和吕旌竟然也在工地，而前几天发生的斗殴之事，经过两人调解，已经解决，被打死的那人，原本只是昏厥过去，经过仲连先生的救治，现在已经好了，继续在工地上干活。

看到一望无际的豨养泽和山上热火朝天开凿水渠的百姓，田楚心情大好。

鲁仲连和吕旌也很兴奋，两人对田楚疏通豨养泽的做法大加赞赏，鲁仲连说："君王争霸天下，皆为自己，仲连也想通了，管他秦王还是齐王、赵王，攻伐夺城，即便胜利了，也不过是让王者多了或者少了一块地皮，跟普通老百姓毫无关系。老百姓该纳税纳税，该穷还是穷，唯有像田大夫如此做事，才是为官一任，造福一方！"

田楚兴致勃勃，带着两人爬到山顶，指着远处的豨养泽说："豨养泽方圆上百里，水势浩大，上有大小十多条河水流入，遇到大雨，则溢出堤坝，危害百姓。如果能从此向东凿开，开出河道，让豨养泽之水劈山而出，流向大海，一则附近百姓不会再遭洪水之害，二则可灌溉两岸土地，三则豨养泽下土地肥沃，可用于耕种。田楚不能带兵打仗、为齐国开疆拓土，若能将此山凿开，也不枉做了一回即墨大夫。"

吕旌说："田大夫此举，倒比开疆拓土更有利于百姓。最近吕旌与仲连先生坐而论道，觉得为平民百姓谋利的最好办法，不是辅佐一个君王。何况即便把当前的君王辅佐好了，下一代君王是何种德行，没人知道。倒是田大夫此举，利国利民，造福子孙万代，吕旌因此与仲连先生赶了过来，想着或许能有用得着的地方。田大夫，你明日帮我们寻一副担子，我与仲连不能凿石头，但是可以挑运泥土。"

田楚哈哈大笑，说："两位先生能来这里，即便什么都不做，老百姓也比平常有干劲。挑担子二位不行，能为百姓多讲点故事，那就最好了。"

三人从山上下来，百姓中有认得鲁仲连的，朝他喊："仲连先生，跟我们讲讲你一箭吓退燕国大军的事吧。有人说你的箭上绑着毒药，要是燕军不退，那药就把燕军全部毒死了，真有这么厉害的毒药吗？"

鲁仲连笑了："哪儿有什么毒药，都是瞎说。"

有人喊："仲连先生，到底是怎么回事，你跟我们讲讲吧。燕军杀得齐国大军不敢露头，怎么就怕你的一支箭呢？"

田楚说："仲连先生，你就给他们讲讲吧。都是些平头百姓，没有见识，能见到你，比见到神仙都要高兴呢。你的故事，在这里可是无人不知呢。刚好他们也累了，需要休息一会儿。"

鲁仲连想了想，说："好，那我就给你们讲一个，不过不能耽误干活啊。早日开通大河，你们的好日子就早一天到来。"

众人喊："仲连先生放心，听了你的故事，我们只会干得更快。"

鲁仲连和吕旌坐下来，给大家讲了一会儿他所经历的故事。他讲的正是当年他一箭退燕军的往事，众人听得津津有味，这一段讲完，还央求他再讲一个。鲁仲连让大家赶紧干活，下午再讲一个。

如此，鲁仲连和吕旌在大家劳累的时候，轮流给大家讲故事，干活的百姓有了精神，干得更加有劲头。

田楚回到即墨城，处理了几天公务，又回到工地。晚上，有各村领工头目来问田楚，什么时候发饷，田楚告诉他们，十天后吧，他让人去莒城借钱了，七八天应该就回来了。

头目们走了，鲁仲连问田楚，为何要到莒城借钱。

田楚叹了一口气，说："两位先生不知，这工程最为耗费钱财。现在工地三千二百三十六人，每天要吃饱，吃不饱没力气干活。还要发饷，没饷也没人来干活。自开工至今，不到两年工夫，即墨城的库银已经所剩不多了，而工程却才干了不到十之一。田楚终于知道，当年先祖为何干到中途停下来了。如此工程，耗费实在是太大。"

鲁仲连说："即墨城的库银太少，借钱也不是办法，田大夫就没想过向大王求助？"

田楚苦笑一声："怎么没想过？君上虽然懦弱，却爱民如子，先祖治理豨养泽之事，君上多次提到过，并大加赞赏，如若君上得知在下重开工程，必然会让国库拨下银两，可惜啊，在下现在都无法见到君上。上次冒险在城门一见，劝得君上转身回宫，在下在临淄等了五天，就是盼望君上召见，却未能如愿。在下也上过数次奏本，却不见回音，应该是被后胜挡住了。此番拦住君上赴秦，更是得罪了宰相，有宰相在，这国库拨银看来是够呛了。"

鲁仲连想了一会儿，对田楚说："此事我来想想办法，田大夫，你只管安心带着他们干活，千万不能停下，停下这钱就弄不回来了。"

田楚有些惊讶："当然不可停下，如此大工程，岂能说停就停？不过仲连先生，一点半点银两可不解决问题，你到哪里弄这么多钱？！"

鲁仲连笑了笑，说："这个仲连自然有办法。不过此事还需要田大夫协助，没有田大夫协助，此事办不成。"

田楚点头，说："只要能要来银两，仲连先生只管吩咐便是。"

鲁仲连说："此事说简单也简单，说麻烦也比较麻烦。田大夫找一辆囚车，让仲连穿上囚服，关进囚车内，然后，一路上大张旗鼓，送往临淄。记住了，要多派人，晓行夜宿，不要走得太快，最好敲锣打鼓，就说抓住了朝廷要犯鲁仲连，要解送朝廷，知道的人越多越好。"

田楚皱眉："此是为何？"

鲁仲连笑了笑，说："田大夫要是想要钱，就只管照仲连说的做。其余就不用田大夫管了，田大夫只管在即墨等着收钱就行。"

田楚看向吕旌，吕旌点了点头，说："田大夫放心，吕旌与仲连先生同去，保证仲连先生和银两一起回来。"

田楚虽半信半疑，却也知道，鲁仲连做事稳当，从来不打诳语，何况还有吕旌呢。

田楚不知道的是，其实两人早就知道了田楚凿河缺少银两之事，他们来到工地，便是相机帮田楚解决这个问题。

09. 后胜见仲连先生

田楚按照仲连先生的意思，让人给仲连先生找了一套囚服，让其穿上。鲁仲连自己上了囚车，田楚让人找了一匹老马，拉着囚车缓缓而行。

田楚安排了一百多人的押送队伍，二十多人轮流在队伍前面敲锣打鼓，扯着嗓子喊："朝廷要犯鲁仲连被即墨大夫抓住，现押解都城，路人回避了！"

齐国人无人不知鲁仲连协助田单退燕军救齐的故事，听说这鲁仲连竟然成了朝廷要犯，纷纷出来观看。不经过村庄还好些，经过村庄，特别是经过集镇，道路便被堵得水泄不通。押解队伍也不急，只是轮流敲锣打鼓，轮流喊。堵住了路，他们便就地歇息，一直到没人了，再朝前走，丝毫不着急。边走还边喊："朝廷要犯鲁仲连被即墨大夫抓住，现押解都城，路人回避！"

吕旌穿上军服，也混在押解队伍之中。路上没人了，他就跑进囚车里，与鲁仲连边喝酒边聊天，很是悠闲。

一行人欢欢乐乐走了十多天，走了不到一半路程，曾经为大齐立下过汗马功劳的鲁仲连被抓，正在押往朝廷之事，却传遍了天下。

后胜得知此事，觉得蹊跷。他想了半天，也想不出田楚这是唱的哪一出。有一点他明白，此事事出有因，很可能跟自己有关，而且出主意的是鲁仲连。他太清楚田楚了，耿直忠诚，一根筋，城门拦驾，是因为有周子，如果没有周子，他田楚想一辈子，也想不出这种刁钻的主意。

这鲁仲连是想做什么呢？

后胜派人一路监视着这支队伍，一直到他们进入临淄。

进入临淄城后，田楚的这些军士直接把人送到了大司田衙门。大司田有些惊讶，不敢收人，忙跑来向后胜禀告。

后胜让大司田先把人收下，不过不要将此事禀告齐王。

大司田听命，就让人把鲁仲连关进了大牢。

后胜想先将此事引发的风潮压下去，如何处理鲁仲连，以后再说。让他没有想到的是，鲁仲连被抓的事儿，很快传到了赵国。已经是风烛残年的都平君田单得知此事后，拖着残躯找到赵幽缪王，向赵王讲述当年秦围邯郸之事。当时魏王派新垣衍说服赵孝成王派使者尊秦为帝，以退秦兵。鲁仲连刚好在赵国游学，他得知此事后，通过平原君见到新垣衍，进行辩论，最终说服了新垣衍，使得新垣衍相信，即便赵奉秦为帝，秦最终也会向赵发起进攻。新垣衍回魏后，魏王派十万军队援赵，才最终使得赵国打败了秦国。赵王自然也知道此事，得知鲁仲连被抓进齐国大牢，就派使者来到齐国，向齐王施压，要救鲁仲连，并愿意以饶安换之。

齐王很惊讶，不知鲁仲连为何就成了朝廷要犯。他派人传大司田，要他禀告此事。

大司田去见齐王之前，先匆匆拜见宰相后胜，向他请示如何将此事禀奏齐王。后胜听说赵国使者来到了齐国，向齐王要鲁仲连，大为吃惊。他让大司田先去见齐王，就说他也不知田楚为何要将仲连先生送到临淄，他正准备调查呢。

大司田走后，后胜让人到大牢，把鲁仲连提出来，送到相府。鲁仲连却不出来，让后胜到大牢见他。

后胜无奈，只得进入大牢。

鲁仲连盘腿坐在大牢的地上，后胜进入牢房后，要行跪拜之礼。鲁仲连说："宰相大人，我们之间就不必讲这些虚礼了。仲连知道，宰相大人最不想见到的人，就是仲连。仲连此番来到王城，有一件事求宰相出手相助，如果宰相能帮忙，仲连此生再也不会来王城。"

后胜略有些尴尬，说："后胜想请师父到相府一叙，请师父务必答应。"

鲁仲连笑了笑，说："不必了。上次到相府吃了一番酒肉，仲连现在不敢忘记。宰相大人倒也不必过意不去，上次宰相没杀仲连，也算师徒一场。现在宰相大人贵为一国之相，鲁仲连是乡野百姓，师徒情谊已尽。仲连和宰相大人就算做一桩生意吧，仲连把生意事项说出来，宰相大人看看是否愿意。"

后胜也不客气了，说："仲连先生，那就请讲吧。"

鲁仲连说："当年即墨大夫田种首疏通豨养泽，工程中途停止。豨养泽上游有几十条大小河流涌入，大雨时节，泽水经常涌出，淹没村庄和庄稼，附近百姓深受其苦。现任即墨大夫田楚重启工程，率几千人开山凿河，耗费大量金钱，即墨都府库存银两已经告罄，仲连因此请求宰相大人向君上奏本，以国库之银支持田大夫之善行。"

后胜大悟："先生一路大张旗鼓，原来意义在此！好一个朝廷要犯，后胜佩服至极！"

鲁仲连笑了笑，说："宰相大人应该知道，仲连若不如此，宰相恐怕很难将此事告知君上。"

后胜苦笑一声，问："假如后胜还是不肯，仲连先生会怎么做？"

鲁仲连慢悠悠地说："如果仲连没猜错，君上已经知道仲连在齐国的大牢里了。君上必然会召见仲连，宰相大人应该知道，君上对仲连的话还是肯相信的，君上听了仲连的话，不一定会拨付国库银两给田大夫，但是对于屠将军的死，还有宰相大人豢养黑衣卫的事，君上不会不管不问吧？宰相大人虽然一手遮天，但是你别忘了，君上可是齐国的天啊！这天要是遮不住了，宰相大人可就麻烦大了。所以，仲连说是跟宰相做生意。宰相要设法说服君上给田大夫拨付银两，鲁仲连则保证不见君上，不将此事告知外人。"

后胜冷冷地问："仲连先生如果食言呢？"

鲁仲连笑了笑，说："如果食言，宰相大人想杀仲连，还不是易如反掌？何况仲连已经是风烛残年，过两年死了，宰相大人便可高枕无忧了。"

后胜想了想，说："田大夫开山凿河，造福黎民，此事本相理当告知君上，此事本相答应了。不过仲连先生也要答应本相一件事。"

鲁仲连说："请宰相大人吩咐。"

后胜说："此事已经惊动君上，赵王派使者来到临淄，要拿饶安换先生，不管先生是否答应，君上肯定要见先生，但是本相不想让先生见到君上，此事该如何处置？"

鲁仲连拿出一个药丸，说："明日一早，仲连吃下这个药丸，宰相就让人抬着仲连去见君上，宰相就说鲁仲连畏罪自尽，君上自然会让人赶紧将仲连抬出去。剩下的事儿宰相肯定有办法处理。至于在下，宰相让人把仲连抬出宫门，自然会有人接在下出城，仲连从此再也不会麻烦宰相了。"

后胜看了看鲁仲连手里的药丸，点头，说："这应该是高华子先生所制的吧？先生不愧是当今大才，可惜不能为本相所用。"

鲁仲连笑了笑，说："宰相大人也曾经是鲁仲连最为得意的弟子，可惜啊，宰相之才用错了地方。"

10. 永别了临淄

第二天一早，后胜果然带人来到牢房，让人将已经假死的鲁仲连抬了出去，直接出城，来到雪宫。

齐王看到已经"死"去的鲁仲连，大吃一惊，忙问这是怎么回事。

后胜跪倒磕头："后胜有欺君之罪，请君上治罪！"

齐王噢了一声，说："宰相，抬头说话，为何仲连先生成了朝廷要犯？！"

后胜抬头，拱手说："君上，仲连先生是臣之师父。秦之细作顿弱行贿屠洪步将军，是受仲连先生之引见，此本是重罪，可是臣顾念师父传业之情，只将先生软禁于驿馆之中，后来他们逃出驿馆，臣也只是虚张声势，并没有真的派人抓他们。臣拘于师徒之情，没有严格律法，犯下重罪，请君上责罚！"

齐王点了点头，说："原来如此。也罢，寡人念你师徒情谊，就不追究此事了。仲连先生这是怎么了？"

后胜装模作样，擦了擦眼泪，说："臣昨日去大牢中看望了先生，先生害怕君上治罪，应该是吞毒药自尽了。"

齐王长出一口气："仲连先生也是糊涂，他怎么可以给屠将军引见秦之细作？！"

后胜假意申辩："君上，这位细作乃是师父昔日老友，我问过先生，先生当时不知此人是秦之细作，为此后悔不已。请君上莫怪先生，一日为师，终身为父，要治罪就治臣下之罪吧！"

齐王挥手："既然仲连先生不知内情，那就算了吧。何况人已经死了，让人把先生抬出去吧。人已经死了，赵使也不能要了，饶安也换不回来了，算了，你也退下吧，寡人要歇息一下了。"

后胜辞别齐王，忙让人抬着鲁仲连出了雪宫，上了马车，一番疾驰后，来到一个十字路口。

路口一侧，停了一辆带轿厢的马车。吕旌站在路口，身穿金色长袍，一头灰白头发高绾，面容平和，不卑不亢。

后胜下了马车，走到吕旌面前。吕旌拱手："草民吕旌见过宰相大人。"

后胜笑了笑，拱手说："吕先生曾经是当朝博士，屡受宫保迫害，如今宫保已亡，吕先生何不效力朝廷？"

吕旌微微笑了笑，说："吕旌已经厌倦朝廷争斗，愿意做个清闲之人。今日带仲连先生回去，再也不会回王城，请宰相大人放心。"

后胜大笑，让人把鲁仲连抬上吕旌的马车。吕旌上了马车，朝后胜抱了抱拳，马车疾驰而去。

后胜的随从说道："大人，这些人与你为敌，何不杀了他们，永绝后患？"

后胜摇头，说："后胜虽非好人，却也不愿意做一个十恶不赦之人。仲连先生和吕旌是好人，杀了这种人，会有报应的。"

鲁仲连上了马车后，吕旌赶紧拿出解药给仲连先生喂了下去。过了一会儿，鲁仲连醒来，看到自己旁边坐了吕旌，疲惫地笑了笑，说："吕先生，我等再也不能去临淄了。"

吕旌哼了一声，说："这种地方，我还不想来呢。"

鲁仲连叹息了一声，说："国之不兴，妖孽丛生。前有宫保，现有后胜，堂堂大齐，真要亡于他们之手了。"

吕旌说："恐怕不止是大齐吧？秦要灭齐，先要灭赵、楚、魏等国。只要这些国家能够合纵抗秦，秦是无法灭掉它们的。"

鲁仲连摇头："先生没看出来吗？秦现在不仅用军队对抗山东诸国，而且用黄金加匕首之策，收买各国柱石之臣，暗杀不愿与秦合流者。如果仲连没猜错，赵、楚、魏等国大臣，皆有被收买者。而山东六国却未曾警醒，如此下去，山东六国必亡也！"

吕旌叹气，说："天下大势，非我等所能掌控。若活该如此，我等又有什么办法？"

鲁仲连摇头叹息："若天下归秦，秦必用商鞅之法治国。商鞅之法教人向恶，长久下去，天下无善矣!"

吕旌说:"何必如此丧气? 还有墨家呢。"

鲁仲连说:"如秦王得天下，必然先灭墨家。"

吕旌不说话了。鲁仲连沉默了一会儿，突然唱起哀伤的曲子:

旄丘之葛兮，何诞之节兮。

叔兮伯兮，何多日也?

何其处也? 必有与也!

何其久也? 必有以也!

狐裘蒙戎，匪车不东。

叔兮伯兮，靡所与同。

琐兮尾兮，流离之子。

叔兮伯兮，褎如充耳

……

吕旌也跟着吟唱起来，一会儿，两人便两眼泪水。

第七章　田楚救齐

01. 田单死讯

后胜没有食言，鲁仲连和吕旌回到即墨不到二十天，齐王便让人召田楚到临淄，让田楚找宰相办了交接，领了五千两库银回来。齐王下旨给田楚，让田楚每季报工程进度和所需费用，国库每季拨款，直到工程结束。

田楚领了银两回来，给开河的百姓发了工钱，买了工具，加了一餐好饭，众人干劲大涨。田楚又让各村征集了一批工人，从下游处开山，工程进度显著加快。

大概是路上染了风寒，鲁仲连从临淄回来后，就一直身体不适，卧床不起。

田楚从临淄回来后，置了几个好菜，请鲁仲连和吕旌喝酒。鲁仲连勉强起来，吃到中途，便回去继续躺着了。

吕旌本来打算和鲁仲连回他们居住的海岛上去，眼见鲁仲连如此，他只得只身回了海岛一趟，看望了一下妻儿，把私塾解散，又赶回来照顾鲁仲连。高华子也从隐居的慈山来到即墨城，与即墨城的郎中一起，给鲁仲连采药治病。

鲁仲连的病时好时坏，身体却一路瘦下去。如此延宕了半年，身体瘦成了纸片。经常在床上一躺两三天，吃不下食物，只能喝点儿水。

一个大雪皑皑的冬日，从赵国来了两名戴着尖顶帽穿着皮衣的使者。两人夹带着刺骨的寒风，先是到了即墨衙署，找到了王付子，又打听仲连先生。

王付子带着两人，来到鲁仲连住的屋子。

鲁仲连怕冷，田楚让人在鲁仲连住的屋子里点了三个火盆。火盆上烧着水，热气充盈。因此几个人进了屋子后，有种雾气蒸腾的感觉。

其中一个赵国使者不由得说："好暖和的屋子。"

高华子想要阻止使者，已经来不及了。

躺在床上的鲁仲连听到了使者的话，说："我怎么觉得这屋子很冷呢？"

吕旌忙说："仲连先生说得对，这么冷的天，三个小小的火盆会有什么用？他们说暖和，不过是因为他们从外面进来，穿的衣服又多，觉得屋里比外面暖和些而已。"

使者要争辩，高华子用严厉的眼神阻止了他们。

使者只好说："这屋子……确实比外面暖和，仅此而已。这么冷的天，哪里会有暖和的地方呢？"

鲁仲连撕心裂肺地咳嗽了一阵儿，说："听口音，先生是从赵国来的吧？"

使者拱手："正是。小的奉都平君之命，将先生之物送还。"

鲁仲连听使者说"都平君"，竟然从床上爬起来坐着，问使者："何物？"

使者走到鲁仲连面前，把手里捧着的一个木制盒子递给鲁仲连。

鲁仲连打开盒子，盒子里面只躺着一把短刀。鲁仲连颤抖着拿起短刀，抽出刀鞘。

一把乌黑锃亮的短刀呈现在众人面前。

鲁仲连看着短刀，喃喃地说："安平君没了。"

众人都惊讶地呃了一声，面面相觑。使者嘴里的"都平君"和鲁仲连所说的"安平君"是一个人，就是曾经用一己之力挡住攻齐的各国联军，收服齐失地的田单。

田单在齐国被封"安平君"，但是安平君功高盖主，受到齐王猜忌，因此颇受排挤。赵王得知后，用三个大城市加上一些小村城镇共五十七处地方送给齐国换田单，田单赴赵，被赵王封为"都平君"。赵王用城池换田单，一是欣赏田单有勇有谋，二是为赵国消灭了一个强敌。

齐王不懂这些，田单懂。因此赵王对田单虽然高官厚禄，却不像李牧、庞煖那样重用，田单每日吟诗作对，却心情郁闷。鲁仲连游学到邯郸，曾在田单府上住过一年多。那时正逢邯郸大战，鲁仲连因为说服新垣衍，受到平原君赏赐，鲁仲连坚辞不受，并协助田单守护城墙，两人堪比生死兄弟。邯郸大战胜利后，鲁仲连离开邯郸，距今已经三十余年，鲁仲连没有想到，比自己年轻的田单竟然先他一步而去。

使者躬身不说话。

吕旌和高华子知道，此时的鲁仲连已经千疮百孔，受不得丁点儿打击了。因此两人走到鲁仲连面前，想安慰他。

鲁仲连艰难地笑了笑，说："人皆有一死，草民百姓如此，君王亦如此，安平君虽是人间龙凤，却也难逃轮回，仲连自然明白，诸位放心。"

然而，他话刚说完，却突然张口，接连吐出了两大口鲜血。

高华子忙让他躺下，烧了一张符水，让他喝下。鲁仲连却连这符水都装不下了，喝了就吐，血水和着符水，红里有黑，黑里有红，让人触目惊心。

高华子看情况不妙，忙派人将此事告知田楚。

屋子外面，大雪飘飘。不远处的屋顶、老槐树上，都顶着厚厚的雪花。出去寻找田楚的人跑回来，说田大人出去好多天了，据说是去豨养泽那边的工地了。

吕旌正要安排人去工地，鲁仲连忽然说话了："去……去山上。我想去山上……看一看。"

吕旌忙说："仲连先生，田大夫是去豨养泽工地了，这么大的雪，你想去哪个山上啊？"

鲁仲连口齿清晰，却有气无力："豨养泽，去……我们……喝酒的地方。"

吕旌明白了，鲁仲连这是知道自己不行了，想去豨养泽开山工地上看一眼。

但是这么冷的天，大雪遮天蔽日的，怎么去啊？他们这些身体健康的人都不敢出门，何况鲁仲连这种一动就要断成两截的人。

高华子也说："仲连先生，这里离豨养泽工地一百五十多里路呢，雪还这么大，连路都看不清楚，我看还是别去了吧。等你把身体养好了，我们再去，还去那山上喝酒吃肉。"

鲁仲连不肯，自己挣扎着坐起来，要下床。

吕旌把高华子叫到一边，小声说："仲连先生就这一两天的事了，他这是有心事未了，我们还是遂了先生的心愿，带他去一趟吧。"

高华子皱眉："这雪这么大，怎么去啊？你看仲连先生那样子，恐怕走不到，半路……"

吕旌打断高华子的话，说："人活一口气，仲连先生在这屋子里躺了大半年，再好的人也躺坏了。去工地，对他来说是个念想，有这念想撑着，先生说不定能过去这关呢。"

高华子犹豫了："要不，去准备准备？"

吕旌点头，说："用那辆最大的马车，两匹马拉车，再带两匹马。轿厢里多铺垫被褥，再放两个火盆，让赶车的多穿点衣服，带上吃的，傍晚能赶到山下工棚就好。"

高华子摇头："一百五十多里路呢，这大雪天不敢跑快，怎么也得两天吧。"

吕旌说："不管了。只管走吧，仲连先生等不及了，他肯定感到自己的大日子快到了，再晚，他就去不了了。"

高华子答应了，吕旌就请王付子帮忙安排马车等物。王付子出去，赵国使者也随之告辞，高华子和吕旌给鲁仲连穿衣服找帽子，一番忙活。

02. 仲连先生归天

穿好衣服后，吕旌和高华子扶着鲁仲连走出屋子。凛冽的寒气让三人都不禁打了几个哆嗦。

鲁仲连咳嗽了几声后，竟然有些兴奋，说："好，好大的雪啊。雪大了，明年的庄稼就能丰收了。"

吕旌点头，说："是啊先生，今年的麦苗出得可好了。"

鲁仲连仰头，看了看漫天的大雪，喃喃地说："不知这雪来自何处。明年仲连再不能在这儿看雪了，索性多看一眼吧。"

两人心里发急，又不能催鲁仲连，只得陪着他，仰头看天。

大雪被风吹着，刮进脖子里，钻进衣服里，吕旌和高华子连连打了几个哆嗦。鲁仲连昂头看着混沌的天空，竟然一动不动。

好在王付子跑了过来，说马车已经准备好了，在院子外等着呢。鲁仲连低下头，说："好，走吧。"

吕旌和高华子扶着鲁仲连，缓缓走出院子。王付子果然给选了四匹好马，两匹已经套在了车辕里，剩下的两匹拴在马车后面。四匹马皆体形健硕，精神头十足。

大雪罩着四匹马和马车，一片朦胧。马车车顶积了一层薄雪，时而被风旋着飞上天，时而又散落开来。

两人先把鲁仲连扶上马车，然后再进入车厢内坐下。车厢很宽敞，已经铺好了被褥，在铜盆中生上了火炭。吕旌掀开被子，示意鲁仲连钻进去躺下。鲁仲连却正在兴头上，他坐在靠窗一侧，掀开轿帘看着窗外，一脸的痴迷和留恋。

吕旌和高华子不忍打搅他，皆低头不语。

车夫平稳地赶着马车，出了即墨城，奔驰在去往豨养泽的官道上。

鲁仲连看了一会儿外面的景象，对两人说："仲连老家是山地，离大海甚远，但是有一个齐东之地的亲戚。每年冬天，亲戚去我们家，都会带来晒干的鱼，那味道真是香啊！小时候的愿望，就是能到大海边居住，可以有鱼吃。你们知道，我是多大年龄第一次从这路上走，去海边的亲戚家吗？"

高华子忙接口说："这个我们怎么能知道？"

鲁仲连仿佛也没期待两人回答，自己顺着往下说："十五岁。那年仲连跟随师父到稷下学宫，听孟子讲学，之后，按照父母嘱托，顺便去海边亲戚家，亲戚三年没到我们家里，父母有些惦记。然而，仲连到了亲戚家，亲戚已经死了。是一个捕鱼的老人，没有儿女，只在离海边不远的村里有两间破屋子。不知为什么，今天突然想起了这位我叫表叔的老人，现在想想，老人当年每年都跑几百里路到我家，这得走多少天啊，还挑着担子。我父亲不太喜欢他的这位表弟，但是喜欢他送的干鱼。现在想想，我们一家人真是愧对人家，死了两三年竟然不知道。"

吕旌接话说："仲连先生，别想这些了，你躺一会儿吧。"

鲁仲连摇头，说："我今日一点都不困，脑子也特别清醒。我想到了姜英，想到了吕斌，还有那些为了救我们而死的兄弟，他们死得不值得啊！我们都这么大年龄了，拖累了那么多的好后生。"

高华子说："仲连先生，你可不是一般人，只要有你在，别国就不敢欺负齐国。姜英先生曾经说过，只要能救出先生，他死十次都值得。"

鲁仲连摇头："姜英错了。无人能救齐，无人能阻止秦，商鞅之毒已浸润秦百年有余，此毒在外，便无人能敌，赵、楚等国也不例外，此毒入内，则肌体腐烂，自食恶果，且贻害无穷。"

吕旌惊讶："先生是说，秦会统一天下，也会葬送天下？"

鲁仲连点头，说："好好的人，赴秦之后，皆成了恶人。白起不说，顿弱曾经也是勇毅之士，附秦之后，专做蝇营狗苟之事，还有姚贾之流。善不一定有报，恶必自食其果，仲连看不到了，诸位应该可以看到。"

鲁仲连说了一会儿话，终于累了，躺下歇息。

出乎众人意料的是，出了即墨城不远，雪便越来越小，直至停下。且越往东跑路上的雪越小，最后竟然彻底没有了。天虽然阴着，却道路平坦，众人大喜，车夫打马疾驰，不敢稍有耽误。

约莫到了中午时分，他们在路上略作休息，车夫趁机换了马，让原先拉车的两匹马换到后面，便继续赶路。快到豨养泽附近的时候，天上又下起了大雪，幸亏路上还没有积雪，车夫加快速度，打马疾驰。

夜幕降临，他们终于到了位于山下的工棚，找到了田楚等人。

田楚看到三人来到，非常惊讶，赶紧让人腾出位置，让鲁仲连歇息。

鲁仲连睡醒了，精神很好，他不肯进屋休息，非要上山看雪，看看他曾经住过一个多月的山上工地。

田楚怕鲁仲连身体出现问题，不想让他上去。

吕旌把田楚拉到一边，小声说："上吧，找个筐子，找两个人把仲连先生抬上去。看这样子，先生时间不多了。"

田楚还是不愿意："天都黑成这个样子了，上去也看不到什么啊。等天亮了上山不行吗？"

吕旌说："万一先生等不到天亮呢？先生这是有个执念，临走之前，要上山看一看。"

田楚叹了一口气，只得让人赶紧安排。

田楚住的这个工棚，本来就是工地存放转运各种物资的地方，有专门往山上送货的当地百姓。他们找了一个比较结实的筐子，吕旌在筐子里放上一床被子，让鲁仲连坐上去，又给他身上盖了一床被子。

两个青年抬着鲁仲连上山。

因为山上蒙了一层雪，路有点滑，抬筐子的两人走得小心翼翼，吕旌和田楚等人在前后护着，生怕摔着鲁仲连。

鲁仲连却兴致勃勃，一路上都在说着，他当年和吕旌费尽力气找到这里，爬山的时候恰好遇到小雨，两人好几次差点摔到山下去。吕旌听得直抹眼泪。想想不过是一年前的事，那时候的仲连先生还腰背挺直，慷慨激昂，恍惚之间，仲连先生便生命垂危，朝不保夕了。

终于爬到山顶，田楚让人在山顶的草棚四周挂上了红灯笼，大雪漫漫而下，能看到远处的豨养泽，还放着微光，四周静寂，只听得簌簌落雪之声。

鲁仲连从筐里出来，吕旌和高华子扶着他，走出草棚，来到山顶最高处。

鲁仲连抽了几下鼻子，说："田大夫，这豨养泽的雪好像有香味。"

田楚说："仲连先生说笑了，这雪本是水变的，有色无味，怎么会有香味呢？"

吕旌忙说："田大夫之言差矣，天地有香气，这雪是天地之精华，自然有香味了，仲连先生说得没错。"

鲁仲连呵呵一笑，说："吕先生这是应付仲连呢。不过在下说的可是真的，仲连真的闻到香味了，而且这味道很浓，铺天盖地，莫非诸位没有闻到？"

田楚是个老实人，不会应付，说："田楚没有闻到。"

鲁仲连问吕旌："吕先生呢？"

吕旌说："吕旌好像闻到些微，不过不清晰。大概是吕旌修为不够吧。"

鲁仲连说："仲连闻到的香味，是田大夫一心为百姓的善心之气，是齐东百姓对田大夫的敬仰之气。仲连来这里，就是想闻一闻这天道正气，也让仲连魂有所依，仲连则可去见安平君也。"

田楚躬身，说："先生言重了。这山上风寒，仲连先生，我等下去说话吧。"

鲁仲连说："我去那边石头上一坐，就可下去了。"

众人扶着鲁仲连进入草棚，在他以前常坐的一块比较平滑的山石上坐下。山上的这个草棚，是百姓为田楚所建，田楚来山上勘查时商量事务之所。原先四周是用草帘挡住的，可略略遮阳挡雨。冬天来到之后，田楚上山比较少，有事都在山下工棚商量，这草棚四周的草帘就被百姓拆了，以备来年再用，因此这草棚只剩下一个茅草搭的顶和四边的木柱，周围景色，一览无余。

鲁仲连坐下后，说了几句话，人忽然就摇晃起来。吕旌赶紧扶住他，喊高华子帮忙。高华子过来，两人把鲁仲连抬起，放进筐子里。两人抬的时候，鲁仲连还挣扎了两下，不想进筐子。等两人把他抬起来，鲁仲连就浑身发软，一点挣扎的迹象也没有了。

田楚招呼人抬着往山下走，一直走到山下工棚，把他放在床上，鲁仲连一声不吭，已经陷入了昏迷之中。

　　高华子给鲁仲连试了试脉象，朝着众人摇头。

　　大家守着鲁仲连，半夜时分，鲁仲连呼出了最后一口气，与世长辞。

第七章　田楚救齐

03. 危机将至

吕旌按照鲁仲连遗志，将鲁仲连送到海边阳主庙后的山上下葬。田楚和吕罗康等人也都来到山上，送仲连先生最后一程。

送走仲连先生后，吕旌回到山上，继续教孩子们读书，维持生活。高华子加入了墨家，同墨家巨子水希一起，奔波于各国之间。

田楚因为有了齐王拨款，又招了上万百姓加入开凿豨养泽入海工程，豨养泽下游十多里的山上，人声鼎沸，口号震天。田楚将即墨城事务交于王付子办理，自己全部心力都放在了工程上，豨养泽开凿入海工程进度明显加快。

不久之后，秦王发兵攻韩，早就风雨飘摇的韩国一击即溃，韩王安被俘，韩国成了秦国的颍川郡，韩国灭亡。这时赵国发生大旱灾。秦将王翦率领士兵直下井陉，秦将杨端和率领河内兵进围赵都邯郸，赵王派李牧、司马尚带领大军抵御，秦军不敌。赵王宠臣郭开早就受了秦国贿赂，暗中协助秦人，他散布流言说李牧、司马尚谋反，赵王因此改用赵葱和颜聚替李牧、司马尚，这两人不敌秦军，秦军长驱直入，杀了赵葱，俘虏了赵王。赵公子嘉率领其宗族数百人逃到赵的代郡，自立为代王，赵之邯郸成了秦之邯郸郡。

这些噩耗相继传来，浑浑噩噩的齐王这才感到了危机。他慌忙召后胜入宫，商量应对之策。

后胜宽慰齐王："君上放心，秦、齐乃邦交之国，秦王答应不会进犯齐国，秦王现在名重天下，怎么会违约呢？韩、赵、魏、楚等国，本就是秦之敌对国家，胜者为王，秦灭韩攻赵，是分内之事，君上不必忧虑。"

齐王有些担忧："秦乃虎狼之国，怎么会讲信用？寡人当年应该听仲连先生所言，联合楚、赵等国抗秦，就不会有今日之祸了。"

后胜拱手说："君上错了。如果当年齐国也与赵联合抗秦，现在的秦国大军就不会进攻燕国，而会从邯郸直接东下，进攻齐国了！楚、赵、魏当年曾经联合抗秦，但是秦分兵进攻，各国无法合纵，只能被各个击破。君上，幸亏齐国当年没有参加合纵，否则，现在跟秦军作战的就不是燕国，而是齐国了！赵国被灭，现在局势大定，齐应该派人与秦国加强联络，将来与秦东西称帝。"

齐王被后胜说得有些迷糊："东西称帝？宰相的意思是将来秦灭了燕国等，天下只剩下了秦和齐，秦、齐能和睦友好，各自称帝？"

后胜点头，说："若不如此，那齐将来如何是好？君上，臣当初劝君上赴秦，君上被田楚拦住，现在君上想去，已经晚了，臣下之意，君上赶紧派人给秦送贺书，恭贺秦王收复疆土，借机试探秦王对齐之意图。"

齐王想了想，叹气道："只能如此了。"

后胜再次派蒋连入秦。蒋连来到咸阳后，照例先去拜访顿弱，顿弱带着蒋连去见秦王嬴政。秦王答应蒋连，如果齐国不向秦军发起进攻，则秦不会进攻齐国，秦拿下燕国之后，将与齐按照原先边界，和睦相处。

蒋连带着满意的答复回来，禀报齐王，齐王终于放心了，又起身去雪宫玩乐去了。

蒋连前脚回到临淄，顿弱后脚就来了。他给后胜带来的不仅有黄金，还有富有异域风情的两个美女。这俩美女皆豆蔻年华，娇羞又野趣十足，后胜淫心大盛。

顿弱在临淄住了两天后，便偷偷赶到了齐东海边，想去拜谒鲁仲连。

吕旌对顿弱不屑一顾，不想带顿弱去。顿弱对吕旌说："吕先生，你我皆已白发老翁，顿弱也是最后一次来齐国了，何必如此计较呢？顿弱入秦，不过是找一口饭吃，良禽择木而栖，今日看来，顿弱是对的。"

吕旌嘲讽说："顿弱先生是读书之人，择木之时，也不闻一下此木的香臭吗？"

顿弱很坦然："此木香臭与顿弱无关，只要顿弱能得到自己想要的，何必在乎此木的香臭呢？顿弱是个俗人，无法与仲连先生和吕先生相比，当然，顿弱最尊敬两位先生，否则怎么会明知被骂还来找两位先生呢？有人愿意洁身自好，有人愿意不顾名声而过富贵生活，顿弱没有伤害两位先生，也没有骂两位，吕先生何必一直骂顿弱呢？"

吕旌想了一会儿，觉得人家说得有道理，就带着顿弱去了鲁仲连的墓地。顿弱在鲁仲连墓前磕头祭奠后，带着人扬长而去。

吕旌的儿子吕光已经成年，跟吕斌的儿子吕之重一起，都在田楚的军中做事。此时刚好回来，看到了顿弱。

他问吕旌："父亲，此人是秦人吗？"

吕旌点头说："正是。不过在入秦之前，跟仲连先生略有些交往。"

吕光皱着眉头说："此人有些面熟，我好像在即墨城见过此人。"

吕旌大惊："什么?! 他去过即墨城?! 你看见他跟谁在一起？此人是秦之细作，专门贿赂各国大臣的！他要是出现在即墨城，那说明在田大夫身边的人，会有秦之线人！你赶紧回去，将此事告知田大夫！"

吕光回到即墨城，忙将此事告知田楚。田楚让吕光和都尉吕之重暗中调查此事，要谨慎，千万不要打草惊蛇，吕光领命而去。

田楚其实早就察觉王付子与秦国细作暗中来往之事，却一直没有证据。田楚也派人暗中调查过王付子，甚至将城防机密特意泄露在其面前，然而这个王付子却似乎并无出卖即墨城的行为。田楚也言语试探过王付子，这个王付子滴水不漏，丝毫看不出有通敌之嫌疑，田楚只能将信将疑。

吕光虽然年仅十九，却做事小心稳妥，足智多谋。吕之重年龄大一些，从小习武，敢说敢做，颇有其父吕斌之风采。田楚因此重用吕之重，官拜都尉，负责调度即墨四万六千军士，镇守即墨。吕光年龄小，且刚从军，暂无官职，只是让其协助吕之重，帮其出谋划策。

王付子老奸巨猾，吕光带人暗中监视他，王付子当即便发现了。其时顿弱恰好在即墨城，要见王付子。秦王已经准备攻下燕国之后，顺路进攻齐国，顿弱已经得到了齐国五都除了即墨之外的平陆、高唐、莒城、临淄四个都城的城防图和兵力部署，只有即墨的城防部署他还没有拿到。

王付子却派人来送信，说他已经被吕之重的人盯上了，现在不能见他。

顿弱此番进入齐国，是以假身份秘密潜伏进来的，因此特别小心，听说王付子被人盯上，他赶紧出城，回秦国去了。

　　吕光等人跟踪王付子两个月，未发现任何可疑之处，只得据实向田楚禀告。田楚让他们解除对王付子的调查，此事暂且放下。

04. 田楚率兵北上

秦国大军继续攻城略地。秦军兵临易水，燕国朝廷一片慌张，燕国太傅鞠武主张与代、齐、楚、匈奴联合共同抗秦，被太子丹拒绝。诸国之中，唯齐、楚两国尚有军力，楚国相隔千里，即便能援燕，也要经过齐地，而齐已经依附于秦，肯定不会让楚军过境，合纵更是没有希望，现在各国皆自顾不暇，没人会帮助燕国，燕国只能自己救自己。

太子丹派荆轲携带燕督亢地图和秦叛将樊於期首级，与秦舞阳前往秦国诈降，伺机刺杀秦王。然而，荆轲刺秦失败，秦王嬴政大怒，并以此为借口派王翦与辛胜率军大举攻燕，燕代联军于易水之西组织抵抗，秦军大败燕代联军。

秦将王翦率军攻破燕都蓟城，燕王喜及太子丹率王室卫军逃往辽东。秦将李信带兵乘胜追击至衍水，再败太子丹军，消灭了燕国卫军主力。燕王喜迁都到辽东，李信带兵追击，燕王喜听从代王嘉的计策，杀了太子丹，把太子丹的人头献给李信，李信暂停了对燕的攻击。

几乎同时，秦王政派将军王贲攻魏，包围了魏都大梁，引黄河水灌城，三个月大梁城坏，魏王出降，魏国灭亡，秦在魏的东部地区建立砀郡。

秦王又派王翦率六十万大军出征楚国，大破楚军于蕲，迫使楚将项燕自杀。秦军攻入楚都寿春，俘虏了楚王负刍，楚国灭亡。

两年后，秦王嬴政派王贲进攻燕之辽东，燕军溃败，秦军势如破竹，攻进燕国新都，俘虏了燕王喜，灭了燕国。接着又回师攻赵国公族盘踞的代地，俘虏赵代王嘉，建立代郡和辽东郡，赵国也告灭亡。

现在，齐国周围皆是秦国狼兵，虎视眈眈地包围着齐国。

一向反应迟钝的齐王也慌了，召集一众大臣商量应对之策。一众大臣众说纷纭，有一部分主张紧急备战，后胜反对，依然坚持应该与秦修好，甚至派出使团带着酒肉慰劳秦军，以博秦王欢心。齐王也不敢相信后胜了，不知如何是好，只得让众人散去，留下他自己在王宫转来转去，如热锅上的蚂蚁。

正在此时，西部边境军士八百里加急快报，说有一支近一千人的秦使团队，要进入齐国，齐军因为没有接到放行通告，加以拦阻，使团与齐军发生冲突，双方各有伤亡，现在秦国使团已退回到秦国境线一侧。

齐王忙让大行署派人，去迎接秦国使团。此时蒋连已经是大行令，专门负责齐国外交事务。蒋连得知秦国竟然有一千人的使团要入齐，而且没有事先通告，觉得事情怪异，就亲自带人去边境处理此事。

秦国一侧，带队的是秦使陈驰。陈驰曾经是顿弱的随从，后来与顿弱发生争执，离开了顿弱，现在顿弱隐退，陈驰风头正盛。蒋连认识陈驰，知道此人难对付，与之小心周旋。

陈驰自然知道蒋连已经被顿弱收买，很是傲气，让蒋连代表齐国向他们认错，把冒犯他们的齐军军士交出来，还要赔偿黄金一千两。

蒋连虽然贪财好色，却也是有些气节，见秦使如此蛮不讲理，他也来了脾气，据理力争，并告诉陈驰，齐国不但不会交出军士赔偿黄金，而且不会允许这么庞大的秦国使团进入齐国。按齐国法令，使团入齐不允许超过八十人，超过这个数目，就需要齐王批准。

陈驰不肯，几次要强行入关，都被齐军拦住。如此三五次之后，陈驰竟然带着使团拔营而去。

蒋连觉得此事蹊跷，忙一路疾驰回到临淄，将此事向齐王汇报。

蒋连对齐王说："君上，臣觉得此事不可小觑！秦这一千人中，最少有九百人都是能战之士，放他们入齐，他们必然会对齐不利，不放他们入齐，秦必然会找借口对齐用兵。君上啊，请你马上调动军队防备秦军，如今秦、齐之间已经没有阻挡，秦若对齐用兵，齐只有奋力一战，或能有所转机。"

因为事情紧急，蒋连此番没有经过后胜同意，便私自入宫向齐王禀告，惹恼了后胜。蒋连从王宫刚回家，后胜的巡卫署军士便到了蒋连家中，以其私通敌国之名，将其打入了大牢。

秦军在西部边境频频调动，齐王召集后胜商量军情。此时，临淄百姓得知秦军大军压境，而齐军还按兵不动，纷纷集结起来，抗议后胜专权误国。后胜从宫中出来，被愤怒的百姓堵塞了去路，不得不仓皇转回宫中。

田建也听到了宫外百姓的怒吼，他看着狼狈的后胜，摇头叹息。

后胜已无退路，他不得不向齐王请战："君上，既然秦军屡犯我边境，堂堂大齐不能任之肆虐，臣愿率大军四十万，前去边境驻守，以防来犯之敌。"

田建闭着眼，想了一会儿，说："也好。老百姓对宰相有如此多的非议，宰相亲自带兵退敌，对寡人对宰相都是一个交代。宰相要多加小心，刀兵乃凶器，勿要伤了身体。"

后胜领了兵符，辞别了田建，点兵排将，率大军四十万，浩浩荡荡朝着西部边境开拔。

吕旌听说此事后，找了一辆马车，匆匆来到即墨，求见田楚。

田楚于半年前完成豨养泽的凿河工程后，立即回到即墨，招兵买马，准备御敌。听说吕旌来到，忙让人将其请进官署。

吕旌开门见山，对田楚说："田大人，秦军最擅声东击西之策，秦军在齐之西部屡次挑衅，且只有小股军队频繁调动，显然是迷惑齐军，齐军将精锐之军调往西边，如果攻燕之军南下，如何应对？燕、齐之间几十年无战事，边境如同虚设，如果王贲率攻燕大军南下，齐国不复存在也！"

田楚点头，说："吕先生所说，正是田楚顾虑者。吕先生，事已如此，我等如何是好？"

吕旌说："齐之精锐，皆由后胜带去了西境，五都大夫，四都皆是后胜之人，且田大人并无调动朝廷大军之权力，田大夫能做的，只有尽出即墨之兵，速速北上，抵御王贲大军。如王贲大军不动，则天下之福，如王贲大军南下攻齐，即墨大军能挡住十日，则齐各处增援大军陆续来到，必能御敌于外！后胜不在临淄，到临淄时，吕旌设法见到君上，将后胜之罪告知君上，让君上治后胜祸乱朝廷之罪，天下百姓必然拥护君上，大齐趁机招兵，大齐国富民强，或有望抵御秦国之军！"

田楚听从了吕旌的话，让吕之重迅速调集军队，准备粮草，三日内大军启程。

即墨的军队在五大都城中是最强的，加上最近一段时间的紧急招募，田楚手下军队已经达到了八万多人，唯一有些缺憾的，是刚招的一万多人尚缺乏训练。

田楚率军亲征，让王付子在即墨负责衙门事务。王付子却恳求田楚，让他随军出征。他王付子祖上也是行伍出身，他本人从小习武，此番国家有难，田大夫率军打仗，王付子岂能在后方安乐享福？

王付子慷慨激昂，田楚受其感动，只得允其参加行动，负责军中粮草调度。

田楚率大军开拔，派吕旌乘马车先去临淄，将此事禀告齐王，以免齐王误会。

吕旌带了吕光和上百名即墨勇士，直接去了雪宫。在雪宫外，吕旌等人又遇到后胜所派巡卫署的拦阻，吕旌义正词严，训斥他们大敌当前，依然在做着这些误国误民的勾当，巡卫署的人不肯让路，吕光大怒，带着人冲杀过去，连斩十余人，冲过关卡，进入雪宫。

吕旌求见齐王，齐王见到了已经白发苍苍的吕旌，感叹不已。吕旌向齐王禀明田楚要率部北上拒秦之事，并将后胜之罪禀告齐王。齐王告诉吕旌，这些日子，他已经了解到一些宰相所犯罪行，等他回来后，定将其下狱，追究其罪责。齐王随即派人去国库中调取钱粮，慰问即墨大军，并派亲信宦官苏通为监军，随即墨大军一同北上。

田楚率大军在城外接受了齐王所赠之钱粮，苏通宣读了圣旨，田楚等人跪拜谢恩。大军在临淄城外休息两日，第三日一早，田楚正要率大军出发，突然有人报，说是墨家水希求见，田楚大喜。水希与高华子带着三百名墨家弟子，与田楚见礼，希望加入田楚军中。田楚自然高兴，让墨家弟子随中军大营一起行动。大军浩浩荡荡继续北上，第五天，大军行至厌次地界，遇到边境齐军派出的信使，说是秦国大军以阻挠秦国使者入齐为由，突袭齐边境城市，齐军没有防备，已被连下十余城。现在秦军先头军队离此地不到二百里路。

田楚大惊，与众人商量后，派吕之重率两万精锐日夜兼程，去挡住秦军。又派王付子等人去通报附近齐军，让他们北上增援，田楚率大军随后进发。

05. 齐军之战

吕之重与吕光率军日夜奔袭，沿途遇到的百姓、溃军越来越多。两天后的夜里，前哨突然来报，前面三十里外一处山谷里发现大量秦军，好像是秦军的先锋，有一万多人，已经宿营。

吕之重让吕光带人随哨探前去再探，他则让前队五千人和中队一万人将随身携带的粮食、水、帐篷等辎重卸下，让后队五千人携带。这一万五千人吃了一点东西，略作休息，便轻装出发，直奔前方山谷。

吕光在山谷外等他们。吕光告诉吕之重，山谷里的秦军约有八千人，有大量牛羊、粮食等物品，似乎是抢劫而来。据他们观察，这支秦军不是秦之先锋，而是一支进攻某座小城得手后准备归队的小股秦军。大概是因为秦军所向披靡，他们很是大意，没有设置远哨，部分秦军已经入睡，有一部分尚在喝酒吃肉。

吕之重听了大怒，这些虎狼之辈，一路烧杀掳掠，竟然在这里享受抢掠而来的肉食，实在是可恶至极！

吕之重将一万五千人分作三队，两队迂回到两侧山上，待中锋发起冲锋后，两队从两侧冲下。吕之重亲率中队骑兵冲锋在前，一路冲进山谷。

秦军一路南下，齐军望风而逃，他们根本没想到，竟然还有人敢偷袭他们。这些一路杀戮无数的西北狼军，被愤怒的齐军杀得哭爹喊娘，惨叫声震天动地。

吕之重挥舞大刀，带着骑兵冲锋在前。这个武术世家出身的青年将军勇武强悍，大刀所到之处，秦军无不身首异处。跟在他身后的，是他亲自训练出来的二百名勇士，皆手持与他相同的利于马战的长刀，如一股银色洪流，渐渐汇集而来的秦军，在这股银色洪流的冲击下，迅速溃退。

后面是愤怒的四千八百名步兵，随之掩杀而至。齐军五千，如虎入狼穴，杀得酣畅淋漓，血溅星月。

被肆虐了一番的秦军，终于回过味来，开始组织反击。然而，已经晚了，齐军一万军士从两侧山上如神兵天降，呼啸而至。阻击的秦军还没等弄明白，就被两侧冲出的齐军杀得人仰马翻。

剩下的秦军再也无心恋战，朝着山谷外抱头鼠窜。

齐军一鼓作气，在后面一路追杀。直到天亮，吕之重才刹住队伍，下令打扫战场。

此战，齐军杀死秦军六千多人，俘获两千余众，缴获粮食、牛羊等物品一大宗。

吕之重令哨探远出，齐军在山谷外扎营休息。

两日后，田楚率大军赶到，得知吕之重大获全胜，大喜，下令重赏参战军士。大军休息一天，继续出发。一路上，逃难的老百姓和残兵越来越多，也渐渐出现了越来越多的尸体。尸体大都是受伤而死的士兵，他们或坐或躺在路侧，惨不忍睹。齐军看到，皆心情沉重。

吕之重让吕光带了二百人走在队伍前面，专门负责掩埋尸体。无论是军士还是老百姓，皆要仔细掩埋好，并取下军士标记，仔细保存。

吕之重还收编了一队从立阳城逃出来的军士。立阳为燕齐边界关城，城不大，却城防坚固，守城军士两万多人。秦军一部凌晨突袭立阳，守城军士拼命抵抗，怎奈秦军势大，傍晚时分破城，主将命剩下军士突围，他则苦战而亡。从立阳城逃出的军士，听说这支齐军是即墨守军，而军队主将田楚，是当年在即墨大破燕军的安平君田单的族侄，他们惊喜非常，当即要求加入军队，替战死的守城将军和兄弟们报仇。

大军前行了两日，前哨报告，前方七八十里处发现秦军主力。

吕之重忙将此事报告田楚。田楚和吕旌商量后，决定大军后撤十里埋伏，让吕之重率八千军士，前去勘察军情，并引诱敌军进入埋伏圈。

吕之重再担重任，率八千军士前行。果然，他们只走了半天，前哨就回来报告，前面秦军离齐军只有不到二十里路了。前面的秦军好像是秦之先锋，有一万五千人左右。

吕之重下令大军略作休息，让哨探再探，他要带着八千将士再次上演两日前的突袭大戏。

这些年轻的齐军军士，也是第一次经历战事，莽撞勇猛，一心报国。吕之重刚刚取得一次大胜，更是目空一切，他也没有详细了解前方军情，便决定先发制人，打一打秦军的嚣张气焰。

吕光读过兵书，忙向吕之重谏言，让他要知己知彼，方可行动。

吕之重不听，他觉得凭他的这八千勇士，只要给敌人以措手不及，定然能杀得秦军片甲不留。

齐军军士休息了一会儿，哨探再次来报，说秦军在离他们不到十里远的地方停下了，开始埋锅做饭。

吕之重大喜，忙让军士开始准备，要向正在休息的秦军发起攻击。

齐军军士锐气正盛，在吕之重的带领下，在一段急行军后，看到了正在吃饭的秦军。吕之重一声大喊，一马当先，带着他的二百勇士就先冲了过去。

秦军大惊，慌忙应敌。但是仓促迎战的秦军根本不是这些勇士的对手，吕之重率八千勇士冲进秦军军中，如入无人之境。

然而，让吕之重等人惊讶的是，他们在冲杀了一会儿之后，突然觉得有些不对头。他们遇到的秦军大都抱头鼠窜，没有跟他们死磕硬拼，这根本不是秦军的作战风格，最主要的是，他们发现吃饭的秦军稀稀拉拉，最多只有两三千人，根本没有一万五千人。

吕之重与吕光商量后，让众人赶紧撤退，然而晚了，从他们的前方和两侧，突然涌出大股骑兵，朝着他们就冲了过来。

吕之重大惊，忙让后队变前队，赶紧朝外冲。

秦军却不给他们机会，早有一部分秦军堵住了他们的去路。齐军突围受阻，被秦军杀得人仰马翻，乱作一团。

吕之重眼看前面冲锋无望，而且前军已与秦军陷入混战状态，无法发起冲锋，他只得大喊一声，召集二百骑兵再次发起冲锋。秦军将领也是一员猛将，率军士挡住了吕之重等人。吕之重杀红了眼，知道如果自己不带头冲出去，那这八千青壮将无一人生还。他大吼一声，拿出了不要命的打法，大刀招招直逼对方要害。秦将被吕之重这种不要命的打法吓住了，忙带马后退。吕之重带着身边的勇士，一路猛杀，杀出了一条血路。到了安全之处，吕之重查点人数，发现只有一千三百多人随之杀出。他苦心训练的二百勇士，也只剩下八十二人，他的好兄弟吕光不见踪影。

吕之重围着这些人转了两圈，突然吐出一口鲜血，从马上栽了下来。

06. 兵败如山倒

众人大惊，忙将吕之重扶起，将其救醒。

吕之重精神恍惚，带着大家回到田楚设伏处。田楚与吕旌等人见吕之重只带回这么几个人，且大都带伤，知道是吃了败仗，仔细询问，得知是中了秦军的诱敌之计。田楚让受伤的军士赶紧包扎养伤，让吕之重等人也暂且休息。情况危急，田楚与吕旌合计，觉得他们唯一能打败秦军的，就是设伏突袭，因此决定继续设伏。之后，田楚又拨出两万人马，让吕之重率领，埋伏在一侧，依然作为攻击主力。

吕光失踪，对吕旌是一个致命的打击。但是在这紧要关头，他不得不硬撑着，与田楚一起谋划，排兵布阵。

领兵打仗，对于田楚和吕旌来说，都是第一次。不只是他们，齐国现有的将士中，就没有人曾经经历过战争，两人因此在心里非常忧虑，却不敢轻易说破。

好消息是，就在大战前夕，吕光竟然带着三百多人回来了！吕旌看到浑身是伤的吕光，老泪忍不住哗哗流下。吕光跪倒在老父亲面前，也忍不住抽泣起来。

齐军的这次战败，让这支第一次上战场的齐军，真实地体会到了战争的可怕，军心开始动摇。

最让田楚没有想到的是，齐王所派的监军苏通竟然不知何时带着手下溜了。田楚和吕旌决定保守秘密，不让军士知道此事。

让两人略感欣慰的是，吕之重和吕光很快调整好了心态，又变成了两个信心十足的齐军将领。

田楚对吕旌说："这俩年轻人要是有善战之将军率领，经过几次战役，就能成为齐国栋梁之材，可惜了……"

吕旌闭着眼，好长时间没说话。

田楚沉默了一会儿，突然问："吕先生，你觉得我们能打过秦军吗？"

吕旌浑身一抖，缓缓地说："要打过秦军，须集合齐国精锐。秦军有二十万，且都是身经百战，以一当十。我军不过七八万，大都是新招之军，别说打仗了，训练都很少。当年田大人招兵时，因为没钱发军饷，大部分军士都是大半年在家种地，很少在军中训练，这样一支军队，想打败秦军，是难上加难啊！"

田楚忙问："先生既然知道，那为何还要与田楚一起北上抗秦？"

吕旌苦笑一声，说："田大夫也知道这点军队很难打过秦军，为何还要亲率军队抗秦呢？"

田楚缓缓说："秦灭楚，楚军英勇反抗，杀秦七都尉，后派王翦率兵入楚，才将楚国灭亡；攻赵，赵有庞煖和李牧，要不是被秦用反间计杀了李牧，秦与赵恐怕不知鹿死谁手呢；即便攻燕，燕也有荆轲刺秦、燕太子率部英勇抵抗。如果秦军攻齐，长驱直入，堂堂大齐竟无一人站出迎战，子孙后代将有何颜面谈及先祖？！"

吕旌闭着眼沉默了一会儿，说："其实想打败秦军，也不是毫无办法，大齐军队百万，现在还无损伤，我等只要能打胜这一仗，必然会让齐国军民信心百倍。届时军民齐心，齐国再联合楚、燕、赵各国残余王族，秦久战疲惫，齐或有转机。"

田楚精神大振："先生之言，让田楚茅塞顿开！王付子回来后，没有带回一兵一卒，田楚很是沮丧，原因正在于此！"

吕旌叹气说："秦乃虎狼之军，所到之处烧杀抢掠，秦王之统治，更是惨无人性，然而，百姓对此却浑然不觉。在他们心中，秦王、齐王都是王，更有军士觉得秦军要胜，对其摇尾乞怜。人心不可违啊，我等只有打胜这一仗，给齐国百姓和军士信心，方能聚集人心，打败秦军。"

田楚沉默了一会儿，问："先生觉得我等是否能打胜这次伏击呢？"

吕旌说："秦军南下，必经此路。齐军在此以逸待劳，先用弓箭打乱他们的阵脚，七八万大军分割包围，猛冲猛打，秦军也不是神仙，并不是不可战胜！"

田楚大喜："如此，大齐有救了！"

前哨传来消息，秦军这两天行军缓慢，似乎在等人，或者等后续军队上来。为了防止走漏消息，田楚让吕光带一支百人小队，在离埋伏处五里外警戒，不让一人经过这里朝北去，哨探除外。

一日清晨，王付子带着两名军士朝北走，被吕光拦住。

王付子说他是奉田大夫之命，前去侦察秦军的动向。吕光有些犹豫，王付子拿出盖着即墨大夫官印的羊皮纸，说田大夫怕他不信，特意手书一封，并加盖了官印。

吕光不敢拦阻了，只得放王付子过去。

王付子一行三人打马疾驰而去，吕光看着他们的背影，突然觉得有些不对劲。他一面派人将此事向田楚报告，自己则带着十多个人打马追了上去。

吕光一边追，一边喊，让王付子停下。王付子等人不肯听，等吕光他们追得近了，后面两人突然转身，朝吕光等人射箭。

到了这个时候，什么都已经明了，吕光就让身边人也朝着他们射箭。但是双方距离比较远，又都是在马上，都没射准。吕光知道，如果让王付子到秦军那里，齐军就完蛋了，他疯了一般打马猛追，却不幸胯下马中箭，摔倒在地上。

吕光拦下一名军士，让军士下马，他跨上军士的马继续追。到了一个三岔路口，吕光让众人分成三帮，两帮朝着两边追，吕光带着两名军士继续朝前追，如此又经过一番猛追，他们终于看到了王付子三人的影子。然而，他们的马也不比吕光他们的马慢，吕光他们把鞭子打坏了，也没能追上三人。

他们从早上追到太阳将要落山，突然远远地出现了一队人马，这队人马让过了王付子等三人，朝着吕光他们就冲了过来。

吕光三人不敢再追了，掉转马头朝后跑。那队人马显然对他们没兴趣，只追了一会儿，便掉头回去了。

吕光三人与胯下马皆疲惫不堪，三人下马，略略休息了一会儿，才继续朝回走。

半路，他们遇到了田楚派来接应的小股齐军。一行人回到齐军埋伏之地，天光已经大亮。吕光将情形向田楚说了，田楚仰天长叹："我田楚瞎了眼了！是我田楚毁了大齐也！"

吕旌劝他别自责了，先赶紧后撤吧。这个王付子肯定是秦军的内线，王付子把齐军的布置告知了秦军，秦军要么不来，要么会反包围齐军，齐军得赶紧撤离阵地。

田楚下令，全军连夜后撤，吕之重率部断后。水希率墨家弟子要求随吕之重一起出战，田楚起初不肯，架不住水希恳求，只得让吕之重一定保证水希等人的生命安全。

这七万人的大军，哪那么容易说撤就撤。到中午时分，还有将近三万人被堵塞在路上。

正在此时，秦军突然杀到，吕之重与水希率部抵抗。然而，秦军漫山遍野而来，能战之将无数，吕之重与墨家抵挡不住，部分秦军很快杀向正准备撤退的齐军。

齐军只得转头抵抗。这部分齐军本无战心，勉强迎战，根本不是秦军的对手，凶悍的秦军如狼入羊群，在齐军中来回冲杀，齐军死伤无数。

兵败如山倒，齐军此时只顾得各自逃命，田楚连杀数人，无济于事，只得在吕光等人的保护下，随众而逃。

秦军一名手持长枪的将领，看到田楚身边有扛着"田"字帅旗的军士，认定田楚是军中主帅，率一部军士朝着田楚猛扑过来。吕光让田楚和父亲先走，他带着田楚的一部分护卫，朝着这一将领冲过去。

田楚的这几十名护卫，皆膀大腰粗，武功高强，且忠心耿耿。他们在吕光的率领下，挥舞大刀就朝着冲来的秦军将领迎了上去。

然而，这几十人，根本就不是如狼似虎的秦军的对手。秦将更是久经沙场战阵，挥枪连刺两人，继续朝前冲。出乎这名秦将意料，这几十名护卫根本就没被吓倒，他们砍杀挡住他们的秦军，接二连三，前仆后继，朝着这名将领发起了进攻。

秦将再勇猛，也架不住这些齐国勇士的轮番进攻，最终战马被砍翻，这名秦将也被齐军勇士砍下了脑袋。

吕光正要率剩下的十几名勇士回去，却被另一名秦军头领率领一队秦军给围住了。

　　吕光看了看环绕着他们的杀红了眼的秦军，朝同样杀红了眼的齐军勇士们喝问："兄弟们，今日我等以身殉国，有害怕的没?!"

　　众人齐声嘶吼："我等齐东勇士，有何可怕!"

　　吕光喊道："齐东勇士! 这些秦狗攻我城池，杀我兄弟，淫我姐妹，我当如何?!"

　　众人大喊："杀秦狗!"

　　吕光喊着"杀秦狗"，一马当先，带着这十多名勇士，朝着秦军就冲了上去。他们杀了几十名秦军，最终皆死于秦军的刀下!

第七章　田楚救齐

07. 黑衣卫末路

秦军一路掩杀，齐军惶惶逃出十里路，才刹住阵脚。

田楚整顿队伍，清点人数，七万多人仅仅逃出一万三千人。曾经浩浩荡荡的大军，现在垂头丧气，惶恐不安。

最让田楚感到痛惜的，是墨家水希和高华子、吕旌、吕光和他最为倚重的青年将领吕之重皆下落不明。

他们在原地扎营，休息了一天一夜，后面又有几百齐军陆续回来。田楚才知道，吕之重和吕光皆战死，吕旌被秦军围住，自刎而亡。墨家弟子死伤也很严重，水希最终率部分弟子杀出一条血路，不知下落。

田楚痛哭失声，率众人朝南一番哭祭后，继续后撤，最终进入营丘城。营丘离临淄不到二百里路，是临淄的南大门。田楚将将士们留在营丘，守卫营丘，自己带着几十名护卫赶到临淄，见到齐王，将自己兵败一事告知齐王。

齐王已经知道了此事，而且秦使带着田楚兵败的消息已经来到了王宫，劝齐王去秦国，拜见秦王，接受秦王给他的五百里封地。

田楚跪地磕头，力劝齐王："君上，此事万万不可！齐国虽然在北方战事失利，却还有土地方圆数千里，大军百万！且赵、魏、韩、燕国虽然被灭国，但是这些国家的大夫们都不愿为秦国效力，赵、魏、韩三国的贵族和士大夫在东阿、鄄城两地之间聚集了一百多人，这些人在本国皆有影响力，如果齐王能够联合他们，让他们回去率众起义，那至少会得到百万军士，秦军在这些国家烧杀抢掠，百姓屡屡反抗，因此他们会得到本国百姓的支持，他们能收复三国被秦国占领的失地，还可以攻进秦国东边的临晋关。鄢国、楚国的贵族和大夫们也不愿意为秦国效力，他们聚集在楚、齐交界处的边境城市，人数有数百，君上如果和他们联合，同样又有百万大军去收复楚国被秦国占领的失地，还可以攻进秦国南边的武关。这样，齐国强大的威势就可以建立。而秦在吞掉这么多的国家后，兵力过于分散，这些国家的百姓还没有被驯服，这是最为有利的反击机会！君上如果利用好了这次机会，不但可以支持其他国家复国，而且可以利用这些国家将士对秦国的仇恨，一举灭掉秦国！到那个时候，君上几十年的蛰伏得到了报偿，齐国百姓扬眉吐气，这才是真正的复兴齐国啊！"

田建摇头，说："田大夫，当年赵、楚有悍兵强将，兵将之数皆强于齐国，然而，秦分别发兵，这两国如何？皆非秦之对手，何况这些亡国之大夫者？寡人起兵与秦决斗，徒增军士伤亡，涂炭百姓，田大夫知道齐军之现状，无法跟即墨军士相比。即墨军士与秦军一战，伤亡惨重，何况其他齐军？罢了。秦王说要给寡人五百里封地，寡人这种无能之君王，也可知足了。其他之事别说了，田大夫，陪寡人看一看先祖所建之宫殿吧。寡人一别临淄，此生恐怕难以活着回来了。"

田楚落泪："君上，都是臣等无能，连累了君上。"

田建苦笑着摇头："非也，害寡人者，是寡人之宰相后胜。寡人刚刚得知，后胜早就与秦人勾结，杀害大齐之忠良，出卖大齐，现在齐之最精锐四十万大军在后胜手中，后胜到了西境后，便与秦官员私通，这四十万大军已然不是齐之大军了。"

田楚说："后胜罪行累累，可惜君上不肯相信。当年仲连先生、吕旌与屠洪步将军冒死见君上，君上却不肯相信他们，悔之晚矣！"

田建说："后胜降秦，向秦王要齐郡大夫之位，实在是可恨至极！寡人可以降秦，条件有二，其一善待齐之百姓军士，其二要先送后胜人头于临淄，免得这个畜类再害我齐之百姓！寡人已将此事说与秦使，若秦王同意，寡人出城纳降，若秦王不同意，寡人宁愿率大齐百姓，与秦军战至最后一人！"

田楚拱手："臣愿意陪着君上浴血抗敌！"

田建心境凄凉，田楚陪着田建，在临淄城内外转了一圈。

临淄王城经过几百年的不断扩建，规模宏大，殿宇鳞次栉比，大城套小城，城内道路迂回曲折，如果不是有熟悉城区的护卫带路，他们很难转回来。因为规模过于阔大，齐城有雍门、申门、扬门、稷门、鹿门、章华门、东闾门、广门等十三座大门。广门为正东方向之外城大门，又称东大门，城门宽七丈，高十丈，上有箭楼，恢宏气派，巍峨壮观。在韶院村，田建与田楚谈起当年孔子在此向苌弘请教韶乐之奥妙，因为过于专注，孔子"三月不知肉味"的故事。想起当年齐之繁华，田建又不由得落泪。

田楚陪着田建在城里城外转了一圈，回到雪宫住下。

晚上，田建与田楚聊天，田建告诉田楚，他现在正派王宫护卫和守城卫军一起，在挨家挨户查找后胜的黑衣卫。他要在临走之前，消灭这些专事杀人的恶鬼。

田楚感叹说："君上如果能早日如此，就不会有今日了。"

齐王起身，突然要对田楚下跪。田楚吓得不轻，忙扶起田建："君上不可如此！"

齐王坐下，说："寡人有一事相求。齐国这些年没有征战，人口近四百万，齐之百姓重学习，稷下学宫很多学子都被族长请回去教习子弟学习，可惜啊，这么好的百姓，寡人很难再见到他们了。田大夫如能居于齐国境内，请务必尽力照顾齐之百姓！"

田楚拱手："君上放心，秦统治天下，田楚便为布衣百姓，虽能力有限，田楚定然遵照君上所托，竭力为齐之百姓做些事情。"

田建说："吕旌战死沙场，寡人十分悲痛。寡人让秦使设法找到吕旌先生及其儿子，还有吕之重将军之遗体，不知最终能否找到。如果能找到，请田大夫设法将其送到各自家中，将他们安葬。"

田楚摇头："那么多的军士遗体，秦军打扫战场，也是挖一个大坑，将其全部抛进坑中。这吕家两父子，皆为大齐尽忠，不愧为姜公之后也。"

田建点头说："田大夫临走之时，寡人让人取一些金银，请田大夫代为转交两家后人吧。"

田楚点头："田楚遵命。"

第二天，王宫护卫队长和巡卫署都尉一起来找田建。护卫队长说巡卫署阻挡他们抓人，巡卫署都尉说护卫队长越权，在王城内肆意搜捕，没经过巡卫署和宰相的同意。

巡卫署都尉显然以为后胜还能回来，在田建面前耀武扬威，想要阻止护卫队寻找黑衣卫。

田建大怒，当即下令将都尉押进大牢，严加审讯，让护卫队长掌管巡卫署。

都尉被打进大牢两天，受不住酷刑，便招出了黑衣卫藏身之处。

田楚受齐王委托，亲自出马，带领王宫护卫队和王城守军围捕黑衣卫。经过新老更替，后胜仍豢养的五十名黑衣卫占据几处院子，有地下通道相连，黑衣卫据此死守，寻找机会突围。

田建下了死命令，不许活着逃出一人。护卫队与守军各把守了两处院子，院子附近的房顶设置弓箭手，地面密集包围，经过两天两夜的进攻，控制了这四处院子，杀了十一名黑衣卫。

剩下的三十九人躲进了地下通道。据说这地下通道非常宽敞，有吃有喝，还有住的地方。

四处院子都找到了通道口，田楚下令，让人朝着通道口放毒烟。毒烟放了五天五夜，有黑衣卫受不了，钻出通道，皆被当场斩首。

田楚让人守着通道口三天，没人上来。田楚估计他们应该都死在了通道里，就让人用黏土和石头堵住了通道，通道口更是用巨石封死，后胜苦心经营的黑衣卫至此彻底灭亡。

08. 最后的结局

营丘传来消息，秦军已经来到了营丘城外十里处扎营，军营绵延二十多里，却只是围而不攻。

田楚来到营丘，进入城中。营丘守军有的畏战想逃，有的想战。田楚登上城头观看了一会儿，那一眼望不到边的帐篷，让他感到头晕目眩。他知道，秦军如果真的要攻城，以当下齐军的状况，肯定坚守不到一天。

秦将王贲听说田楚来到营丘，派人请田楚到秦营中一坐。田楚知道这王贲是秦国名将王翦之子，有勇有谋，心下好奇，就答应了下来。

营丘众将劝田楚别去，这王贲可是凶悍无比，什么事都干得出来。

田楚败在王贲手里，自然知道此人的凶猛，他想进入秦军大营，还有一个目的，就是想了解一下，齐军到底还有没有机会战胜秦军，他想知道人人闻之色变的秦军，到底是一帮什么样的人。

第二日，田楚单人匹马走出城门，朝着秦军大营走去。

王贲派人在营帐外等着田楚，田楚随此人进入大营。两侧营房中的秦军各自忙碌，没人太在意他们。

田楚看着周围的这些秦国军士，不由得心中感叹，都是好好的小伙子啊，为什么非要跑到别的国家来杀人，或者被人杀死呢？

进入营帐后，王贲请田楚坐下，田楚就先问了这个问题。

王贲笑了笑，说："军人，本来就是用来杀人，或者被人杀死的。天下君王，皆怀争霸天下之念，我等食君俸禄，自然要为君王驰骋疆场，杀敌立功。田大夫，如果你是齐国大王，你不想一统天下，从此天下归一，再无战事吗？"

田楚摇头，说："别说田楚，即便是齐王，也从无什么天下归一之念。秦军这些年驰骋天下，灭赵、楚、魏等国，杀了多少人！多少家庭妻离子散！说天下归一再无战事，不过是为王霸之心找借口罢了，秦国百姓人人嗜战，天下真的归一，再无战事，以战为荣、以杀人赚土地的百姓怎么办？"

田楚指了指外面的军士，说："秦王施行暴政，将秦国百姓训练成了杀人恶魔，他想没想过，如果没人杀了，这些百姓会不会反噬秦王？齐王以仁义治天下，齐国军力虽弱，百姓却富足安稳，今齐不敌秦，秦得天下之后，望将军向秦王进言，施天下以仁政，则天下安稳，若一直以暴政治国，天下恐怕难以太平。"

王贲说："本将军只管打仗，治理天下是君王大臣之事，王贲一介武夫，即便说了，也恐怕难以奏效。不过田大夫所言，王贲谨记，若有机会，定会禀告大王。田大夫乃齐国忠勇之士，可惜齐王昏庸，用了后胜等人，若齐王能用田大夫做齐之宰相，一统天下的恐怕就是齐国了。"

田楚笑了笑，说："哪里有什么一统天下。天下乃天下人之天下，不是秦之天下，更不是齐之天下。所谓一统天下，不过是君王之妄想而已。何况齐王从来就没有此想法，田楚更是没有。"

王贲说："既如此，那田大夫还准备对秦军发起进攻吗？"

田楚摇头，说："田楚要等齐王的命令。"

王贲笑了笑，说："本将军可是听说，齐王已经准备向大秦投降了，田大夫却是极力阻止。"

田楚一愣，说："秦在齐王身边还有内线？"

王贲说："当然。"

田楚苦笑，说："秦王可真是下了大本钱啊！田楚有一事相问，上次将军进攻齐军，齐军中有一位穿着平民衣服的先生，被秦军抓住后自刎而亡，将军知道此人下落否？"

王贲噢了一声，说："田大夫说的是吕旌先生吧？秦使已把此事告知本将军。这个请田大夫放心，打扫战场时，本将军从俘虏中得知这三人，就让人把吕旌先生和其公子，以及一名叫吕之重的将军，分别埋葬于山坡上，坟墓旁边有木牌写着姓名。这三人都是勇士，虽然杀了很多秦人，但是本将军深为佩服，故此将三人分别埋葬。"

田楚苦笑："他们的耳朵是不是被你们的军士给割掉了？"

王贲说："当然。按照秦国军功制度规定，秦国的士兵只要斩获敌人'甲士'一个首级，就可以获得一级爵位、田一顷、宅一处和仆人一个，何况这三人皆是齐之名士高官，请田大夫见谅。"

田楚点头，说："虽如此，能将三人分别安葬，已经出乎田楚意料了。田楚代表他们的家人，向将军表示感谢。"

王贲感叹说："齐之仲连先生和吕旌先生大名，王贲在秦早有耳闻，没想到，吕旌先生却死在王贲军中，实在是遗憾。"

田楚说他想见一见背叛他的王付子，王贲告诉田楚，王付子在秦军取得胜利后，领了一大笔赏金，就不知下落了。

王贲笑了笑，说："这个王付子是个非常狡诈之人，他既然跑了，田大夫就很难找到他了。算了吧，这种人在世上比比皆是，田大夫何必与之计较。"

田楚仰天长叹："真是没想到，大齐竟然就毁在了这些小人之手。"

王贲笑了笑，说："善用小人治君子，才是王者之道。"

田楚苦笑："将军是说秦王吗？"

王贲说："天下道理，胜者为王。田大夫何必耿耿于怀？"

田楚让王贲找一个军士给他做向导，他要去将三人遗体带回，王贲答应了。田楚回到营丘，找了几辆马车、几捆白布和几百名军士，在秦国军士的带领下，经过他们曾经设伏之地，找到了吕旌等三人的遗体。

王贲果然没有骗人，在一处不是太高的山坡上，排列着三座小坟，坟墓旁边还插着被劈开的木头，白色的木茬上，分别写着吕旌、吕之重、吕光的名字。

田楚正要上前祭奠三人，突然发现三个坟墓前有几块被晒干的牛肉，很显然，这是有人给三人上过坟。

田楚给三人祭奠完毕，刚要让人挖开坟头，突然看到旁边的小树林里有个人影一闪。

田楚看着人影有些眼熟，带着人追了过去。

等他们跑到那人影刚刚站着的地方，那人已经跑到了树林旁的小路上。

小路上有一匹马，此人翻身上马，一会儿便没影了。

田楚看出来了，此人正是王付子。很显然，之前来给三人上坟的，也应该是他。

田楚在地上发现了一个装着牛肉干和酒的篮子。他心情有些复杂，一句话都不愿意说。

挖开三人坟墓后，田楚让人把吕旌等三人用白布层层包裹起来，掩盖已经开始腐烂的臭味，然后把三人抬上一辆马车，众人便疾驰返回。

田楚一路向东，先来到吕斌家中，将吕之重遗体放下，顾不得安抚其家人，便上马，带着马车一路疾驰，来到吕旌家中，与吕旌家人一起，将吕旌父子下葬。吕旌妻子姜氏眼见丈夫和儿子变成了两个发臭的白包裹，哭得瘫在地上。田楚将带来的一包金银送给姜氏，略作安慰，便赶回即墨城。进入衙署，田楚将阵亡将士名单交给文书，让其赶紧将抚恤金发下去。安排完这些事务后，田楚才回到临淄，先去了吕斌家，吊祭了吕之重和吕斌，将金银之物交给了吕斌的次子。

这些事情忙活完，田楚进入王城，见到齐王田建。田建告诉他，秦人已将后胜的脑袋送了过来。

田建脸色灰暗凝重，对田楚说："是时候了，寡人该走了。宫中事务寡人已经处理完毕，该走的都走了，剩下的人要跟寡人一起西行。"

田楚低头不语。

田建扭头看了看田楚，说："寡人走后，秦将王贲将会进入临淄受降，王贲保证不杀人，不屠城，田大夫认得此人，故此寡人想请田大夫监督此事，不知田大夫答应否？"

田楚摇头，说："请君上恕罪，田楚送君上出城后，亦将随即出城，回即墨城后，带家人隐居山林。臣是大齐之大夫，决不会做秦之官员，也不想看到大齐之将士向秦将投降！"

田建点头："也好。各安天命，各自保重吧。"

两天后，宫中收拾停当，齐王带随身物品以及王妃、家人共乘四辆马车出城。城外，王贲带着一众将士接受了齐王玉玺后，派三百秦军保护齐王直奔咸阳。

田楚也随之出城，回到即墨后，他封存了府库，解散了一众官员，给军士们下达了向秦军投降的命令，带着妻儿老小来到了昔日鲁仲连所住的山上居住下来。

田建到了咸阳后，并没有见到秦王，而是被安置于一处破落的驿馆中，严加看管，形如牢笼。三个月后，田建一家人及仆从被送上了马车，离开咸阳，马车一路向北。

离开咸阳，路边的景象越来越荒寒贫瘠，田建与家人每天只能吃一顿饭，儿女饿得直哭。田建向看押他们的军士索要吃食，军士说路上少不得要饿一点，等到了地方就好了。

五日后，马车终于在一处山坡下停下。军士让田建等人下车，田建一家人下了马车，看到山坡上松柏之间有几间新搭建的茅屋，目极之处，皆是荒凉山川，黄土漫漫，更不见人烟庄稼。军士告诉田建，此处就是秦王为其安排的封地。此处名为共邑，原为义渠戎之地，义渠戎被秦王杀光后，此处方圆五百里没有人烟，他可以随意开荒种地。

马车将他们一家人扔下，便掉头回去了。田建一家人看着茫无边际的荒凉景象，不由得抱头大哭。仆从见此情景，皆四散而逃。

不久，因为缺吃少粮，田建饿死在山上的茅屋里。齐国人听说齐王落了个如此下场，又怨恨又伤心，编出歌谣唱道："松耶柏耶？往建共者客耶？"

田楚是在昔日鲁仲连居住的茅屋里，听到这个消息的。来告诉他消息的，是昔日住在即墨城的齐国贵族田儋和田横兄弟两人。两人带来了王付子的人头，用以祭奠齐王，这让田楚很是惊讶。在山中隐居不到两年，他觉得自己已经把过去的事儿都忘记了。

遥拜齐王之后，这兄弟两人说秦王要来这山上拜祭阳主庙，他们要趁机杀了他，让田楚协助。他们说田楚当初留在营丘的一万三千名军士，现在尽被他们掌握，如果刺王成功，那边的一万三千名军士会迅速起义，占据营丘。

田楚严词拒绝，并让他们离开此地。他告诉他们，他们刺杀不但不会成功，还会让附近老百姓遭殃。两人看田楚态度坚决，只得悻悻离开。

几十年后，这兄弟两人趁陈胜吴广在大泽乡起义之际，果然在营丘起兵，并迅速占领了原齐国全境。可惜那时候，田楚已经不在人世多年了。